重生，是一道门
撞开这道门，生命
将会是一片别样的风景

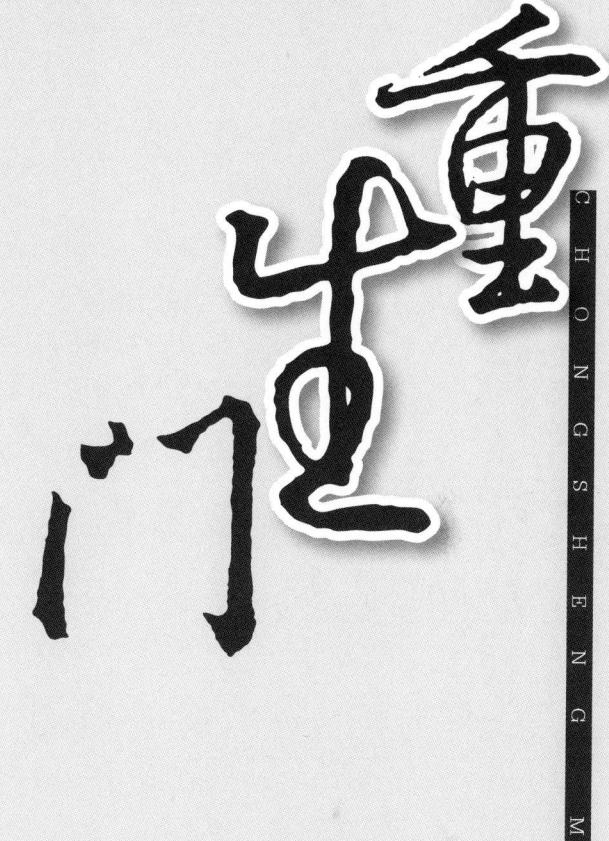

重生门

CHONGSHENGMEN

杨嘉利 / 著

四川大学出版社

项目策划：张　晶
责任编辑：张　晶
责任校对：张伊伊
特约校对：毛雅睿
封面设计：阿　林
责任印制：王　炜

图书在版编目（CIP）数据

重生门 / 杨嘉利著． — 2版． — 成都：四川大学出版社，2020.9
ISBN 978-7-5690-3374-8

Ⅰ．①重… Ⅱ．①杨… Ⅲ．①散文集－中国－当代 Ⅳ．① I267

中国版本图书馆 CIP 数据核字（2020）第 162659 号

书　名	重生门 Chongsheng Men
著　者	杨嘉利
出　版	四川大学出版社
地　址	成都市一环路南一段24号（610065）
发　行	四川大学出版社
书　号	ISBN 978-7-5690-3374-8
印前制作	跨克创意
印　刷	四川五洲彩印有限责任公司
插　页	2
成品尺寸	148mm×210mm
印　张	11.5
字　数	281千字
版　次	2020年9月第2版
印　次	2020年9月第1次印刷
定　价	48.00元

◆ 版权所有 ◆ 侵权必究

◆ 读者邮购本书，请与本社发行科联系。
　电话：(028)85408408/(028)85401670/
　(028)86408023　邮政编码：610065
◆ 本社图书如有印装质量问题，请寄回出版社调换。
◆ 网址：http://press.scu.edu.cn

四川大学出版社
微信公众号

序
苦难中，生命因爱而歌
◆李后强

一

前几天，四川经济日报社总编辑李银昭向我推荐了一部书稿，请我为这部书稿作序，作者叫杨嘉利，是一位残疾作家。

写序之事，实在不敢贸然许诺，然而，此次却例外了。不仅没有推辞，答应了下来，而且，书稿一到手，就在前往云南的公务行程中，白天公务，晚上腾出时间，翻读起这部二十多万字的散文书稿来。

这部名为《重生门》的书稿，虽说不上篇篇都是精品力作，但让我在阅读中，如行走在春天的新柳下，有轻松、亲切之感；同时，还觉似有一缕阳光，从柳丝缝隙处，不经意间斜过来，暖在身上。文中的故事，几乎全是身边事，人真事真，且大多发生在我们熟悉的这座城市，发生在百花潭、红星路、通锦桥，发生在四川日报、成都商报、华西都市报、四川工人日报社，发生在《星星》诗刊、《四川文学》《青年作家》杂志社，发生在一大群熟悉的许佳、姜明、海燕、方野、陈海泉、孙建军等朋友与作者杨嘉利之间。

在翻阅书稿中,在感叹杨嘉利顽强的生命力和他面对一次次不幸所表现出的顽强精神的同时,我更感叹我们生活的这个城市原来有那么多的好人;是他们的热心、他们的双手、他们的善良,一直在温暖和呵护着行走和语言表达都极不方便的杨嘉利。是他们不经意间的一个微笑、一次帮扶,才有了杨嘉利的今天。才使没上过幼儿园,没上过一天学,没唱过一首歌,没踢过一脚球——按他的话说"不可能有单位会要他"的——杨嘉利,用一颗感恩的心,写下了这些文字,为读者奉上了这本厚厚的散文集。

二

知道杨嘉利,是去年秋天。

那时已成为四川经济日报社编辑的杨嘉利的诗集《彼岸花》刚出版,报社为他举办了一次诗歌分享会。那次在成都文学圈引起较大反响的分享会,本来我受邀是要参加的,但因在外出差没赶上。虽没与杨嘉利见上面,但后来,在那次分享会的新闻视频里,我不但认识了他,而且见到他严重残疾的身体。

杨嘉利手脚不方便,写字很困难。这本散文,原以为他是用电脑敲打出来的,这样也许会减少他的些许艰辛。可杨嘉利说,《重生门》里的每篇散文,他还是像过去一样,用左手握笔,艰难地书写在纸上,然后找朋友帮他用电脑打出来,再用写字板在电脑上进行修改和润色。为了保持身体的平衡,控制住握笔的手,不让身体发抖,杨嘉利写字时需要将整个身体匍匐在桌上。这种写字的姿势,压迫了他的心脏,这种压迫随着年龄增长,带来的伤害也逐渐增加。

但,就是这样一个行走极其困难的人,写字全身都颤抖的人,说话都让人难以听明白的人,在人堆里常常被众人淹没的人，却坚持写作几十年，在生活的窘境下，依靠永不向命运妥协的毅力，写出了一本又一本属于自己的心灵之作。

对诚实的劳动，尤其是对那些只管耕耘、少问收获的劳动者，上天总会报之以果实。

从童年、少年、青年到中年，杨嘉利一路跋涉，现在头发白了，行动也更不方便。一些认识杨嘉利的朋友也在为他的晚年着急，担心哪一天杨嘉利的身体不行了，写不出作品了，挣不到稿费了，又没有社保，将如何与盲眼的母亲把日子过下去。

基于杨嘉利的情况，四川经济日报社给了杨嘉利切实的帮助，为他解决了就业问题，安排他到报社从事适合他的工作。杨嘉利有了稳定的收入，社里还为他购买了"五险一金"，解决了他的后顾之忧。杨嘉利不再为生计奔波，他便静下心来为报纸副刊写稿，安心从事创作。短短两年多时间，人们惊喜地看到，杨嘉利不仅写出了诗集《彼岸花》，还完成了这本即将出版的散文集《重生门》。

三

人世间真正的英雄，是在认清生活的真相之后，仍然热爱生活，仍然勇往直前。这不是原话，是大意，是一生崇尚英雄的罗曼·罗兰说的。

在经历了太多人生不幸、不公，甚至是苦难之后，杨嘉利没有止步于痛彻心扉、刻骨铭心。在杨嘉利的文字里，我们读到的却是他对世人给予他的哪怕是点滴恩惠、丝丝温情的怀念和赞美——

杨嘉利在《助我破茧成蝶的人》这篇文章中感叹："这首只有十行的小诗，见报稿和我的原稿相比，周老师竟改动了七行！"可见，他发表的第一首诗，是周介梅老师认真修

改出来的。

姜明，现任四川农村报社总编辑。杨嘉利第一次见到姜明时，他还在厂长经理报社任编辑。"……他搬来一把椅子，倒上茶水，接着就开始和我聊起来……中午时还把我带到他在光华村乡下租的房子，买来卤菜、拌菜招待我，我便知道这是一个值得交往一生的人。我不喝酒，但那天，我和姜明，还有一位叫王旭的年轻诗人，便在那间农家小院不足二十平方米的出租房里以茶代酒，边喝边聊，好不开心。"

当有人认为杨嘉利写诗不如去干别的更能挣些钱时，中国诗歌界重要刊物《星星》诗刊编辑孙建军说："小杨写诗，是他的心灵有诉求的需要，和能挣多少钱没多大关系，要不他不会坚持写这么多年。"

正是这些点点滴滴的善意呵护着杨嘉利，滋养着杨嘉利的生命，他才由弱小逐渐变得强壮。

人，活着，不是为了记住曾经的苦难，而是懂得感恩！

杨嘉利在这部书中用文字再现的，是那些帮助他不断战胜苦难的平凡的人；这些人，才是他在红尘中生活下去的全部意义。同时，他又用这样的文字，表达他的感恩之情。

在结束这篇短文的时候，我想起了一首清代袁枚的小诗《苔》，赠给弱小但坚强的杨嘉利——

白日不到处，
青春恰自来。
苔花如米小，
也学牡丹开。

二〇一八年九月二十一日

Contents 目录

辑一 生命，如花朵般璀璨

- 3　让成长之路更快乐
- 8　生命，因美好的情感而茁壮
- 13　纠缠在亲情与伤痛中的青春
- 18　梦想，其实并未远去
- 23　告慰天堂里的妈妈

辑二 曾经，依然如昨的岁月

- 31　生命的坐标——致张海迪
- 37　如歌的晚年——致周荣升
- 41　相识于《星星》的恩师——致孙建军
- 46　引领我走上新闻路——致杨力
- 51　助我破茧成蝶的人——致周介梅
- 56　年届八旬依然用文字耕耘人生——致杨存辉
- 61　给予我第二次生命——致汪凤兰
- 66　依然叫我"小杨"——致钱卫东
- 72　采访结缘的老大哥——致杨学斌
- 77　依然鲜活的记忆——致刘国祥
- 81　"美篇"上的祝福——致唐正益

86	不敢忘记的教诲——致叶懋良
91	公益达人忘年交——致孟昭勇
95	面朝大海，春暖花开——致姜锋
100	诗会上的重逢——致铁明
105	执着于新闻的老大姐——致许佳
110	拄着双拐为残疾学子奔波——致丁二中
115	遥寄天国的惦记——致钟定模
120	走进神秘的电台直播间——致陈革

辑三 同行，是一支激越的歌

127	一见如故的兄长——致李银昭
131	率真的心——致姜明
136	穿越岁月的友情——致陈海泉
140	铭刻于心的名字——致方野
143	古道热肠——致薛志忠
148	和电视新闻有关的日子——致杨晓康
153	护佑彼岸花开——致蒋雪梅
157	商报一姐是位"哥"——致吴菲
162	人生中第一次演讲——致赵晓东
168	驻留心间的暖意——致廖兴友
173	走着走着，彼此不再是远方——致田海燕
178	股评版上的"伯乐"——致葛永坤
183	老年报社的年轻人——致何一东
188	话筒里的华美人生——致陈笛
193	一场有惊无险的风波——致石胜源

- 198 用新闻打拼下一个家——致赵彬
- 203 祈愿你的世界光明如初——致文春
- 209 "获奖专业户"的背后——致沈群
- 214 生命卑微，却依然动人——致李大志

辑四 友情，因时光锤炼成亲情

- 221 发小的高考——致郭刚
- 226 重续的友情——致黄俊
- 231 圆我一个小小的梦——致张虹宇
- 236 穿越茫茫人海来相识——致周尧
- 241 用义唱诠释人间大爱——致官华见
- 246 留在这座城市的温暖——致肖燕飞
- 251 追梦路上用真诚拥抱生命——致陈天星
- 256 醉眼看世界——致程伟
- 261 把日子过得像春天一样——致史小娟
- 265 十年相交，善心依然——致刘燕
- 270 失联已久的兄弟——致刘明
- 275 春天里的白衣天使——致张玲
- 279 小圆桌传承的父爱——致韩军
- 284 古庙里结下尘世缘——致李庆
- 289 地震后站起来的北川男人——致王永胜
- 294 只因儿子而改变——致罗朝山
- 299 修鞋女和她的"汤姆叔叔"——致张兰
- 303 "娱乐王子"的大爱情怀——致王子豪
- 307 "醉椒"演绎的人生——致周朝刚

311　"状元"奋斗路——致熊运余
316　用"状元"之名致敬青春——致李强
321　理想和现实之间——致熊仁汀
325　携手前行兄弟情——致张陶

331　附录　奋斗，我的人生
339　后记　关于《重生门》

特辑　他的翅膀飞向了彼岸——纪念诗人杨嘉利

343　感恩之旅——写在《重生门》再版之际
350　杨嘉利，你走了，故事还在……
359　他这一生——

辑一

生命，如花朵般璀璨

让成长之路更快乐

"每个孩子都是父母的传世之作，务必谨慎对待。"儿子出生两个多月时，李强在QQ签名处写下了这样一句话。

李强的儿子叫李崶弋，小名筑筑，一岁多正是蹒跚学步、牙牙学语的时候。和张陶的两个儿子一样，小家伙也叫我"大伯"，几天不见总会有几分牵挂。今年春节后，有一天给李强打电话，很自然地聊到了小家伙。李强说孩子到处乱跑了，我惊讶得瞪大了眼睛——春节时筑筑还要大人牵着才能走上几步，怎么刚过几天便会自己走路了呢？大概是听出我有些不信，李强从微信上发来视频，说："小家伙其实早就能自己走了，只是怕他会摔着碰着，所以一直没敢让他自己走。"

原来如此，怪不得几天不见，小家伙竟然能跑能蹦了！

这辈子，我虽然不大可能有自己的孩子，但我也能理解做父亲的心情。像李强，做父亲刚一年多，他对儿子的疼爱可以用一句老话来形容："捧在手上怕摔了，含在嘴里怕化了。"然而，不管父母对孩子有多疼爱，孩子也总有一天会长大，不再需要牵着父母的手。当这一天来临时，父母需要做的，便是大胆地放开双手，用温暖和祝福的眼光注视着他们……

父母要学会放手，每个生命的成长，都必须独立完成；在这个成长的过程中，父母的爱虽像阳光一般，可这样的爱又怎能为孩子们遮挡住那些生命中不知道什么时候就会突然袭来的

狂风骤雨呢？

　　人生几十年，说长不长，说短也不短，有时候教会孩子直面人生的惨淡和困境，或许是比为他们支撑起一片蓝天更为紧要的事情。如同才一岁多的筑筑，尽管刚开始学走路时难免会摔上几跤，甚至有可能会磕破头，可爸爸和妈妈难道要一直牵住他的手不放吗？如果那样，他又如何迈出自己人生道路上的第一步呢？

　　那天晚上，看着李强用手机发来的视频，突然想起了一句话："父母对孩子真正的爱，不是把他们护得更紧，而是知道在什么时候松开自己的双手。"也更明白了李强为什么要在QQ签名处写下那样一句话——"每个孩子都是父母的传世之作，务必谨慎对待。"

　　在我看来，李强的这句话好就好在"务必谨慎对待"六个字上。原因很简单，任何生命的成长都是一个不可复制的过程；父母的每个错误或失误，都有可能对孩子的成长乃至一生造成无法估量的影响。而且，这样的影响往往并不会立即显现出来，而是随着时间的流逝，等到孩子一天天长大，我们才会幡然醒悟：原来是我们曾经的过失，让孩子身上有了这样或那样的毛病。

　　不要认为孩子小就什么都不懂，他们对这个世界的认知有可能比很多成年人还要深刻。

　　就在那天李强发来儿子走路的视频后不久，我去李强家，正聊天时，听李强的母亲对小家伙说："把这瓶水给大伯拿去。"小家伙果然就从奶奶手上接过一瓶矿泉水，一摇一晃地从另一间屋里跑出来。尽管爸爸就坐在我的对面，小家伙却径直跑到我面前，把手上的矿泉水递给了我！

这是笼笼能走路后第一次见到我，我完全没有想到他真会按照奶奶的吩咐把矿泉水拿来给我，连李强也有些难以置信，连声说："你看见的，我没教他呀，是我妈叫他给你拿水来，他就给你拿来了。"那时候，笼笼还不会说话，嘴里只能发出"咿咿呀呀"的声音。可不会说话并不表明小家伙听不懂奶奶的话呀！

笼笼的奶奶身体不好，常年卧床。有一次，奶奶对笼笼说："帮奶奶把垃圾袋拿出去。"小家伙站在奶奶的房门口，歪着脑袋，扑闪着大大的眼睛，看了奶奶一会儿，便跑进屋拿起放在地上的垃圾袋，摇摇晃晃走到客厅将垃圾袋扔进了垃圾桶……要知道这是一个才一岁多的孩子呀，这么小就能帮奶奶做事情，如果不是亲眼所见，我一定不会相信的！我夸赞小家伙说："不错呀，这么小就能帮奶奶做事了。"李强回答："生长在什么样的家庭，就得习惯过什么样的生活。奶奶的身体不好，过几年等他长大，要是我和他妈妈忙于工作，不在家时他不照顾奶奶谁照顾？"

是呀，让孩子从小学会担当，学会用一种有担当的态度去面对未来，那么未来的人生不管有多么艰难困苦，脚下的路也会好走许多。

记得有一次，几个朋友聊天，聊到孩子的教育问题时，有个朋友很霸气地说道："我的孩子，当然什么事都得听我的，要不我还算什么老汉呢？"也许在这个朋友看来，对于孩子，哪个做父母的不会给予他们正确引导呢？既然是正确的引导，孩子自然就应该无条件接受，哪里还容得下他们挑三拣四、讨价还价？可这样的看法错就错在他忘记了一点——父母给予了孩子生命，他的生命也一定是独立于其他人的。

辑一 生命，如花朵般璀璨

就像筜筜,才一岁多,刚刚会走路,但李强说,如果不是爬坡上坎,小家伙是一定不让人牵的。就算一不留神被爸爸妈妈牵住,他也会想方设法挣开他们的手,一个人奔跑……这便是生命独立性的体现。这种生命的独立性,随着孩子的成长,只会更强,而不会减弱。我们在成长过程中,是不是任何事情都听从父母的安排?既然自己都不能做到的事,为什么却幻想着要让孩子做到?

筜筜小小年龄便能帮奶奶做事,我想也不大可能完全是爸爸和妈妈教他这样做的吧?在很大程度上,还是因为他在这样的年龄对任何事都好奇,就算扔垃圾也会觉得很有趣。这时候,作为父亲或母亲,唯一需要做的便是正确引导孩子的好奇心,并让这样的好奇心转化为责任感。如果因孩子小而舍不得让他做些力所能及的事情,那么等到他长大,即使他有了做事的能力,也会缺少这样的责任感。

"尊重别人,就是尊重自己。"父母和孩子的关系上,这句话应该也同样适用吧?爱孩子,而不懂得尊重孩子,这样的爱,对孩子们来说无异于一副沉重的枷锁。

前几天和李强吃饭,聊到儿子的未来,他对我这样说道:"等他长大,如果是一个很有理想和追求的人,我会在力所能及的范围内全力以赴支持他。但他要是只想过平常人的生活,我也不会勉强他一定要有什么雄心壮志。只要他能健健康康、平平安安地生活在这个世界上,我和他妈妈就很满足了。"李强还说,等儿子长大,他也许会把自己的人生经验告诉孩子,但绝不会用这些经验去安排他的生活,因为每个孩子都应该拥有属于自己的成长空间,即使父母也没有权利去代替孩子完成这样的成长。至于为什么要把自己的人生经验告诉孩子,他说那是为帮助他从不同角度去观察和思考人生中可能会遇到的问题，而不是让他完全按照这些经验去生活……

儿子才一岁多，李强就有了这样的思考，在我看来是筑筑的幸运。因为，如果在成长的过程中，既有宽松的环境，又可以在遇到困难和挫折时获得及时而有效的帮助，那么他的这条成长的道路一定会洒满阳光、铺满快乐！

生命，因美好的情感而茁壮

培培是个萌娃，五岁了，古灵精怪，时常会从嘴里蹦出一两句妙趣横生的话来，让人感慨生命的成长原来是如此美妙。

事实上，很多年来，有个问题一直纠缠着我——我几岁时到底是什么模样，又是如何成长的呢？尽管这个问题，爸爸和妈妈曾经无数次解释过，可我还是很困惑。因为在我看来，如果不是那场突如其来的疾病，如果我也拥有健康的身体，那么我的儿时，甚至我的整个人生又会是什么模样？

对这个问题的思考，虽然在很多人看来可能毫无意义，却让我深陷其中。

五年前，培培出生，我还清楚记得那天发生的事。上午，我在家里写稿，大概十点半刚过，手机铃声响了，我一看是张陶打来的，不用问便知道是什么事。

那几天，张陶的妻子林燕临近预产期，他便在医院照顾。这个钟点打来电话，我想很有可能是小宝宝出生了。果然，刚接通电话，便听见张陶兴奋地说："生了，是个男孩，六斤七两……"我自然很高兴，连声道贺，没想到张陶又说："也要恭喜你呀！"我一头雾水："恭喜我什么？""你也升级了呀……大爸，三峡大坝！"听见张陶用幸福的声音模仿着赵本山的腔调，我开心极了。

我问张陶打算给孩子取个什么名字，张陶回答还没想好。

我一愣：怎么会没想好呢？我知道，自从林燕怀上孩子，张陶便开始琢磨给孩子取名字的事。他又翻书又查字典，竟然前前后后准备了二十个名字，男孩和女孩各十个，可见这个准爸爸对即将出生的小生命有多么疼爱和重视。然而，备用的名字虽然不少，但张陶说他还是需要再考虑考虑，毕竟给孩子取名字是一件大事，马虎不得……

张陶的话，让我突然对"父爱"这个词有了更深的理解，也一下子想到我刚出生时，父亲的心情是不是也和张陶此时一样呢？

后来，我长大了，父亲多次说，他和妈妈之所以会给我取名叫"嘉利"，一是因为家乡在乐山，而古时候的乐山被称为"嘉州"，所以他们希望我长大后不管走多远，也不要忘记自己的根；至于那个"利"字，则是希望我做一个有利于他人和社会的人……由此可见，不管在什么年代，父母对孩子的爱和寄予的希望是始终不变的。这从张陶给孩子取名字的认真劲儿上，便明白无误地表现了出来。

到晚上，我再次给张陶打电话，他说他给小宝宝取好了名字，叫"张恩培"。我问他为什么给儿子取这个名字，张陶回答："我希望他长大后做个懂得感恩的人，怀着一颗感恩的心生活在这个世界上。"

"怀着一颗感恩的心生活在这个世界上。"张陶的话音刚落，我内心涌起一阵感动。我相信，任何生命既会有阳光沐浴，也会经风雨吹打，可留在心底的到底是阳光的温暖还是风雨的冷酷呢？人，从不同的角度，用不同的眼光看待生命，就会对自己生活的这个世界有完全不一样的态度，从而也决定了他的生命高度和人生走向。让孩子从小生活在对美好的向往

中,也许便是父母给孩子最好的礼物吧?

从这个角度看,培培是幸运的;这样的幸运就在于新生命伊始,父亲便给予了他一个随时提醒自己感恩的名字……

我和张陶亲如兄弟,培培自然是我的小侄儿,小家伙也跟我格外亲近。

培培一周岁生日那天,家里来了很多客人。我到张陶家时,却没看见这个第一次过生日的小寿星,询问之下才知道他竟然还在呼呼大睡!这一点倒很像属猪的张陶,不管在什么地方,只要能让脑壳挨上枕头保准会很快入睡。这样,尽管聚会的主角迟迟不登场,客人们还是高谈阔论,围绕着这个孩子展开各种各样的话题。终于,临近中午,培培被妈妈林燕抱出来,小脸蛋睡得红彤彤的,那双原本又大又亮的眼睛似睁非睁,一看便知道是刚睡醒,不管谁想抱,他都不肯赏脸,可看见我后竟然一下子伸出双手!

在场的人看见后全都大笑起来,张陶的二姑边笑边说:"看来小培娃和他大伯还真有缘呀。"

这件事虽然已过去很久,张陶仍常常提起。让他感到更加不可思议的是,我说话不清楚,连很多大人听得都很吃力,可培培却好像一点都没问题,不管我叫他做什么,他都会屁颠屁颠地跑去做!小家伙才一岁多就能完全听懂我含糊不清的语言,在张陶看来无论如何算得上是一件很神奇的事了。

培培身上的神奇之处还远远不止这些。

大概在还不满两岁的时候,一天晚上洗澡后躺在床上,培培竟然用他爸爸的手机给我打来电话,刚一接通就用稚气的声音大声叫着"大伯"。

开初,我还以为是张陶帮他拨的号码,可一问张陶才知道是小家伙自己拨的！按说这个快两岁的孩子，拿着手机胡乱拨个号码出去也没什么大不了，但问题是电话刚一接通，还没听见我的声音，培培便开口叫"大伯"，他怎么知道这个号码是打给我的呢？而且，从此以后，培培就经常用他爸爸的手机给我打电话，张陶也很困惑："手机上储存有那么多号码，他又不认识字，怎么就能从上百个号码中把你的号码找出来？"

这个问题，我也没办法回答，只能用他二姑的话来解释，我和培培真有缘。

培培一天天长大，我见证了他更多有趣的事。这些事，我不知道等他长大后是不是也会让他感到儿时的时光是那样美好，那样值得他用一生去回忆和珍藏？

培培两岁多时，有一天他爸爸和妈妈还有我和三伯在簇桥吃烤鱼，他突然把双脚踩在了饭桌上！尽管立即被林燕制止，可谁也没想到，这个一刻也停不下来的小家伙，刚被妈妈勒令把脚从桌子上拿开，转眼间一只鞋子又从桌子下弹射出来，直奔坐在对面的三伯！幸好三伯眼神儿好，躲闪快，要是换成我坐在那个位置上，保准会被这只突如其来的鞋子砸中。

"咦，哪来的鞋子？"我正纳闷，培培竟"咯咯咯"大笑起来，林燕一把抓住他的一只脚说："看吧，鞋子就是从这只脚上飞出去的！"看见三伯一脸抓狂，小家伙竟笑得更开心了……

想到培培的成长中那么多有趣的事，我又不由自主想到了自己。爸爸妈妈曾说，我半岁前也是一个身体健康的孩子，又白又胖，一笑脸上还有两个大大的酒窝，很是惹人喜爱。而且，我在两三个月大时就可以在床上翻身，四五个月便能抓住东西坐起来，谁会想到接下来的一场重病让我只能在床上和爸

爸妈妈的背上度过童年时光。

所以，每次看见培培这个小家伙越来越聪明也越来越淘气，我竟有了几分伤感和羡慕。我常想，如果不是身体上有残疾，我的成长也应该和培培一样吧？也应该和他一样是个既聪明又淘气的男孩。那么，许多年后，当我完成了这样的成长，我的生命是不是也会开花结果，拥有另一种全新的绽放？

然而，这一生，因为残疾，很多美好的梦想对于我来说也只能是梦想了。但无论如何，看着又一个幼小的生命茁壮成长，终是让人欣慰的；何况，这个幼小的生命，和我还有一份超越血缘的亲情。

我想，等培培长大，如果真能够像他爸爸希望的那样成为懂得感恩的人——不仅感恩给予他幸福的人，也感恩那些给予他痛苦的人，那么他的人生之路必定会越走越宽，越走越平坦。他一定能够实现很多美好的梦想，而不会像他的大伯这样有那么多今生无法弥补的缺憾……

纠缠在亲情与伤痛中的青春

如果不是因为弟弟患上白血病，远明也许永远不会闯入我的生活。

在我采访的众多特稿人物中，远明其实算不上有多特别。当初，我和搭档李强萌发了去做这个采访的冲动，是缘于这个还在上中专的男孩毅然中止学业，从西昌赶到浙江为弟弟捐献骨髓的举动！要知道两年多前，远明才十六岁，在这个还处于整天贪玩、喜欢打游戏的年纪，却能有这样的勇气和担当，至少在我看来是难能可贵的。而且，那时候，他和弟弟还从未谋面！

远明的弟弟比他小一岁，出生几天便被父母抛弃了，远明完全不知道自己还有一个弟弟生活在这个世界上。

也许很多人认为，比起弟弟，远明要幸福很多。尽管家里很穷，可父母的疼爱至少让他拥有一个美好的童年。可后来，事实并非如此。远明的爸爸常年外出打工，妈妈没多少文化，老实憨厚，再加上家境贫寒，他从小在村子里被小伙伴欺负，上学后又被同学欺负，几乎每天都会挨打！后来，远明上学时便不得不随身带上一根棍子，但还是会时常挨揍……

没办法，这就是一些人的劣根性——你强大，他仰视；你弱小，他拼命践踏！而且，这样的劣根性，在一些孩子身上也得到了淋漓尽致的表现——上中专时，远明还是会被一些同学

取笑和呵斥，心里自然充满了孤独和无助感。

而这时候，西昌媒体上报道的一个新闻事件，让远明得知，他在这个世界上竟然还有一个血脉相连的弟弟！事实上，远明从小便幻想，他要是有一个哥哥或者弟弟也许就不会被那么多同龄人欺负了！

然而，命运弄人，远明十多年后终于有了弟弟的消息，弟弟却身患重病！远明没有等到爸爸和妈妈同意，便坐上火车去了浙江，他要用他的骨髓挽救弟弟的生命！

这篇特稿，我和李强写好后，很快在《华西都市报》特稿版上刊发，引来很多读者关注。他和弟弟的骨髓配型成功，似乎一切都开始朝着良好的方向发展，我和远明便渐渐减少了联系。尽管那时候他已经开始叫我干爹了。

我对远明的采访，完全是在网上进行的。他知道我的年龄比他爸爸大，开始时叫我叔叔。记得有一天晚上，远明在QQ上打出字来，说等弟弟的病情稳定之后就可以做骨髓移植手术，弟弟的身体也就能很快康复了……这样的消息，自然让我高兴万分，便回复他说："等弟弟的病好了，你也要回学校好好读书，往后不管做什么都需要知识呀。"可远明过了好一会儿才又打出一句话："那所中专，我可能回不去了，我很长时间没上学了。"我询问之下才知道，他去浙江为弟弟捐献骨髓，竟然没等学校准假就离开了，而且一走就是几个月！

"你怎么这样傻，为什么要那样急呀？"远明又一阵沉默："我上中专一年多，一直很压抑……"这句话，让我隐约感到他在学校的处境并不太好。

因为身体的原因，我自然对这样的话有些敏感，也一下子在远明身上捕捉到了和我年少时相似的隐痛。于是，我安慰他说:"不要紧,就算不上中专,也可以再上高中呀。反正你的年龄不大,往后争取和弟弟一起考大学。"我知道,远明的家境本来就不好,经历了这样一场风波后自然是雪上加霜。所以,我接着又对他说:"往后读书,我会尽力在经济上帮助你。"

这句话,显然让远明很意外,他突然提出:"叔叔,我往后可以叫你干爹吗?"

远明的话让我更意外,毕竟我和他还没见过面呀。但凭着他毫不犹豫捐骨髓救弟弟的举动,我相信这是一个心地善良的孩子,再加上我也明显感觉到他心里有太多太多的伤痛,还有和我年少时一样的彷徨和无助,我又怎么可以拒绝他?然而,也许是见我久久没回答,远明又急忙在QQ上说:"叔叔,我没其他意思,我只是感到这几个月,你开导我很多,也能理解我,很多话只愿意对你说……"

是的,这种感受,我曾经不是一样有过吗?好在,我十五六岁时,身边还有个叫郭刚的伙伴,心里有什么不痛快全都可以向他倾诉。这样看来,远明虽然从小生活在正常的社会环境里,但周围一些人对他的伤害,不仅让他遍体鳞伤,更让他早早关闭了心里的那扇门。好在远明意识到了这个问题,他多希望有一个可以让他倾诉内心伤痛的人啊!

我于是回答他:"傻小子,当然可以……反正我没孩子,有了你这个儿子,往后我也就有人养老了。"

在我看来,等弟弟的病治好,又是哥哥捐出的骨髓,兄弟俩的感情自然会很深,远明也许很快就会把我这个还未谋面的干爹忘掉。不过,如果真能这样,倒也是一件好事情——哥哥走出了心里的阴影,弟弟治好了身体的疾病,兄弟俩往后在人

生路上相互帮助，携手同行，不正是我和李强当初采写这篇特稿的初衷吗？可我哪会想到，这年夏天，远明有一天突然给我打来电话说，弟弟的病情加重了，骨髓移植手术暂时没办法做了！

这次电话后，我和远明的联系又多起来。我从他后来打来的电话中断断续续了解到，弟弟已被他的养父母送回了家乡西昌；在西昌住院几天后，又被接回了家。最终，一天凌晨，这个叫王海文的男孩在养父母的怀中停止了呼吸……

弟弟的离世对远明打击很大，他在电话里号啕大哭，那悲痛的声音让我窒息！

后来，远明变得更加内向和沉默，他的情绪总让我有一种担忧和不安——我知道，一份亲情失而复得又永远失去，面对如此残酷的事情，这样一个脆弱的少年，又如何能坦然面对和承受？那些日子，我常给远明打电话、发微信，希望他振作起来，更希望他明白一个道理：弟弟虽然不在了，可他自己的人生才刚刚开始……

我以为我的话多多少少对远明是会有所帮助的，因为他那时候在西昌城里打工，几乎每天晚上都会在微信上和我聊上一会儿，心里有什么事也愿意对我说。一次，他还在微信上这样对我说："干爹，我现在虽然还没什么本事，也不知道往后会怎么样，但我向你保证，往后我能让我的爸爸妈妈拥有的，也一定会让弟弟的爸爸妈妈拥有，我一定要让他们感到海文还活在他们身边！"

远明不善于表达，更不会花言巧语，他能说出这样的话，一定经过了深思熟虑。我便回答他："你既然有这个想法，就更应该振作起来呀，要不你往后怎么肩负得起生活的重担呢？"

这年国庆节后，远明来了一次成都，这是我和他第一次见面。

在红牌楼一家快餐店，我没想到我无意间提及他的弟弟时，远明的泪水竟夺眶而出！我刹那间明白，在这个瘦弱男孩的心里，弟弟的离去依然是一道没有愈合的伤口！我不知道应该用什么样的语言安慰他；因为我明白，对于所有把亲情看得比生命还重的人，亲人离开后留下的伤痛，甚至有可能一辈子也难以愈合……

转眼，我和远明又一年多不见。但我知道，他交上了女朋友。我便想，有了爱情的慰藉，他的心情也一定会慢慢好起来吧？毕竟他还那么年轻，哪能就一直沉浸在悲伤的情绪中呢？然而，我却忘了，爱情有时候也会是一把双刃剑——

2018年春节，远明说他和女朋友分手了，分手的原因是他家太穷，女孩的父母看不上他！

贫寒的家境，曾经让远明失去了和弟弟的亲情，如今又让他失去了初恋和爱情。我不知道接二连三的打击，他将如何承受？我感到这个男孩的人生正陷入一种比贫穷更可怕的困境。然而，这样的困境，不管有多可怕，他也需要勇敢面对和突破，要不他怎么能活出一个让弟弟含笑九泉的人生呢？

事实上，远明还是太年轻了，以后他会明白：这样一条可让弟弟含笑九泉的人生之路，也就是一次让生命因痛苦而破茧成蝶之路……

梦想，其实并未远去

两个多月前，然然的女朋友在新都开了一家奶茶店，他特意休假赶回来，请我去奶茶店看看。中午吃饭时，我和然然聊天，才知道他的梦想就是长大后去创业，压根儿没有想到会去部队工作。所以，然然说，当知道女朋友有开奶茶店的想法后，他毫不犹豫，大力支持。

然然是我二姐的儿子，出生四天便由外婆，也就是我的母亲照顾。

而那时候，我没有固定的工作，成天就在家里写诗、写散文，母亲做饭和洗衣服时，照看小家伙的任务自然就落在我身上。从这个意义上说，然然也算得上是我一手带大的，他也和我格外亲近，不过始终比不上和他妈妈亲。所以，然然长大后，不管在学习还是就业问题上，最终还是听从了他妈妈的安排。

然然当兵是在他第二次高考后。他明明考上了本科，虽是三本，但他妈妈坚决让他参军，理由是他往后还可以在部队报考军校。

男孩子当兵，原本是很不错的选择。尤其是在如今这个年代，很多孩子从小娇生惯养，要是能去部队锻炼锻炼自然是好事。可问题是，然然那时候十八岁，未来的人生，在我看来只要不触犯法律，这样的选择应该由他自己来做，而不是别人，包括他的妈妈或爸爸。

然而，岂止是然然的妈妈，中国很多为人父母者，都喜欢用自己的人生经验去安排儿女们的未来。他们振振有词，自己过的桥比孩子们走过的路还多，用他们的人生经验为儿女们规划未来，至少会让他们少走许多弯路。

事实是这样吗？当然不是。

人，只有活了几十年后，才会明白这一生到底需要什么；如果在人生的这条路上，连怎样活都不能自己选择，那么几十年后生出许多遗憾，也就很正常。

这个道理，对于然然，我明白是不管用的，因为他的前途始终由他的妈妈决定。

然然去部队转眼有七八年了。他入伍一年多就当上班长，然后又考上北京的一所军校，毕业后分配到某部队任职，一年后就被评为"优秀指挥官"……如此看来，把并不是理想的职业也做得这样优秀，应该是他去部队后值得骄傲的一件事情吧？只是，在然然心里，没能走上创业的道路，会不会是他人生的一种遗憾呢？

在我的生命中，然然算得上是唯一一个我看着长大的孩子——他刚出生四天便被送到了外婆身边，他的每一次嬉笑哭闹，至今我还记忆犹新。事实上，然然刚满月时，由于我母亲身体不好，又患有梅尼埃病（美尼尔病），医生说她不适合带小孩。然然的妈妈也很快找到了带他的阿婆。可小家伙好像跟外婆特别有缘，他被妈妈送去那个阿婆家，哭闹就不说了，还天天拉肚子！

我母亲听说后，认为那个阿婆有可能是煮牛奶时没把锅上的油渍洗干净，便叫然然的妈妈先把牛奶煮好装入奶瓶送去，

喂孩子时阿婆只需要把牛奶温热就行了。可没想到小家伙还是拉肚子,他在阿婆家待三天,便拉了三天肚子!

母亲心疼得不得了,叫然然的妈妈还是把小家伙送来交给她带,说:"刚满月的孩子,天天拉肚子怎么行?"

母亲的这个决定,让父亲很担心——母亲的身体不好,在家里本来就要做很多事,再加上带孩子,要是累坏了身体怎么办?但母亲说:"要不怎么办?然然去阿婆家三天,就拉了三天肚子呀……"

说来也怪,第四天早上然然被送到外婆家,没吃药没打针,竟再没拉肚子了!如今想起来,他和外婆是不是有一种很深的缘分呢?而这种缘分,后来也就很自然地延伸到了我和他之间。

然然是1991年5月出生的,第二年夏天,然然一岁多,正是蹒跚学步、牙牙学语的时候。

一天下午,天上阴云密布,接着便电闪雷鸣,母亲抱着然然坐在沙发上安抚他说:"不怕,然然不怕……"小家伙紧紧依偎在外婆怀里,完全没有了往常那样的调皮样儿。突然,一声大雷炸响,小家伙竟大声冲我说:"舅舅,快过来,要不打雷会把你打死!"说完,他又从外婆怀里跳下来,几步跑到了我坐的窗子边,拉我去另一个沙发上坐!

然然的这个举动,让我和母亲很意外,不知道小家伙的脑袋瓜里到底在想什么。

而那几年,然然能让我记住的事情远远不止这样一件两件。

然然的家在另一个院子一栋临街楼房的四楼上,下面是一家商场,叫作七号院商场,他爸爸在那家商场工作。当时然然大概也就只有一两岁吧,一天晚上,他跟着爸爸到楼下玩耍。

爸爸在商场里和同事聊天没注意到他,他便溜出来沿着那条两边都是农田的马路跑开了。

天色渐黑,小家伙跑了一阵后停下脚,远处汽车驶来的灯光吓得他"哇"的一声哭了起来。好在那个地方就在他爸爸一位同事的家附近。听见孩子的哭声,又感觉很像然然的声音,这个叔叔便出去看看,果然是然然站在路边,这才急忙把他抱起来送回七号院。

见到然然,四处寻找无果的爸爸气急败坏,问他为什么要乱跑。小家伙歪着脑袋回答:"我没乱跑,我是去找婆婆和舅舅……"

我家住的院子叫八号院,在七号院商场出门的右手方向。然然把方向搞反了,从商场里溜出来后就往左手的方向跑去。要不是天黑看见汽车灯光,要不是吓哭后被爸爸的同事听见,小家伙说不定还会跑多远,那天晚上到底会发生什么事也就真的很难说了。

发生了这件事后,母亲每天晚上便会在晚饭后很久才和父亲一起送他回家……

应该说,然然算得上是一个聪明的孩子。可因为年龄小,他并不懂所谓的聪明实际上只是上天给我们的资本;而要把这样的资本转化成人生的财富,是需要努力和奋斗的,要不所谓的聪明也就成了水中月、镜中花。

然然上小学、中学,成绩都很不错,可他一直很贪玩。我多次提醒他:"你如果现在不在学习上苦下功夫,往后就会吃更多苦头。"但这样的话,然然当时是听不进去的。所幸的是,然然贪玩,却不乱玩,也没沾染上什么坏毛病。所以,看见他上高中后还是成天打游戏,我这个舅舅也不好过多干

辑一 生命,如花朵般璀璨

涉，只是时不时敲打敲打他："你这样贪玩，迟早有一天会后悔。"

或许，每个人在人生路上，不摔上几个跟头，是不能真正成长和成熟的，然然也是如此。他因为沉迷于打游戏，头一年高考只上了大专线，第二年也只上了三本线，最终被他妈妈安排走进了军营。

然然参军后第一次回家探亲，他便对我说了一句话："舅舅，我现在才明白你当年对我说的话是什么意思……"

然然二十多岁了，军营里的生活不仅让他成长，更让他反省。这一点，应该是他最有价值的收获吧？因为，人生中最可怕的事就是不懂得后省和反思，不懂得吸取过去的教训去调整自己未来的方向和行为。人们常说世上没有后悔药，可事实上，世界上是有后悔药的；只是，人世间的后悔药，不是让我们吞下去后就回到过去重做一次选择，而是让我们用反思的方式去重新规划未来，不要重蹈覆辙，避免犯下同样或类似的错误。

在我看来，二十多岁的然然去军营后便学会了这样的一种人生态度，未来的几十年人生应该是可以越走越宽、越走越平坦的。毕竟，他往后人生路上还会面临很多次选择，谁又能说他就没有机会再去从事自己感兴趣的职业，干出一番自己想要干成的事业呢？

告慰天堂里的妈妈

八年前一个4月的晚上,我的大姐去世了,那时候她女儿佳佳刚上大学一年级。

大姐去世时,我在家里陪着双目失明的母亲,没能去送她。可那天晚上,她临终时所发生的一幕,这么多年来却一直萦绕在我的脑海中。

说起来,大姐的女儿佳佳和二姐的儿子然然同岁,只相差几个月,可两个孩子在性格上却截然不同。毕竟,女孩子更受父母宠爱,所以佳佳在我的印象中一直不像然然那样懂事。

有一年佳佳外公重病住在华西医院,值班医生告诉我说,老人的情况不大好,叫我要有心理准备。我一下懵了,离开医院后便给佳佳和然然打了电话。当时,佳佳只是说她会叫妈妈带她到医院看看外公,可然然却哭了,一边哭一边不停地问我:"爷爷怎么了,爷爷怎么了……"所以,这件事让我产生了佳佳没弟弟懂事的感觉。

然而,佳佳的爸爸后来告诉我,大姐去世的那天晚上,看见工作人员要把妈妈的遗体运走,这个往常看上去成天嘻嘻哈哈、好像什么事都满不在乎的女孩,却突然哭喊着扑倒在妈妈身上,死活不让工作人员把她的妈妈拉走,还拼命去拽妈妈的手:"妈,快起来,我们回家吧!"

"我们回家吧"这五个字,我不知道人在一生中会说上多

少遍。但我至今无法想象,那天晚上佳佳说出这五个字时,她的心会有多痛!而在她刚刚开始走向成熟的生命里,又会留下多深的烙印——因为,妈妈再也不会和她一起回家了!

人生,有时候就是如此惨淡——不是因为年龄还小,痛苦和悲伤便不会降临在我们身上,生活的狂风暴雨永远不会因为我们年轻而不再肆虐。

这一点,佳佳或许应该体会尤深吧?

佳佳的爷爷,在她几岁时就去世了;外公又在她高考的前一年去世……亲人们接二连三地离开,原本这些不幸会让佳佳更早成熟,更早懂事,然而我以前却没从她的身上看到。直到她妈妈离世的这天,佳佳的表现,后来一次次听她爸爸说起,我认为可以让大姐含笑九泉了!

事实上,佳佳长这么大,我见到她的次数并不多,原因是他们一家住在九眼桥,回外公外婆家每年大概也就只有几次。我印象最深的,还是她刚出生几个月时发生的一件事。

我记得大概是那年五一节,佳佳才三个多月大,头发稀稀拉拉,像个小光头。晚饭时,她妈妈把她放在外公和外婆的床上,床边摆放着吃饭的圆桌,我们就围坐在圆桌边吃饭。记忆中这是小家伙第一次被带回来,毕竟小两口都要上班,又没在一个单位,就算星期天也不能一起休息。带孩子出趟门不容易,要带奶粉、奶瓶,还有衣裤、尿不湿等一大堆东西,哪里还会像没孩子时那样轻松地说走就走呢?

所以,佳佳三个多月了,不管母亲、父亲还是我,想要看孩子时,我们便会到他们家去,尽量让大姐夫妇和小家伙少折腾。就这样,三个多月后,佳佳才第一次和爸爸和妈妈回外公外婆家。

佳佳的皮肤很好,白净红润,只是很瘦,母亲看着很心疼。吃饭时突然听见外面有人喊"打牛奶",她便要去给第一次回来的外孙女打牛奶。大姐拦住母亲说:"不用,我们带了奶粉回来。"母亲回答:"奶粉的营养哪里比得上鲜奶?看你们把孩子喂得瘦成了什么样子?"

母亲执意要去打牛奶,大姐、大姐夫便跟着她一起出去了,后来我父亲听见他们在对卖牛奶的人说着什么,也站起身走了出去。这样,屋子里便只剩下我和佳佳。

小家伙躺在床上,大概是感觉到屋子里怎么一下子没人了,我又坐在靠墙的角落,她根本看不见,便"哇哇哇"叫了几声。我急忙站起来走到床边,俯下身哄她说:"不哭不哭,舅舅在这里……"小家伙瞪着一双又大又亮的眼睛,竟然一眨不眨地看着我,几秒钟后又咧开嘴笑了!

看见小家伙一张灿烂的笑脸,我心里暖暖的,毕竟我是第一次和她如此亲近呀。不过,我却不敢去抱她。我的双手有残疾,她又那么小,我害怕我在力道上掌控不好,会伤着她。于是,我拿起手摇铃铛逗她。刚摇几下,小家伙又被逗得发出了"咯咯咯"的笑声,声音还很大,她妈妈听见后急忙跑进屋。看见我正逗着小家伙,她妈妈也有一些不敢相信,回头对跟在身后的姐夫说:"想不到老三还能把佳佳妹逗得这样开心!"

很多年了,这件事一直珍藏在我的记忆里……我还记得,也就是那次回家,大姐和大姐夫给佳佳妹喂奶、喝开水时把奶瓶洗了又洗,烫了又烫。年轻人对孩子的疼爱,母亲虽然理解,但她还是忍不住对父亲说:"奶瓶用热水洗一洗、烫一烫也就行了,有必要反反复复洗上几次吗?这样娇气,孩子身上没一点抵抗力,往后更容易生病。"

　　一个多月后的端午节，大姐和大姐夫带着女儿回来。这一次，不用夫妇俩叮嘱，母亲也照他们的做法把孩子的奶瓶多洗几次，多烫几次。可看见母亲这样做，大姐急忙阻止说："妈，佳佳妹的奶瓶洗烫一次就行了。"大姐的话让母亲有些没回过神："为什么？你们上次回来不是说要多洗几次、多烫几次吗？"大姐夫听后才说，上次佳佳妹回家后不久就感冒了一场，去医院看时医生便说孩子的身体缺少抵抗力，叫他们往后还是要让小孩子多少接触点"脏"东西……

　　这件事，我不知道佳佳长大后，爸爸妈妈有没有告诉过她，反正在我心里却留下了很深的印象。道理很简单，孩子小时候，父母还有可能让他们生活在一个相对封闭的空间里。可他们长大了，难道父母还可以用这样的空间把他们封闭起来吗？这个问题值得所有年轻父母思考。因为，我们生活的这个世界不是真空，那么关爱孩子的方式，是完全把他们和这个世界隔离开，还是帮助他们更好地适应这个世界呢？

　　大姐离开这个世界八年多了。每次见到佳佳，当年发生在她身上的一件件往事，仍然会引起我的思考。尽管，八年后的佳佳，也许很快也会像她妈妈当年一样步入婚姻的殿堂，担当起母亲的角色；那么，如何让自己的孩子健康成长，想必也会是她需要思考和面对的问题吧？

　　然而，比起她的妈妈，佳佳却没有那么幸运。毕竟，她刚出生时有外婆对她的妈妈做些指点和帮助；等有一天，她有了孩子，却没有人给她做这样的指点和帮助了——要知道在带孩子的问题上，男人永远不会有女人那样的细心和耐心，佳佳的爸爸自然也难以给予她像妈妈那样的指导。这样说，并不表明佳佳的爸爸就不疼爱她，而是因为妈妈在世时，连他自己的生活也由妈妈照顾，谁能指望一个在外面打拼事业的男人，回到家像母亲一样指导女儿照顾好刚出生的宝宝呢？

但不管怎么样，不管将面临多大的困难和挑战，佳佳也需要有勇气去克服，完成她在人生中的这堂必修课！因此，我常想，要是她的妈妈还在该多好……

不过，如果有一天，佳佳带上她的孩子到妈妈的墓前，让九泉之下的妈妈看见她的成长、她的幸福，是多么让人欣慰啊！我相信，作为母亲，就算去了另一个世界，也仍然有一份对女儿的牵挂；只是，不知道这样的牵挂，是不是会被女儿渐渐忽略了呢？

辑二

曾经，依然如昨的岁月

生命的坐标
——致张海迪

有些改变了自己命运的人，也许一辈子都无缘相见，张海迪就是这样一位。我常常想一个问题——如果我十二岁时，不是有幸从广播上听到了"张海迪"这个名字，那么我如今的人生又会是什么模样？

尽管很多人说，生活没有所谓的"如果"，我的这个问题看上去似乎也毫无意义；然而，事实上，这样的思考却让我对人生有了更多感悟，也就是生活中有很多看上去和自己毫无关系的人和事，却同样可以在不经意间改变我们的命运，重要的是我们能不能从这样的人和事中去获取这种改变的动力。

我的幸运便在于，我从张海迪身上获取了这样的动力，并让这样的力量在此后许多年一直鼓励和支撑我不断前行。

所以，从这个意义上说，如果在我少年时代没有听见张海迪的故事，我的人生很有可能会是另外一番模样；毕竟，一个四肢都有严重残疾，说话也含糊不清，连小学也上不了的人，谁能够想象在他渐渐成长的人生中还会写诗、写小说、做采访，甚至演讲？或许，这样的事，在很多人看来是不可思议的，又或算得上是某种奇迹；然而，这种不可思议和奇迹的背后，又有多少力量的支撑，才让一叶将要沉没的生命之舟最终

逃出命运的旋涡,驶向辽阔的大海?

毫无疑问,在众多托举我的生命之舟的力量中,张海迪便是那个最初给予我这种力量的人;她的奋斗、她的人生,更是我在生命荒漠中屹立的灯塔,让我的人生在十二岁那年发生了一次质的蜕变,并从此拥有一段也可以称得上是"奋斗"的历程。

实际上,于我来说,"十二岁"是个分水岭。周围很多同龄人,包括我的姐姐也都是在这个年龄,从"小学生"变成了"中学生",用我母亲的话来说就是:"上中学后就成大孩子了。"可我十二岁时,连小学也还上不了。学校老师只是年复一年重复着同样的话:"明年再来报名吧……"

我至今无法明白的一件事是,就算我的身体不适合上学,老师们为什么不能在我第一次去报名时就明说?为什么要连续五年用谎言来掩盖一个仍然改变不了的事实?也许,在这些有知识的人看来,就算我的年龄小,不能明白他们的用意,我的父母也应该明白吧?可怜我没多少文化老实巴交的父母,一年两年带我去学校报名被拒,又三年四年带我去报名,根本没想到老师们所谓的"明年再来报名吧"会是一句谎言。最终,我便在这样的谎言下,看见学校的大门对我彻底关上——那时候,国家有规定,年满十二岁就不能再上小学了!

不能上学,我最初没认为是一件多大的事。我还是整天疯玩,就算被一些小孩欺负也毫不在乎。可是第二年3月发生的一件事,却让我难过。我一下子明白,我和别人不一样;而这种不一样,不只是在身体上,还在于我不识字!

3月5日是"学习雷锋纪念日"。每年的这一天,父母工作的工厂便会在家属院开展"为你服务"活动,工会搬来很多图书和杂志供人阅读。而那天上午，在宿舍区的空坝上，很多小孩子都围坐在工会的图书摊前看书，我也去凑热闹。看见邻居家有个男孩正捧着一本书看得津津有味，我便凑上前问他看的是什么书，这个男孩年龄和我差不多，是郭刚的同学，往常我们也常在一起玩，应该算比较熟了。所以，听我这样问，他抬头看了我一眼回答："你看不懂，这是本字书。"

那时候，我能看的书是一些有很多图画的小人书。这个男孩所说的字书，自然是那些没多少图画几乎全是文字的书。尽管他这样说，并没有任何恶意，可他的话却一下子戳中了我的痛点，我转身离开了那个地方……

这是我第一次因不识字而难过！

我突然发现，因为不能上学，我实际上不只是身体上和别人不一样，往后在其他很多方面也会和别人不一样，甚至连和同龄人一起玩耍的可能性也很小。毕竟，作为一个思维正常的人，十二岁不算小了，也有思考的能力了。那么，我该怎么办？我不知道，我就像一头困兽，一片茫然。

大姐比我大四岁，正上高中，曾给我买回一本《看图识字》，上面的字我全认识。但是，一本《看图识字》又可以教我认识多少字呢？这，便是我在人生中需要突破的第一个困境！

我的父母是普通工人，没多少文化，想不出什么好办法帮我解决识字的问题。于是，接下来的日子，我虽然还是会去找郭刚玩，可心里始终惶惶不安。我常想，郭刚上初中了，往后还会和姐姐们一样上高中，那时候他还会和我一起玩吗？这种想法，我虽然从没向郭刚流露，却在我心里挥之不去。好在，半年多以后，也就是这一年年底我从收音机里听到了"张海

迪"这个名字。

张海迪,她之所以会带给我那样大的震动,就是因为她和我一样从没上过一天学!

当然,张海迪的家庭条件要比我好很多,父母都是有知识的人,要不也不会在那段岁月中下放去农村,让这个原本应该上学的女孩最终失去了上学机会。不过,尽管和我一样,张海迪也是从小失去了上学的机会,可她却靠自学不仅学完了中小学课程,还学会了外语和医学;不仅能为周围的乡亲们看病,还能翻译外文小说和唱英文歌,成了一个有知识的人!

正是听了张海迪的故事,我才第一次知道了"自学"这两个字,懂得了学知识还可以用这样一种方式!于是,有一天,听我突然说:"我往后要像海迪姐姐那样自学!"妈妈竟一脸愕然,好半天没回过神是怎么回事。

那时候,家里没有电视机,妈妈和爸爸每天晚上都会去院子里看"坝坝电视"。

一天晚上,他们出去不一会儿就回家了。我很纳闷,便问他们为什么不多看一会儿,爸爸和妈妈没回答,我便跑去院子里一看,原来电视上正播放张海迪的报告会!我还是不明白:爸爸和妈妈为什么不多看一会儿张海迪的报告会呢?但我很快明白了——儿子也是残疾人,也没上过学,听见张海迪在电视上说她是如何自学知识,就有人问我的爸爸和妈妈:"你们家的小三也该自学呀,说不定将来也能像张海迪那样有出息。"

这样的话,在爸爸和妈妈当时听来,简直就是挖苦和嘲笑,他们自然没办法再在院子里待下去。得知事情原委,我回家后大声宣布:"我往后就是要做个像张海迪那样有知识的人,我就是要自学文化。"

妈妈赶紧打断我的话:"这种话,让人听见会笑话的。"我满不在乎:"张海迪能自学知识,我为什么就不能呢?"

然而,自学的艰辛,却是那时的我完全想象不到的;我之所以会有这样的想法,或许只是一时的冲动和热情。毕竟,对于知识的渴望,在我心里异常强烈,张海迪的出现,正好让我发现我虽然被学校拒之门外,但知识的大门却没有对我关上,我也可以像张海迪那样自学呀!

如今想来,这样的发现,就如同是一个落进水里的人突然抓住了一根救命稻草,我又怎么能再把这根救命稻草轻易扔掉呢?

自学,尤其是从识字开始的自学,其艰辛可想而知。好在,至今让我感到很幸运的是,我能在这条路上一直坚持走下来,是因为我始终把张海迪看作我要追赶和超越的目标。

人自助,才会有天助。人生中,有了追赶的目标,也才会有无穷的力量,让我在此后几十年的人生里不敢懈怠。因为,我懂得,身体上的残疾,始终是我这一生要面对的现实;要想不被命运抛弃,不管到什么时候,唯一的办法就是要比别人更努力,付出更多。

不过,在这样一场持续了几十年的努力和奋斗中,我也有几许遗憾,就是至今也没能和张海迪见上一面,不能当面对她说一声谢谢。甚至,我不知道,这种遗憾会不会成为我一生的遗憾?至少,在我看来,这样的可能性是有的。可就算真会如此,又有什么关系呢?即使有一天,我的生命带着这种遗憾离开,但她改变了另一个残疾人的生命轨道,却是

不争的事实。

　　我想,如果有一天,张海迪知道了这件事,她一定会很欣慰,一定会为我送上诚挚和美好的祝福吧?

如歌的晚年
——致周荣升

转眼，周荣升老师已年近九旬，我和他相识也有三十多年了。

前些日子，周老师印了他的第四本个人作品集《岁月如歌》，翻看上面的一篇篇散文和诗歌，心里久久不能平静。要知道集子里的文章，是他八十岁后写成的。如果是文坛大家，在这样的年龄还笔耕不辍，倒也不足为奇。可这位退休前就是一名普通中学教师的老人，这样的年龄依然勤奋写作，如果没有一颗饱含激情和热爱生活的心，我想应该是很难做到的吧？

这样说，并非因为周荣升是我写作的启蒙老师，更在于这种精神让我再次看到了他对文学的热情和执着。

也许在很多人看来，这样的热情和执着，并不能给周老师带来多大的荣耀。他不是名家大腕，坚持写作几十年顶多也只能算是文学爱好者，又到了这把年纪，再写下这些连正规报刊也不会采用的东西还有什么意义呢？或许，这样的想法，在读到《岁月如歌》前，我也是隐隐有的。然而，读完之后，我却更懂得了他对文学的挚爱；也才明白，正因为有这样的挚爱，当年我这个连上小学的机会也没有，却偏偏喜欢上了写诗的残疾男孩，初次冒失地登门拜访，他才会毫不犹豫收下我这个校

外学生,还送给我一本《唐诗选》。

实际上,我和周老师多年来就住一个院子里,他的爱人和我的母亲是一个车间的同事,他也算得上是看着我长大的长辈了。可去拜访他之前,我对周老师却没有多少印象,甚至郭刚好几次说起他,我也没想起这位老师到底是谁。

周老师个子不高,又很瘦,是那种走在大街上也不会被人多看一眼的人。更何况作为语文教师,他不仅每天早出晚归,还时常需要熬夜为学生批改作业,不像其他人下班后便到院子里聊天打牌,我能遇上他的次数自然不多,没有多少印象也算正常。他批改作业和写作的房间,虽然不大,却靠墙有满满一书柜的书,除少数是他的教学用书外,文学书籍占了大多数,如《春水》《繁星》《红楼梦》《三国演义》,让我眼花缭乱,目不暇接。

这些书,我虽然早有耳闻,却是第一次见到,心里便有几分抑制不住的激动。周老师看出了我的心情,对我说:"这些书,你往后都可以借去看……小杨,你既然爱好写作,多看点名著对提高你的写作水平有好处。"

我有些受宠若惊——初次登门,想不到周老师就会这样说!于是,从这天开始,我不仅做了周老师的校外学生,也成了他家里的常客,过不了几天便把自己的习作带去请他修改,然后又借回几本书。

那时候,周老师也才五十岁出头的年纪。可他们那代人,到了这样的年龄也就算步入了人生的晚年。哪里像如今,五六十岁的人仍打扮得像年轻人一样,完全没一点老年人的样子。所以,三十多年前刚认识我时,周老师曾不止一次边修改我的诗稿边感叹说:"还是年轻好啊,不像我都是年过半百的人了。"

"年过半百",对当时的我来说也就只是一个写作时会偶尔用上的词语,没有更深的体会。但周老师的感慨,却让我察觉到他内心的一种挣扎,那就是他在文学上的梦想和不甘心!

和周老师接触多了,对他的过往也就有了一些了解,知道他做中学教师竟是半路出家——

年轻时,周老师是家乡县城文化馆的创作员,二十多岁便有小说、诗歌和小话剧之类的作品发表,在当地算得上是响当当的青年才俊。四十多岁,按理说正是他在文学的春天里大显身手的时候,谁知道命运弄人,周老师被调到了爱人所在的军工厂的子弟中学做了语文教师。尽管还是成天和文字打交道,却阴差阳错和他挚爱的文学梦渐行渐远了。难怪又是十多年后,年过半百的周老师看见我这样一个身有残疾的毛头小子也不知道天高地厚爱上写作,又怎么会不生出几分感慨和失落呢?

不过,周老师毕竟是一个热爱生活的人。他虽然常常感慨时光的匆匆,但他并不甘心在这样的时光流逝中和自己挚爱的文学梦越来越远。于是,他组织学生成立了文学社,把学生们的习作寄到当时影响很大的《成都晚报》"苗地"专刊,还邀请报社的老记者龙必锟到学校给学生们上写作课,竭尽全力帮助学生们提高写作水平。

那时候,周老师在学校组织的文学社和小记者站办得有声有色。作为他的校外学生,我从没机会参加周老师组织的活动。可从他一丝不苟热情地指导我和指导其他学生写作的态度上,我便看出他是把自己年轻时的文学梦,寄托在了他的这些学生身上。

　　我想，周老师这样做，并不仅仅是因为年轻时的一个梦想吧？更多的应该是他还有一种信念，相信文学之路虽然艰难，但只要持之以恒，有足够的勇气和信心，他的学生中也定然会有能够攀登上文学高峰的人。

　　周荣升老师离开教师的工作岗位至今已有二十多年。

　　前几年，他八十大寿，我去参加寿宴时和他的学生有了第一次接触。我和周老师的这些学生共同感慨，我们也转眼快到半百之年，可周老师的精神还是那样好，连说话的声音也还是像过去那样洪亮。当时，周老师自费印了三本他的个人作品集，收录的是他在过去岁月里所写的诗歌和散文。谁也没想到，在八十岁的生日寿宴上，周老师竟又用他洪亮的声音对大家说："过几年我还要再印一本书，写写我八十岁以后的生活！"

　　短短几年，他果然做到了——就像是一名生命的歌者，尽管青春和梦想远去了，但他依然站在如歌的岁月里用饱含深情的声音激情歌唱……

　　翻看着周老师这本还散发着墨香的书，除了有和他曾经一样对时光飞逝的感慨，我忽然又想：如果再过三十年，如果我也到了周荣升老师现在这样的年龄，我还能也和他一样笔耕不辍，写出自己的晚年岁月和情怀吗？

相识于《星星》的恩师
——致孙建军

孙建军是诗人,也是编辑,而且是全国著名刊物《星星》诗刊的编辑,三十年前就是中国诗坛上很活跃的诗人了。然而,那时候,我刚开始写诗,却不知天高地厚,想要在《星星》诗刊上发表作品。

有一天,应该是1987年初秋吧,我又像往常去报社投稿那样,将《星星》诗刊编辑部的地址抄写在信封上,背上挎包便坐上了进城的公交车。

之所以会有强烈的愿望要去《星星》诗刊投稿,一个重要的原因是,写诗一年多,我自认为有些诗作还算可以,但投寄出去又全都石沉大海,没有一首发表,我有了挫折感。偏偏这时候,我得知成都还有一家专门发表诗歌的刊物,就认定在这本刊物上发表诗歌应该会比投给其他报刊容易。这样的想法,在我当时看来并不觉得幼稚,毕竟报纸副刊只有一版,可刊发的内容又很多,能发上一两首小诗就很不错了,哪里比得上一本专业诗刊刊发的数量呢?那时我根本不懂正因为是专业诗刊,全国投稿诗人多,对作品的质量要求更高。

一次,我在城里的报亭买了一本《星星》诗刊,上面正好有"全国首届星星杯新诗大赛"的征稿启事,我立即决定参

加。一个多月后,我选好几首自认为不错的诗作打算送到《星星》诗刊。

《星星》诗刊编辑部在省作协七楼,可以坐电梯上去。

在那个年代,这样的办公条件并不多见。果然,坐电梯上去后,发现这个编辑部很安静,几间办公室虽然全开着门,却听不见嘈杂的声音,不像报社那样人来人往。我敲了敲一间办公室的门,有一个留着长头发的小伙子从办公桌后抬起头,问我找谁,我说是来参加诗歌比赛的,他便站起身说:"跟我来吧,我带你去见见编辑。"后来,我知道小伙子姓古,在《星星》诗刊负责通联工作。

小古把我带到了另一间办公室,我看见有一位年长的男子正低头看稿,他便走上前说:"孙老师,有位作者来参加诗歌比赛,您接待下吧。"

这位孙老师,便是我后来的恩师孙建军。

孙老师显然也没接待过像我这样的作者。他见我用颤抖的双手从挎包里摸出一叠诗稿,硬是愣了半天才接过去,然后问:"是你写的吗?"我点头,他站起身,搬来一把椅子让我坐下。询问了我的基本情况后,孙老师将办公桌上的一支钢笔递给我:"写写你的名字,我看看。"我以为他是不相信我会写字,还能写诗,所以接过笔开始吃力地在纸上写起来。

这样的事,我不是第一次遇上。因为我不仅说话不清,走路困难,双手也有严重的残疾,写字时抖动得很厉害,需要用尽全身力气才能把笔控制住,再一笔笔慢慢书写。这样的写字方式自然很特别,尤其是还不了解我的人,第一次看见我写字的模样,几乎全都会被惊得目瞪口呆。所以,孙建军叫我写上几个字给他看看,我并不生气,我能理解。然而,看见我艰难地在纸上写出自己的名字,我发现孙老师的双眼红了,他摸出一支烟点燃后竟许久没有说一句话。

有一位同事提醒他:"你抽烟,怎么不给人家散一支?"孙老师这才回过神,从香烟盒里又抽出了一支烟。我说我不会抽烟,孙建军答道:"诗人怎么能不抽烟呢?来,抽一支。"他用打火机将香烟点燃。盛情之下,我不好拒绝,只好硬着头皮接受了孙老师的烟。这是我生平第一次抽烟,也是至今唯一一次抽烟,却没被呛着,孙老师的同事又打趣说:"看来小伙子能抽呀,往后准能写出好诗来。"

我是后来才真正明白这句话的含义。我周围很多写作的朋友,都是"烟枪",一开始创作便烟不离手。可那天,孙老师同事的话,我却完全不理解,在一旁憨笑,然后就盼着这位有些秃顶的编辑能对这几首诗稿的命运做出裁决。我好希望孙老师看了后说上一句:"不错,留下吧。"

可是,这几首诗,显然让他失望了。孙建军认真看后对我说:"小杨,这几首诗可能还很难在我们这里发表,要不你就投给报纸试试吧。"

我糊涂了,不明白连专门刊登诗歌的刊物也不能发表的作品,难道投给报纸还会被发表吗?只是,这种疑问,我没有流露出来。把诗稿重新装入挎包后,我又问:"我能报名参加诗歌比赛吗?"孙老师终于直言相告:"以你现在的水平,还不适合参加比赛。慢慢来,往后还有机会。"他还叮嘱我往后投稿可以在信封上写他的名字。

我明白,孙老师这样说,是想要在写作上给予我更多的帮助,同时也不让我的作品轻易失去发表的机会。毕竟,编辑部每天会收到大量来稿,很难保证不会有遗珠之憾。因此,听孙

老师说往后投稿可以直接寄给他,我一下子对他又多了几分感激。

送我下楼时,孙老师无意间听我说已经交了诗歌比赛的报名费,他便叫我等等,转身走进小古的办公室:"把杨嘉利的报名费退给他吧。"我上前拦住他:"不用……"孙老师回答:"你没有工作,十元钱对你也不容易。"这件事,尽管已过去差不多三十年,但我一直铭记在心。我从这个小小的举动中,看到了孙老师的善良。

多年后,孙老师出了一本诗集,书名就叫《善良的孩子》。我想,在孙老师心里,红尘中的每个人,乃至每个生命,或许都应该是善良的孩子。如此,他第一次见到我,才会有一种深深的同情。这样的同情,并非怜悯,而是想帮助我在写作上不断提高、不断进步的善心。

记得有一年夏天,奥运会后又开残奥会,不少中国残疾人运动员在残奥会上争金夺银,国家一次就奖励了好几万元。也是在《星星》诗刊的编辑部,我去送稿时,有位编辑便指着报纸上的新闻对我说:"你真不该写诗,发表一两首才挣多少稿费呢?要是去练体育,拿个金牌好几万元,要发表多少首诗才能挣到呀。"

这样的话虽然是打趣,可孙老师听后却很认真地回答:"小杨写诗,是他的心灵有诉求,和能挣多少钱没多大关系,要不他不会坚持写了这么多年。"

孙老师虽然这样说,但他知道我二十多岁了,在经济上自食其力对于我来说同样重要。所以,那几年,在孙老师的指导下,我在诗歌写作上有了长足进步。从在《星星》诗刊上发表一两首小诗,到后来有作品刊登在重磅栏目《青年诗人二十家》，他帮助我完成了从普通写稿者到诗人的蜕变，也让我第一次赚到了上百元稿费！

20世纪90年代，我的父母工作几十年后，每月工资也才一百多元钱，可在《星星》诗刊发上几首诗就能挣这么多稿费，怎能不是一件让人激动和热血沸腾的事呢？

多年后，回忆起那段写诗的时光，孙建军老师始终是我最想感谢的人；他在我的诗歌写作道路上，是第一位真正意义上的老师。这份师恩，我将一直珍藏在心底……

引领我走上新闻路
——致杨力

　　一晃，竟然有十年没有见到杨力老师。在我的记忆中，他应该是风度翩翩、精力充沛的样子，在他所挚爱的新闻工作岗位上日夜操劳，殚精竭虑。然而，万万想不到的是，因要送一本杂志给他，我下午去商报找他，他从会议室出来，缓慢的步态和斑斑白发，让我一时间完全不敢相信自己的眼睛。特别是坐下后，他说话时也完全没有了记忆里那样洪亮的声音！

　　终于，我明白，时光，让这位二十多年前曾引领我走上新闻这条奋斗之路的老师，也渐渐老去！

　　可杨力老师，应该还不到六十岁吧？他应该还处于干事业的黄金年龄，我怎么会想到十年不见，这个干起工作就拼命的儒雅男人，他的身体竟然变得如此糟糕。杨力老师说，他的心跳每分钟只有三十多四十下。我听后心往下一沉，多年前和他相交的一幕幕往事，又瞬间浮现出来。

　　事实上，认识杨力老师之前，我从没有想过自己能写新闻，更没想过有一天还能去报社做记者。尽管人到中年，很多朋友在我这样的年龄早已经成了单位骨干，甚至领导，而我才终于有机会在自己的名字前加上了"本报记者"这个称谓——为了这一天，我竟然在新闻这条路上摸爬滚打了二十多年！

当我认定这辈子已经不大可能再有机会让我以"记者"的身份去从事采访时，幸运之神却向我招手了，让我年轻时的梦想终于在为之奋斗多年后得以实现。

也许在很多人看来，"记者"如今也就是一个很普通的职业。但对于我来说，这两个字，却承载了太多年轻时的激情，它是将我的人生从困境引向坦途的坐标；而这个坐标，便是杨力老师为我插上的。

感谢杨力，感谢这位多年前就待我如兄弟的儒雅男人。

特别是多年后的今天，我终于可以用正式记者，而不是特约记者、通讯员这类身份去采访和报道新闻事件时，"杨力"这个名字对于我有了更为重要的意义。

二十多年前，我还是一个成天舞文弄墨的毛头小伙，有一天突然发现成都街头的报摊上又多了一份叫《蜀报》的报纸，彩色印刷，可谓鹤立鸡群，格外抢眼。我买了一份，发现还是试刊号，打开后发现也有刊登散文随笔之类小文章的文学副刊。那天，我正好途经人民南路，也就是如今的天府广场附近，挎包里正好带了一篇刚写好的散文，原本打算去东郊的一家报社投稿。转车时意外买了份《蜀报》，上面有副刊，报社地址又在陕西街，距离我转车的地方不远。我临时改变主意，决定将这篇新写的散文送去。

可来到蜀报社，收发室的大妈说，报社没人，叫我把稿件交给她，我的心里顿时凉凉的——连编辑也没见到，送去的稿件还能被刊用吗？并不是我想用身体上的残疾去换取编辑的同情，而是因为我写字很吃力，千把字的散文也要花上一天多时间才能工整地抄写在方格纸上，而且字迹还很难辨认。如果不知道我是个什么样的人，这样的稿件交到编辑手上，无疑会很

快被扔进废纸篓。

　　这不是没有可能。毕竟，编辑们每天要阅读大量来稿，哪有功夫辨认我那歪斜的字迹？所以，虽然留下了稿件，走出报社大门，我对文章能否发表便不抱多大的希望了。

　　大概又过了一周，《蜀报》正式出刊。大特写、大纪实之类的文章让这份报纸面目全新，在市场上一下子抢尽风头，我竟然跑了好几个报摊才买到了一份。我万万没想到，就在《蜀报》的创刊号上，我几天前送去的那篇散文被刊登在了副刊上，并由此成为我至今唯一在报纸创刊号上发表的作品！

　　捧读着这份散发着油墨清香的报纸，我热血沸腾。

　　不久后，我又写了一篇散文，打算再给蜀报送去。刚到报社，收发室的大妈就认出我，说："今天报社有人，你上去找他们吧。"报社的办公室在二楼，我扶着扶梯走上去，敲开办公室的门，有个年轻女孩探出头来询问我找谁，我说我是来投稿的，她便又回过头向办公室的里面大声喊道："杨老师，有作者来交稿！"

　　女孩的声音刚落，办公室往里的一张办公桌后站起来一个儒雅的男人。身材不算太高，微胖，将我让到办公室另一端的沙发上，他随后坐在了我的对面。

　　我用颤抖的手去取挎包里的稿件，摸索了半天也没取出来，额头上沁出了细细的汗珠。中年男人用他温和的声音说："不急，慢慢来。"我竟花了一分多钟才将稿件取出来！中年男人接过一看，又说道："你就是杨嘉利？你上次交来的那篇散文很不错，我已经安排发了。"我说我看见报纸了，今天是来送一篇新稿子。中年男人听后点点头，并鼓励我说："往后多给我们写点东西，只要能发就给你多发。"

这是我第一次听编辑说这样的话，赶忙回答："我一定会多写好文章……"后来才知道这个叫杨力的中年男人竟然是报社的副总编。

我后来去蜀报社送稿时，见到杨力的机会并不多。尽管正如他对我所说的那样，我写的散文一年多来时常在《蜀报》上刊发，但见不到杨力，我心里常有几分失落，我多想当面得到他的指点呀。

一天，我又去报社，仍没见到杨力。走下楼，看见收发室的大妈，便问她："杨老师怎么老不在办公室？"大妈回答说他每天晚上值夜班，为等新华社的电讯稿常常需要熬夜到两三点钟……于是，我明白了为什么每次上午去报社都很难见到他。从此以后，为见杨力，为能够当面和他交流，我去蜀报时就会选择在下午，见到他的次数果然多起来。

在他的指导下，我在《蜀报》上发表的散文和随笔也越来越多。

我知道，我写的东西之所以能常在《蜀报》刊发，并不是写得有多好，很大程度上，杨力是在用一种特殊的方式鼓励我，希望我能在残疾的人生中活得自立，活出坚强！多年后，回首往事，这样的感悟，更让我对亦师亦兄的杨力充满感激。可有一天，杨力见到我后竟突然说："现在是市场经济，很多报纸都不会再办文学副刊，你要再光写散文和诗歌，往后恐怕很难有出路。"

我一下子很茫然，我听出了杨力的话外之音——也许过不了多久，《蜀报》也不会再刊登文学作品了！如果真是这样，我该怎么办，我还能靠写作养活自己吗？看出了我的失落，杨力接着又说："你可以写新闻呀……你的文笔不错，写新闻说

不定会比很多记者还写得好。"

我大吃一惊。可杨力一脸认真，绝非像开玩笑的样子。我于是忐忑不安地问："我真能写新闻吗？"杨力回答："当然能……只要肯下功夫，我相信你一定可以写出很好的新闻！"

虽然我当时已经二十四五岁，可有了杨力的鼓励，我写新闻却仍然有初生牛犊不怕虎的闯劲。很快我就作为特约记者，到乐山采访四川省首届金点子拍卖会，所写的稿件刊发在《蜀报》经济版的头条。另一篇名为《总得给下一代留下点什么》的长篇通讯，在另一家报纸上发表后还获得了1997年度四川省新闻奖！

然而，尽管如此，因为身体的原因，二十多年来，我虽然成了多家媒体的撰稿人，却一直无法将"本报记者"这个称谓冠于自己的名字前。苍天不负苦心人，二十多年的坚持让我终于在2016年年初成为四川经济日报社的一名记者。

这条路，在我脚下，虽然走得艰辛，走得坎坷，却因为有了理想的目标，我走得义无反顾。我相信，在理想之光照耀下的人生，终究会是灿烂的人生……

或许，未来某一天，我或者杨力，乃至所有生命的灿烂，最终都将如浩瀚夜空中的流星稍纵即逝；然而生命的价值和意义，便是要燃烧成一抹亮丽的美景，映入这个世界永不磨灭的记忆！

助我破茧成蝶的人
——致周介梅

2017年夏天，失联多年的汪洋结婚，他托好友程伟捎来消息邀请我参加，并说："青年报当年的兄弟一个都不能少。"

汪洋所说的青年报，是指当年共青团四川省委员会主办的《四川青年报》。我虽然从没在这家报社工作过，却与它有很深的渊源——当年我的第一首习作便是在这份报纸上正式发表的。

当时，《四川青年报》还叫《晨报》，报社地址在成都市东城根街旁一条叫多子巷的小街上；我所接触到的第一位编辑也不是汪洋，而是周介梅老师。

大概是1988年八九月间，一天上午我坐公交车进城，一路上询问了很多人，才辗转找到多子巷。可在一栋高楼门口，工作人员说什么也不让我进去。尽管我再三解释说我是去报社投稿，但因我说话含糊，听不清楚，他便认定我是收废品的，说："我们这里不卖旧报纸，你还是去其他地方收吧。"我只好从挎包里摸出了一叠诗稿："我不是来收旧报纸，我是去报社投稿。"

收发室工作人员这才恍然大悟："这样呀……小伙子，你去吧，报社就在一楼。"

来到一楼,虽然很多办公室开着门,我却在外面徘徊许久,不敢贸然进去,刚才在收发室发生的一幕让我有些不安。

我当时快十八岁了,个子不高,又很瘦,再加上凌乱的头发,难免让第一次看见我的人感到诧异。尽管很迟疑,过了一会儿,我还是鼓足勇气敲了敲"副刊部"办公室的门。听见敲门声,坐在靠近门口办公桌前的女编辑便转过头,她一看见我就"啊"的一声叫了起来,站起身一下子从我身边跑出去!紧接着,又有两个年轻女编辑跑出了办公室!

而我,站在这间办公室门口,茫然不知所措,那样的情形至今想起来仍然让我尴尬万分。好在这时候,有一位中年女编辑站起来,走上来开口问道:"你有什么事吗?"我还是用含混不清的声音回答:"我是来投稿的……"很庆幸,她竟然听懂了我的话!她接过我的诗稿匆匆看了一遍,对跑到办公室门外的几个同事说,"没事,人家是来投稿的作者",并拉来椅子让我坐下。

这位中年女编辑便是周介梅老师。接下来,她认真看了我带去的诗稿后,说:"小杨,这几首诗可能还不好发。这样吧,往后写了新的作品就寄给我,我一定会认真对待。"我自然明白这句话的意思,我带去的几首诗还没有达到发表的水平……可看见我艰难地将诗稿重新装入挎包,周老师突然又问:"你在哪儿上学,离这里远吗?"

我如实回答说我没上过学……周老师震惊了:"真的吗,你真是连一天学也没上过吗?"我点点头,她又说:"小杨,把刚才那几首诗再给我看看吧。"

老实说,那几首诗算是我当时自认为写得最好的,所以我也暗暗希望周老师能"慧眼识珠"。果然,周老师再次认真看了我的诗稿后说:"这几首诗,就先放在我这里,争取能用上。"

我一下子激动了。毕竟在那个年代,对于很多喜欢文学的年轻人来说,在报纸上发表作品会是一件多么激动人心而又荣耀的事情呀,何况像我这样从没上过学的残疾人!这天回到家,我刚进门便大声说:"爸妈,我的诗很快要在报纸上发表了!"

可接下来一个多月,我并没等来周老师的任何消息。

我很清楚地记得,那天离开报社,周老师还特意对我说:"稿子用了我会通知你。"可此后,我却一直没接到周老师的用稿通知。其间,我按照周老师留给我的通信地址,又给她寄了几次诗稿,但还是石沉大海。就在我深感失望时,10月底的一天,我中午去小区的收发室,值班的大爷看见我后说:"有你一封信,是报社寄来的。"

一年多来,因常给报社和杂志社投稿,也就常会收到退稿的信件。所以,听说有报社寄来的信,我并不意外。可看见是一个长条形的信封,上面又印着"《晨报》社"几个字,我凭直觉感到这封信和以往的退稿信不一样。我迫不及待地拆开信封,果然一份报纸从信封里滑落出来,展开一看,竟然是一份出版日期为1988年10月25日的《晨报》!在第四版副刊上,我一眼就看到了我的小诗《回顾》:"将纸船/放进小河里飘走/梦,像一只断线的风筝/那样自由……"

这是我第一次在报纸上发表作品,内心的激动可想而知,对这位编发了我的处女诗作的女编辑也自然有说不出来的感激。而这样的感激,并不只是她编发了我的处女作,更重要的是这首只有十行的小诗的见报稿和我的原稿相比,周老师竟改动了七行!由此可见,小诗《回顾》,原本还是达不到发表水

平的,周老师完全是为了鼓励我,让我在写作上拥有坚持下去的动力,才会用这样一种方式让我的名字第一次变成了铅字。

从第一次在报纸上发表作品至今,转眼三十年了。我想,我之所以会在写作上坚持走下来,和周介梅老师当年的这个举动密不可分。因为,正是发表了第一首诗歌,一年多里我才接二连三在《成都工人报》、《星星》诗刊、《青年作家》等报刊上发表诗作,而且还写了一篇叫《微笑》的小小说发表在周介梅老师主编的《晨报》副刊上。我渐渐成了周老师的主要作者,和她也更加熟悉,空闲时也会相约一起去公园喝喝茶、聊聊天。

20世纪90年代初,成都的报纸大多不办副刊了,《晨报》改名《四川青年报》后也取消了副刊。迫于经济压力,为多挣稿费,我很少再写诗歌和散文,和周介梅老师见面的次数也因此渐少。尽管如此,只要有空,我还是会去报社看看她……再后来,周老师便没再做编辑了,转为负责报社的通联工作。

记不清到底是哪一年,我见到周老师,她的脸色很不好,头发也稀疏了,她对我说:"我很快就要退休了……"我很惊讶,因为我知道周老师才四十多岁,应该还没有到退休的年龄。但一个多月后,我再去这家报社,周老师果然就没上班了,我才听说她患了癌症!

周介梅老师到底患的是什么癌,我至今不知道。我毕竟不是报社的工作人员,尽管那几年常去找周老师,但因语言上的障碍,和其他编辑并没有太多接触,不好打听。再加上那时候通信工具不发达,如此一来,周老师退休后,我和她竟完全失去了联系……

就这样,二十多年了,"周介梅"这个名字始终是我的一份牵挂。

2017年7月,意外收到周老师曾经的同事汪洋的结婚邀请,我欣然前往。在我看来,连我这样一个当年只是常常会给青年报社投稿的作者,汪洋也还记得,那么作为同事,周介梅老师更加理所当然会收到汪洋的邀请,说不定在汪洋的婚礼上真能见到她呢。可遗憾的是,在那场热闹非凡的婚礼上,虽然当年报社的很多记者和编辑都来了,但我还是没见到周老师,甚至没有人知道她的近况!

由此,我隐隐有了一些不安——毕竟,二十多年的时光,很多事情都会发生。但不管怎么样,"周介梅"这个名字却始终印在我的生命中。因为,要不是年轻时遇上了这位好心的女编辑,我也许在写作上根本不会破茧成蝶,更不会一直坚持走到今天!

年届八旬依然用文字耕耘人生
——致杨存辉

前几天，杨存辉在微信上说，他的长篇小说《唐场豆腐乳传奇》很快将由北京一家出版社出版，嘱我写一篇评论文章。

这是一位年届八旬的老人，知道他又有新作即将问世，我有了许多感慨——八十岁，又有几人还会坚持写作呢？何况短短两年便接连出版了两部几十万字的长篇小说！而且，微信上，他还对我说，《唐场豆腐乳传奇》只是他计划创作的《古镇春秋》三部曲之一，接下来他还要写第二部、第三部！

我今年四十八岁，周围的朋友也大多人到中年，常会听见"岁月不饶人"之类的感慨，仿佛人生的暮年已近在咫尺。然而，这天看了杨存辉发来的微信，我有了一种顿悟，那就是对于有理想和追求的人来说，所谓"岁月不饶人"也只是无病呻吟罢了。因为，在他们眼中，只要生命还在，不管年龄变成一个多大的数字，也仍然无法阻挡他们努力实现理想的脚步！

即将八十岁的杨存辉，便是这样一个人，也让我不由想起了三十多年前和他在成都一家杂志社相识的往事，那家杂志社就是当时很火的青年作家。

那时候，我刚开始写作没几年，有幸遇上了恩师孙建军。后来，在孙建军老师的办公室，我接触到了更多的文学刊物，其中有一本就是《青年作家》。

青年作家杂志社也在成都，我有点激动。毕竟，和孙老师接触多了，也就渐渐明白，对于写诗的人来说，专门发表诗歌的刊物是最难上稿的；相比之下，综合性的文学杂志，虽然刊发的诗歌不多，但在作品质量的要求上也没有专业诗刊那么高。

于是，就在那天，我带着被孙老师"枪毙"的诗稿，直接去了青年作家杂志社。

当时，《青年作家》的诗歌编辑是刘滨先生。我去时，他正好不在，杨存辉接待了我。看了我带去的诗稿，杨存辉说他的感觉还不错，答应帮我转交。几个月后，其中一首小诗果然在《青年作家》上发表了！我后来再去青年作家杂志社，便会去杨存辉的办公室坐坐。

可真正和杨存辉接触多起来，却是他调到省残联的杂志社工作之后。

杨存辉调过去时，那本两个月才出一期的内刊杂志还叫《四川残疾人》，已经办了好几年，过去只是刊登一些领导讲话、工作文件之类的文章。杨存辉调去后，办起了文学栏目，需要文学稿件，特别是残疾人创作的文学作品，但杂志社根本没有储存多少残疾作者的信息，他想邀约一些残疾人写稿也没办法联系。所以，杨存辉便给青年作家杂志社的同事打电话，请他们转告我，往后也可以给残疾人杂志社写写稿。

对于我，能有地方发表作品，自然是一件好事。这样，我很快去了残疾人杂志社，见到了在那里主持文学栏目的杨存辉，并和他有了更多的接触。

第一次编发了我的一组诗作后，杨存辉还写了一篇关于我

的通讯，叫《生命的颤音》，送到省电台，没几天就广播了，当时几乎家家户户都订有的《四川广播电视报》也刊发了这篇通讯稿……打交道多了，我渐渐对他有所了解，原来他在20世纪60年代就开始写作和发表作品。尽管几十年过去，由于工作和生活的原因，他创作长篇小说的梦想一直未能实现，可他说："我手上有几个很成熟的构思，就是没时间写，但我一定会在有生之年写出来！"

最初听杨存辉这样说，我很纳闷。要知道从相貌上看，他当时也就四十多岁，头发又多又黑，应该还会有很多时间创作小说。可有一次，杨存辉到我家里做客，从他和我母亲的闲聊中，我才知道他和我的母亲竟然是同龄人，那年已经五十三岁了！

在很多人看来，过了半百就算是走进了人生的暮年。然而，杨存辉雄心未灭，立志要实现年轻时的文学梦。他有这样的心态，我是很钦佩的。我一直认为，什么样的心态决定了什么样的年龄状态。假如一个人认为自己老了，那么不管他多少岁，不管做什么事，定会缺少应有的激情。所以，我对杨存辉年过半百仍要创作长篇小说的想法，不仅理解，也很支持，对他说："好呀，杨老师，我就等着拜读你的大作了。"

可我也有一些担心。写小说，特别是写动辄几十万字甚至上百万字的长篇小说，作者不仅会在脑力上有很大消耗，其体力也面临严峻考验。杨存辉已年过半百，他还能胜任这样的工作吗？而且，杨存辉在残疾人杂志社工作的时间并不长，他随后又去了厂长经理日报社做副刊主编，工作量增加了很多，我想他要写长篇小说的难度更大了。然而，那年夏天，我有一天中午去报社找他，在装有空调的办公室却没看见他的人影。

有个小伙子说:"杨主编可能又回寝室写他的小说了。"

我去过杨存辉在报社的寝室,条件并不算很好,只有一台老掉牙的电风扇。我很难想象,这么热的天,他不在办公室吹空调,跑回闷热的寝室写什么小说呢?

我半信半疑,来到寝室门外,敲开房门,杨存辉果然光着上身,桌子上摊着厚厚的稿笺纸……就是在这家日报社工作的那几年,杨存辉硬是利用中午和晚上的时间,创作出了几十万字的小说——《情迷黑竹沟》!

小说出版时,杨存辉已年近花甲,按说也算是实现了他年轻时的理想,他在写作上也有理由歇歇脚了。事实上,我有这种想法,原因是交往多年,我对杨存辉的家庭生活也很熟悉,知道他的几个孩子很有出息,他应该可以安享晚年了。但杨存辉说:"我还有几个题材,只要身体允许就再写几年吧。"

杨存辉的精神状态确实还是和我刚认识他时差不多,连容貌也没有多大变化,红光满面,精神矍铄。所以,听他这样说,我也认为再写几年小说对于他来说应该不会有多大问题,没料到这一写又是二十年!

2016年春节,我去大邑看他,正逢他的小说新作《蓉城潜影》出版。我读后很有感触,便写了一篇评论文章,结尾处有这样一段话,"曹操曾有诗写道:'老骥伏枥,志在千里。'谁又能断言,这位依然攀登着文学高峰的老者,他不会在有生之年写出更多、更优秀的作品呢?"

老实说,当时这样写,很大程度上只是出于美好的祝福。毕竟他那时候已七十八岁,要想再创作一部像《蓉城潜影》那样宏大的作品,谁也不敢说是一件轻松的事。然而,如今才两年多,杨存辉又一部几十万字的小说即将出版,我如何能不对

辑二 曾经,依然如昨的岁月

这位高产的老作家心怀敬意？因为，从他的身上，我仿佛再次看到了一种生命的力量，也找到了一把能够获取这种力量的钥匙——将持之以恒对理想的追求，建立在良好的心态之上；那么，不管什么样的年龄，永不停息，实现理想也许就只是迟早的事了。

给予我第二次生命
——致汪凤兰

我能活下来，要感谢一位叫汪凤兰的女医生。用我母亲的话来说，当年要不是遇上了这位好心的医生，我也许早已不在人世了。为此，我常想，这位在我半岁多时挽救了我的性命的女医生，到底是一个什么样的人，又为什么会救我呢？毕竟，汪医生每天都会诊治那么多病人，她又不是我的主治医师，按说我的死活和她没有关系。然而，就因为听我母亲说话是乐山口音，这位年龄上和我母亲差不多的女医生，主动上前询问我的病情，然后对挂号室的护士说："给孩子安排床位吧，不能再耽误了。"

当时，母亲身上只有几元钱，父亲还在赶来的路上。了解到母亲之所以迟迟不能为我办住院手续的原因，汪凤兰接着又说："如果她实在没钱交费，往后就从我的工资里扣吧。"

母亲不认识汪凤兰。素昧平生的女医生说出这样的话，母亲自然很感激，抱着我便要跪下。汪医生急忙扶住母亲说："给孩子治病要紧！"

许多年后，我一天天长大，母亲每次提到汪凤兰仍会心怀感激。母亲说，她和父亲那天三次送我去医院，可开回的药全都是吃了就吐。母亲说，遇上汪凤兰医生是晚上十点多钟，父

亲上夜班,她就一个人抱着我走了近二十公里路又赶到医院。被我的病情吓得慌了手脚的母亲,到了医院才发现身上没带多少钱!医生诊断后让我立即住院,挂号时母亲却拿不出钱,她便抱着我在挂号室外不停哭泣和恳求,也才会遇上汪医生。

汪凤兰安排我住院后,又对母亲说:"你是乐山人吧?我也是乐山人。"就这样,我侥幸捡回了一条命;尽管那次病好后,我落下了终身残疾。

母亲和父亲是文化不多的老实人,当时家里的条件又不好,我出院后他们也就再没有和汪医生联系了。

过去,我还小,很不理解父母的做法——儿子的救命恩人,他们为什么就不能带我去看看呢?后来,我渐渐长大,也才渐渐理解了父母的苦衷。毕竟,我是在那次生病后落下的残疾,要是让汪医生知道了这样的结果,她会不会因此而愧疚呢?正因为有这样的顾虑,三十多年过去,父亲和母亲虽然时常会向我提起汪医生,却一直没带我去看过她。

然而,我和汪凤兰医生终于还是在我三十六岁那年见面了!而促成这次见面的,是华西都市报社特稿部主任许佳老师。

因为常写特稿,我和许佳老师有了很多接触。一次,去报社时,她对我说:"你能坚持写作这么多年,一定有很多人帮过你。写写他们吧,要不是有他们的帮助,你可能坚持不到今天。"之后,许佳帮我拟好了稿子的题目,叫《感恩之旅》,让我写一篇两万字左右的纪实稿。

那年,正好是我从事写作二十周年,我要感谢的人真的有很多。然而,听了我对过往生活的讲述,许老师说:"你最应该感谢的人,实际上就是汪凤兰医生。要不是当年遇上了她,你也许连命都保不住。"但是，三十六年过去了，汪凤兰医生还能记住她曾经救下的我吗？要知道三十多年的岁月里，她应该帮助了不少像我当年一样生命垂危的孩子，她如何能够全都清楚地记住呢？而且，汪凤兰在年龄上也应该和母亲差不多，此时已近古稀之年，要是退休了，要想找到她就更困难了。

许佳鼓励我说："试试吧，说不定能找到呢！如果真能找到汪医生，不仅会让你的文章有一个很好的开头，也一定会让汪医生很欣慰，你现在毕竟是一名作家了。"

感谢许佳老师，是她让我坚定了要找到这位救命恩人的信心。同样，我也要感谢我当时的特稿搭档张陶，他在离开许老师办公室后对我说："找汪医生的事交给我吧，我一定尽力帮你找到。"

果然，仅仅过了几天，张陶便给我带来了好消息——他找到了汪凤兰医生！

去见汪医生那天，张陶特意帮我买了一束鲜花，让我献给这位救命恩人。

在汪医生坐诊的诊断室，当她看见我手捧鲜花走进去，她的眼睛湿润了，走上前抱住我说："谢谢你，三十多年了还能记住我！"汪医生并不知道，她的这句话让我更内疚——三十六年了，我才第一次见到这位给予了我第二次生命的恩人！

这次见面后，我和汪医生的联系就多了起来，我了解到她是国内著名的地中海贫血病方面的专家，很多患上了这种疾病的孩子，都是在她的医治下像我当年一样重获新生。

一年多后，《成都晚报》开办了一个叫《成都故事》的专栏，我应邀担任主笔，便打算写写汪凤兰，可全都被她婉言谢

绝了:"做医生,治病救人是天职,有什么值得写的?"然而,我和汪凤兰医生这样的接触也只持续了两年多时间,因为我家里接二连三地发生变故,我和她的联系减少了。

2008年秋天,大姐患癌两个多月后,我的父亲又在一天早上突然去世!在一连串的打击下,母亲原本已经很差的视力下降厉害,几乎失明,家里的处境也仿佛从春天一下子到了冰雪交加的寒冬。那些日子,为了陪伴母亲,我除了外出采访便都待在家里,能去看汪凤兰医生的次数自然大大减少。

事实上,大姐的病情,最先也是汪医生诊断出来的!她还鼓励大姐说,她有一个亲戚患上鼻咽癌十多年,仍然活蹦乱跳生活在这个世界上。然而,一年半后,我的大姐还是被病魔夺去了生命……

大姐的去世,让我的母亲经历了白发人送黑发人的痛苦,身体每况愈下,我需要陪伴她的时间也就更多。但是,真正让我不愿意再去见汪凤兰医生的原因,是怕她询问大姐的情况,更怕她提到我的爸爸!我知道,当我第一次出现在汪医生面前,尽管身体上有严重残疾,可多年奋斗后我还是走出了命运的泥潭。然而,家里突然发生的变故,让我感到命运又和我开了一个很残酷的玩笑。只是,这一次,我还能从冰封的生命里走出来吗?

大姐去世时,我四十岁,身体残疾,母亲双目失明,在完全失去了家庭的支撑后,往后的生活到底会什么样,谁又说得清?尽管,那些日子,周围很多朋友见我依然有说有笑,可晚上,我却常常整夜整夜失眠,对于我和母亲的未来,我不敢想。

记得有一天,汪医生打来电话,说她和老伴想要来家里看看爸爸和妈妈，我婉言谢绝了。汪医生一直不知道我的父亲已去世，母亲又不希望被人看见她双目失明后的艰难，所以我又怎么敢贸然答应汪医生夫妇来访呢？我不知道，这件事是不是让这位和母亲一样已七十多岁高龄的老人产生了不快，后来她便很少打来电话了。

有时候想想，真感到上天的不公——既然让我来到这个世界，还安排了一位好心的医生挽救了我的生命，让我又活了下来，此后几十年的人生里却为什么还会一次次用残酷的方式捉弄我？难道他是想要看见我最终将如何狼狈地被击倒，再也站不起来？

那几年，这样的想法一直纠缠在我的心中，我甚至一次次冲动到想要放弃生命……

我庆幸自己最终还是再次挺了过来！只是，和汪凤兰医生好不容易在三十六年后才建立起来的联系，又在这些艰难的日子里中断了。然而，我知道，在我的生命里，不管还会走过多少岁月，也始终会烙印着这个名字；因为，如果不是遇上她，我的生命也许早在我半岁多时就结束了！

如果真是那样，或许在许多人看来倒是我的幸运，至少，我会少很多伤痛，少很多苦难。然而，如果真是那样，我也不可能像今天这样，还有机会用手中的笔和这个世界对话，用这样的对话来完成我对生命的考问……

依然叫我"小杨"
——致钱卫东

我曾多次写过，二十多年前我写的第一篇新闻，是采访共青团四川省委员会主办的一次全国性金点子拍卖会。那么，我是如何得到这个消息的呢？当时我和时任团省委青年创业办公室主任的钱卫东很熟，有一天去他的办公室，看见他正在打印文件。

我和钱卫东也曾失联多年，他调去省工商联工作后，虽然我好几次路过这家单位想进去看看，但每次询问收发室的工作人员，都回答说他不在办公室，我也就没再专门去找过他。

印象中，钱卫东到省工商联工作的那几年，我和他唯一的一次见面还是在采访时遇上的。

七八年前，有一次省工商联在金牛宾馆开新闻发布会，我去采访，刚走到签到台便听见了他那熟悉的声音："小杨，好多年不见了！"我回头，钱卫东正满面笑容向我走来，很多和他打招呼的人还诧异地看着我问："钱主席，你认识这个人？""我当然认识，我还在团省委工作时他就给我们写过报道。"

钱卫东所说的这个报道，应该就是我对金点子拍卖会的采访。

我认识钱卫东，和当年编发了我的处女诗作的周介梅老师有很大关系。至今让我记忆犹新的一件事是，周老师在《晨报》副刊上编发了我的处女诗作《回顾》后不久，我又送新稿到报社，刚坐下和周老师聊了几句，一位中年男人便走进办公室将一篇稿件交给她，问："你看这个东西能发吗？"周老师看了后回答："领导认为可以就发吧。"那时候，我才十八九岁，视力也还不像如今这样坏得厉害。有一次去找周老师，刚走进团省委的办公大楼，就遇上了那天在周老师办公室见到的中年男人。让我没想到的是，他看见我后竟主动上前说："又来找周老师呀？"

见我点头，他接着又说："我叫钱卫东，到我的办公室坐坐吧，听周老师说你很了不起。"

钱卫东的话让我恍然明白，难怪他对只有一面之缘的我会这样热情，原来是周老师向他说了我的情况。钱卫东递了一张名片给我，上面有一大堆头衔，我唯一还记得的就是"共青团四川省委青年创业办公室主任"了。我为什么会一直记得钱卫东的这个头衔？原因是周介梅老师后来对我说："小杨，你不是很想找份工作吗？钱大哥是做青年创业指导工作的，认识很多办企业的人，说不定有办法帮你。"我这才明白，这位好心的大姐还在操心我的工作问题！

经周老师介绍，钱卫东对我有所了解。钱卫东热情、平易近人，我和他的交往也渐渐多起来。那时候，我每次去周老师那里，都会到钱大哥的办公室坐坐，这才有了几年后我采写第一篇新闻稿的机会。

钱卫东没一点官架子。我每次去找他，他都会热情地给我倒水，和我聊上一阵子。

记得有一次,聊到当时刚兴起的卡拉OK,我说:"现在唱卡拉OK还只能把演唱者的声音配上去,要是有可能把演唱者的影像也配上去,卡拉OK的画面就像演唱会那样,一定会更带劲。"钱卫东听后双眼一亮,说:"小杨,你的这个创意很好,一定会实现。"

天呀,我随口一说,想不到在钱卫东听来就成了所谓的创意,难怪听周老师说他已经帮很多年轻人实现了创业的梦想。

钱卫东帮助不少年轻人实现了创业的梦想,自然也认识不少企业老板,按说他要帮我找份工作完全就是举手之劳,可事实上并非这样简单。钱大哥了解我的身体,他要帮我找工作,首先要考虑的一个问题便是我能做什么。毕竟,钱卫东指导和帮助的企业,几乎全都是一些科技含量高的企业,这样的企业就算他介绍我去了,我又能做什么呢?

钱卫东后来叫我去找团市委,说团市委有一个"青少年权益保护部",帮助残疾青年就业也应该是他们维权工作的一部分……

在钱卫东的介绍下,我在成都团市委遇上了孟虹大姐,并在她的帮助下有了人生中的第一份工作。尽管这份工作只做了半年,却让我对自己今后的人生有了更清醒的认识,那就是我只有靠用自己笔端下的一个个文字生活在这个世界上!

自从有了这样的认识,我也就再不奢望找一份稳定的工作了。后来几年,我再见到钱卫东时,也就再没向他提过找工作的事。

1994年,乐山主办国际旅游大佛节,那时候又时兴"文化搭台,经济唱戏",钱卫东所在的部门积极参与,打算搞一场全国性的金点子拍卖会。

  一天，他正在办公室打印文件，我又去了，看见文件上"金点子拍卖"几个字，感觉这条新闻可以好好做做。恰好几天前，蜀报社的副总编杨力说我也可以给报社采写新闻，我便问钱卫东："这件事可以写新闻吗？"钱卫东回答："当然可以……"而且他还告诉我，这件事还没被媒体报道。我一听，自然更加兴奋，认为抓到了一条"独家"。

  果然，稿子写好后很快就在《蜀报》上刊发了！

  稿件见报的这天，我给钱卫东送去报纸，他看后连声说："不错，不错呀！"然后又说，过几天拍卖会将在乐山举行，让我到乐山去做采访！

  我对乐山并不陌生，我的父母就是土生土长的乐山人。如此看来，我虽然在成都出生，在成都长大，可还是乐山人，毕竟在那片土地上有我生命的根。那么，第一次有机会以"记者"的身份到成都之外的另一座城市采访便要去乐山，是巧合还是天意？

  然而，钱卫东的话又让我忐忑不安——我这样的身体，在行动和生活上都很不方便，到了乐山万一有什么困难怎么办？钱卫东好像看出了我的心思，对我说："放心吧，我会安排人照顾你。"

  就算如此，我去乐山采访报社同意吗？我毕竟不是蜀报社的正式员工，用什么身份代表报社去做采访呢？好在这个问题杨力老师帮我顺利解决了，让我以"特约记者"的身份到乐山采访。

  那次，在乐山，记不清到底待了多少天，只记得当我和成都诸多媒体的记者一起坐车抵达乐山时已是傍晚。汽车在一家

宾馆门前停下，看见我走出车门，有一个个子不高的小伙子急忙走上前扶住我说："你是杨老师吗？我叫王恒，是钱卫东主任叫我来照顾你的。"后来几天，我在乐山的所有活动，王恒果然寸步不离地照顾我，晚上也和我住一个房间。

王恒看上去很憨厚，留着平头，却有许多白发，在洪雅红星粮站工作。他说自己工作之余喜欢搞些小发明、小创造，也被邀请来参加这次活动。听了王恒这样说，我便打趣他："怪不得你这样年轻就有了那么多白头发，原来是用脑过度呀。"王恒不好意思地用手挠挠头："哪里是什么用脑过度，我小时候就有白头发了。"

那几天在乐山，钱卫东很忙，就算吃饭也很难见到他，可他却专门叫王恒照顾我，让我既感动又有压力，害怕采访不好，一来没办法向报社交差，二来也对不起钱卫东大哥。还好，回成都后我采写的这篇报道在《蜀报》经济新闻版的头条位置刊发了，我心里的一块石头总算落地了。

这次采访后，我便真正入行做了"编外记者"，但采访的多是人物故事和社会新闻，就很少再去找钱卫东，尽管我知道他已调至团省委工作。只是，我仍时不时给他打一个电话，问一下他的近况。我明白，要不是他给了我第一次采访的机会，我不大可能这样顺利地走上这条新闻路。

正因为这样，如今许多年过去，我和钱卫东虽然又是多年不见，但我始终忘不掉他。

前几天，在朋友姚茂敦的朋友圈里，看见了他和钱卫东的合影，我立即向他索要了钱卫东的手机号，然后一个电话打过去。刚听我叫了一声"钱大哥"，钱卫东便立即答道："小杨，是你呀，又是好多年不见了！"

是呀，"又是好多年不见了"！在这位大哥眼里，我也许还是当年那个青涩的"小杨"，尽管在时光的流水线上，他已退休离开工作岗位，而我也年近半百……

采访结缘的老大哥
——致杨学斌

1998年的秋天,我有一次去四川价格报社送稿,看见杨学斌和几位记者正热烈地讨论一件事。我听了一会儿,渐渐听出了端倪,原来是重庆有一家企业要和报社合作,投资将《四川价格报》改造成市场化的都市报,据说报名也快批下来了,叫作《商务晨报》。

那时候,成都办有一张《商务早报》,卖得很火。我便想,《四川价格报》改版后将会怎样,会像《商务早报》那样变成让人热血沸腾的一匹市场黑马吗?毕竟作为特约记者,我给《四川价格报》写稿已有很多年,自然感情很深,我几乎每个星期都会去一次这家位于永兴巷的报社;它要能改版成功,成为市场上的新锐,我有什么理由不为它感到高兴呢?

可接下来,杨学斌告诉我一个消息,又一下子让我失落万分。

杨学斌说,报社在新南门一栋写字楼租下了新的办公室,连办公桌和电脑也都买好了,很快就会大量招聘编辑和记者。这样一来,报纸改版后像我这样的特约记者还会有多少发稿机会呢?于是我想,改版后的报纸,虽然每天都会出,而不再是每周只出两期,可我的发稿机会也许却会大大减少。

大概是看出了我的失落，杨学斌又笑着说："你不用担心往后发稿的事，大不了你也来应聘呀，孙总对你的情况很了解。"

孙总叫孙继斌，是四川价格报社的副总编辑，分管采编工作，我和他打交道的次数并不多。每次去报社，我都是直接将稿件交给杨学斌，很少去找报社领导，毕竟他们很忙，我也担心他们听不懂我说的话。

认识杨学斌，是几年前在蜀报社做特约记者时受团省委邀请去乐山采访金点子拍卖活动上。那天下午，成都的众多媒体记者到多子巷团省委大院集合，集体乘车前往乐山。大巴车上杨学斌一会儿为我拧矿泉水瓶盖，一会儿又把削了皮的苹果递给我，还对车上的同行说："真没想到干我们这一行的还有像小杨这样的残疾人，太不容易了。"

或许在杨学斌看来，我做新闻采访太不容易，他不仅在这次采访中处处照顾我，回成都后更是主动让我给《四川价格报》写稿，还给我办了特约记者证。杨学斌说："你的身体不好，要是没有能证明身份的证件，出去采访很容易被人拒绝，甚至有可能还会引起误会。"这样的事之前确实发生了多次。由此，我发现，杨学斌虽然外表粗犷、豪放，说话嗓门大，却很心细。

有了杨学斌为我办的采访证，我接下来的采访果然顺利很多，也开始在《四川价格报》上大量发表新闻稿。然而，报纸改版后，记者增加了，上稿的竞争自然也更激烈，可以想象往后发稿的难度会有多大。也许正是考虑到这一点，他才建议我参加报社的招聘吧？几天后，报社的招聘广告刊登在了《华西都市报》和《成都商报》上，但第一个条件就是大学本科毕

业!我可是连幼儿园也没上过呀,这样的条件显然将我阻挡在门外。

我打电话给杨学斌,说报社的招聘我不参加了,不够条件。没想到杨学斌听后,竟说他已经替我报名了!还说其他事不用我操心,只要去考试就行。

然而,考试这天,我还是缺席了。

那天上午去报社,杨学斌特意叮嘱我晚上一定要准时去考试,我也满口答应了。但离开报社,我又很快改变了主意。考试不像平常写稿,有规定的时间。我写字很慢,能在规定的时间里做完考题吗?何况我从没参加过考试,万一在考场上一紧张闹出什么状况,不仅自己狼狈,还会让杨学斌和报社领导难堪。所以,这样考虑后,我便决定不去考试了。孰料,几天后,我再去报社时,杨学斌一见我便劈头盖脸厉声说:"你那天怎么回事,知道孙总在考场外等了你多久吗?半个多小时呀,你真是太不懂事了……"

我的头"嗡嗡"响,半天没回过神来——孙总会在考场外等我半个多小时?我心里非常不安,小声问:"这,该怎么办?"杨学斌没好气地回答:"还能怎么办?还不快去向孙总道歉!"我来到孙总编的办公室,忐忑不安地敲响了门。

孙总编并没有责备我,甚至没问我那天为什么缺考,我心里的愧疚又多了几分。

和杨学斌告辞时,他的脸色依然很难看,看来这件事让这位几年来如兄长般的老大哥深感失望了。可后悔有什么用呢?后来,我没去价格报社,直到月底领取稿费时才又到了报社。听财务室的大姐说,报社新招聘的记者已经开始上岗培训了,我心里又怅然若失。是呀,要是我不自以为是地缺席那天的招聘考试，说不定我也正参加培训，很快就会成为报社的一名正式记者了。然而，就因为自己的一念之差，这个机会与我失之交臂——要知道，去报社做正式记者，是我多年的梦想呀！

那天，领了稿费，我正打算离开，却被外出采访回来的杨学斌撞上，他竟叫住我说报社领导研究后，还是决定让我到新报纸做记者，而且我每月的采访任务只有其他记者的一半！随后，他用手拍拍我的肩头说："往后虽然记者多了，但可以采写的新闻也会更多，我相信你一定可以比过去做得更好。"

我竟激动得半天说不出话来，这样的结果我怎么想得到？那一刻，我突然明白了一个道理——人生中实际上有很多机会，不管自己面临这样的机会时处于多么不利的地位，也不应该轻易放弃。就算你有无法克服的困难，只要全力以赴去争取，周围就有人向你伸出援助之手。比如这一次，报社给我应聘的机会，我却放弃了；但由于我对新闻的热爱和执着，领导还是没有因此就把我拒之门外。

如今，转眼十多年过去，这件事仍然是我生命中温暖的记忆。尽管我至今不知道，在这件事的背后，孙总编和杨学斌曾有过什么样的讨论和交流，他们在报社其他员工面前又做了多少说服工作，最终才有了聘用我的决定，但这些对我来说已经不重要；真正重要的是，他们让我相信，就算世界是一片惊涛骇浪，那么只要努力，任何人的生命之舟都会抵达他梦想的彼岸……

新年的钟声很快就要敲响了，《四川价格报》的改版工作也迫在眉睫。可这时突然传来消息说，重庆的那家企业撤资了！

我至今都还记得，杨学斌告诉我这个消息时他的声音有多么失落："没办法，投资方不干了，报社也无能为力……"然而，让这位媒体人更加失落的是，一年后《四川价格报》竟在新千年到来之际正式停刊，我人生中一段难忘的经历也由此画上了句号。尽管如此，我对新闻的执着却没有动摇，此后十多年也一直奔走在采访路上；我始终坚信——只要有梦，就一定会迎来梦想成真的时刻！

依然鲜活的记忆
——致刘国祥

那天，和同事唐义福聊天，无意间问起刘国祥老师，唐义福竟一脸惊讶："刘老师已经走了很多年，你不知道吗？"

我确实不知道。

在我的印象中，刘老师虽然早过了退休的年龄，可岁数也不会太大，顶多也就七十来岁，如今活到这个岁数的老人不在少数，何况他的身体一直很棒，平时说话也中气十足，我根本没有想到他竟然已过世了许多年。据同事说，刘老师大概是在2008年汶川大地震之前便去世了，如此算来已有十多年光景。

而那时候，我正忙于写特稿，很少再写社会新闻，和刘老师打交道的次数自然也少了，尽管我一直记得这个年龄和我父亲差不多的男人。然而，谁能想到，再次得知他的消息，竟和我的父亲一样已辞世多年！

人世沧桑，转眼间就物是人非。

如今，每次到报社，我上楼时便会不由自主地想到刘老师，想到二十多年前就在这栋当时还算得上气派的办公大楼里，他和他的同事办报的情形。

记得那时候，我如今供职的《四川经济日报》还叫《四川经济报》，创办了当时在成都很火的周末版《巴蜀周末》，刘

老师便是周末版的责任编辑。不过,我刚开始给《巴蜀周末》投稿时,却不是和刘老师打交道,而是报纸主编古春晓。古春晓是一位诗人,我也常写诗,加上身体的特殊性,在成都诗人圈也算混了个脸熟,不少写诗的人大概对我都或多或少有所耳闻,古春晓自然也如此。这样,第一次造访《巴蜀周末》,他不仅留下了我送去的纪实稿,还留下了我写的几首小诗,小诗不久后就在《巴蜀周末》上刊发了。

由此,我和古春晓的交往渐渐频繁起来。

刘老师和古春晓不在一间办公室,他好像在隔壁办公。好几次我去送稿时,他正好过来和古春晓商谈工作,我便对这位个子不高却很健壮的中年男人有了印象。

有一次去报社,古春晓的办公室锁上了门。我正要离开,刘老师从另一间办公室走出来说:"古老师今天有事,你来我这里坐坐吧。"说完,他便把我让进办公室。我问他负责哪个版面,刘老师随手把一份新出的报纸递给我说:"我编文化娱乐,你往后也可以给我写写东西。"我摇头说我采访不到那些明星,写不出这样的稿件,刘老师笑着回答:"你不用写明星,写写文艺评论、文化随笔也行呀。"

在蜀报社做特约记者时,我也常写一些社会和经济类评论,所以在我看来写写刘老师所说的文艺评论、文化随笔,应该也不成问题。回家后,我便把刘老师编的文化版拿出来仔细阅读,才从编辑栏内看到了他的名字叫刘国祥。不过,后来一两年,我给刘国祥老师写稿的次数并不多,原因是几百字的小稿就算能发表,稿费也才一二十元钱,哪里比得上写纪实稿呢?

虽然如此,后来再去报社时,刘国祥见我并没有稿件交给他，也从未流露出不满，依然像往常一样热情。

大概又过了三年多吧，古春晓调去北京工作，《巴蜀周末》也停刊了，我很失落。毕竟那几年，我给《巴蜀周末》写稿每月也能挣上一两百元稿费，对于我来说算得上是一笔不小的收入。正要和古春晓告别，刘老师走进来，他见到我后说："往后《巴蜀周末》不办了，但报纸有社会新闻，你还是一样可以给我们写稿。"我才知道他已调去做社会版的编辑。

我连声答应。刘老师送我下楼时又叮嘱说："你往后有事就直接来找我吧，你的稿子只要能发我一定不耽搁。"于是，后来许多年，我便写了很多社会新闻给刘老师，刘老师也几乎篇篇采用。

那时候，写稿和传稿远不像如今这样方便，打开电脑就可以搞定。投稿的方式也只有两种，要么去邮局寄，要么就亲自送到报社。新闻稿的时效性强，我给刘老师写稿时，几乎每篇都是亲自送去，刘老师不等我离开就开始处理稿件。我写的字很难辨认，虽然抄写在方格纸上，可要全都辨认清楚也不是一件容易的事。所以，刘老师处理我的稿件时特别认真，看不清楚的字会马上问我，然后第二天就会见报……就这样，我差不多每个星期都会有新闻稿在刘老师负责的版面上刊发，成了四川经济报社名副其实的编外"记者"。

1998年春节前，成都市场上注水猪肉泛滥，我便打算采写几个这方面的报道。和刘老师交流后，他很支持，还打电话到工商、质检等部门协调，配合我完成了这次难度很大的采访。刘老师说："你的身体不好，又没有正式的采访证件，要做这种曝光性采访，没有困难是不可能的。但你很有新闻眼光，能抓住社会热点，只要能帮你创造一些有利于采访的条件，你就

不难写出好新闻。"

一晃十多年过去了，当年的《四川经济报》早已经更名为《四川经济日报》，并成为在全国很有影响力的省级经济类大报，不过社会新闻也从它的版面上消失了，这份报纸正迈向更专业、更权威的新征程。可在我有幸成为报社的正式记者之前，已有多年没再投稿给它，原因是它如今的办报风格和我的写稿风格大相径庭，我和刘老师的交往也减少了许多。直到有一天，听在报社工作的朋友说他已退休，才猛然发现时光就是这样，它常常会在不知不觉中把我们带入人生的另一个阶段，要不我怎么也转眼间就年近半百了呢？

我们总会觉得，青春的时光仿佛就在昨天，触手可及！

尽管如此，我还是万万没有想到，再次听闻刘国祥老师的音讯，竟是他已辞世多年，很多遗失在岁月里的往事，瞬间又像碎片一样拼凑起来。或许，这就是人生，走过了，再回首，才会发现曾经很熟悉、很平凡的人和事，却有戳中你心灵的力量，让你伤感和失落。

就像此时，我写下这些文字时，已与刘国祥老师阴阳相隔，但他的音容笑貌依然留在我的记忆里……

"美篇"上的祝福
——致唐正益

人生就是这样，许多遗憾总会在我们想不到的时刻发生，当我们意识到时已经无法弥补了。

对于唐正益先生，我便有这样的遗憾。

认识唐正益先生，应该是很多年前。20世纪90年代，我刚开始写诗，常给《星星》诗刊投稿，一来二去便和编辑孙建军老师熟悉起来。记得大概是1991年前后，我有一天去找孙老师，他一见我就说："小杨，你上次寄来的几首诗，我帮你转给《四川日报》了，你现在就过去和他们的诗歌编辑交流一下吧。"说完，他便给四川日报社的诗歌编辑程宝林打了电话，请他到报社门口接我。

川报大楼就在《星星》诗刊的办公楼对面。几分钟后，我到达报社大门，程宝林已经在那里等我了。程宝林把我接到办公室，正和我交流诗稿上的事，有一个中年男人走过来，也许是我的模样让他有些意外，他便停下脚步问程宝林："这个人有什么事吗？"我明白，我毕竟说话不清楚，和程宝林又是初次见面，我们交谈很吃力，中年男人看见后可能认为我是有什么事找到报社。

我有一些不知所措，程宝林便回答："不是，他是一位诗

人,我请他来谈几首诗。"听罢,中年男人吃惊地看着我:"真的吗?太不容易了,这样的身体……"

中年男人走开后,程宝林才告诉我他叫唐正益,是报社的摄影记者。事情原本到这里就该结束了,我和程宝林也继续谈论着我的诗稿。没想到几分钟后,唐正益又走进副刊部,胸前还挂着一台照相机,不动声色地用照相机对着我和程宝林拍起来。不只是我,连程宝林也很诧异:"唐老师,这是做什么?"

他回答:"你们继续谈吧……"程宝林听后也没再多问,继续和我交流着他对我的诗稿的看法。

我过去很少拍照,原因是我知道我的模样拍出照片来会很难看。所以,只要一说照相,我就会很紧张,更何况是在一种毫无准备的情况下。看见我紧张的神色,连说话也不如先前那样自然,程宝林便说:"不用怕,唐老师可是我们报社的大牌摄影师,他还给邓小平拍过照呢。"

尽管如此,还是不能消除我的紧张,我甚至暗暗盼着这个拍照的家伙能快点离开,不要再打扰我和程宝林的交谈,我根本没有意识到能被这样一位摄影师拍照是多么荣幸,更没想到去讨要一张那天的照片……

后来去川报社,便会时不时遇上唐正益先生,但我还是从没有向他提出索要照片的事。

1997年2月19日邓小平去世,《四川日报》连续做了好几版邓小平的图片报道,不少作品便出自唐正益先生之手,我才感到几年前能被唐正益先生摄入镜头有多么幸运。在唐正益拍摄的伟人照片中,有一幅邓小平和女儿漫步成都街头的作品,是我见到次数最多也是印象最深的一张。我好几次想找个机会去找唐老师讨要一张我当时的照片……

唐正益先生退休后，我也就几乎没再见到他。

这么多年来，我和唐正益先生实际上连一次深入的接触也没有，顶多也就算是认识而已。这样一种认识，我本以为随着时间的流逝也会渐渐淡忘。可我没想到，唐正益先生退休十多年后，他和我却突然有了一次真正意义上的接触，而且是在我生命中一个很重要的日子里。

2017年，我在多年挚友李银昭、姜明等人的鼓励下，出版了我的第二本诗集《彼岸花》，引起媒体关注。我供职的四川经济日报社联合省作协、省残联在成都言几又书店为我举办了一场盛大的分享会。

正是在9月28日的分享会上，我再次见到了唐正益先生。

那天下午，前来参加活动的人很多，我忙着招呼大家，刚开始时竟然没有注意到唐先生也来了。直到听见姜明说："天呀，银昭居然把老先生也请出山了！"我才循声望去，一位瘦瘦高高、精神矍铄的老人正在架设摄影器材！由于光线很暗，我的视力又不好，所以还是没能一下子认出他，直到老人用洪亮的声音招呼我说："小杨，恭喜你，今天可是你的大日子呀！"我才反应过来，原来是唐正益先生！

我很激动，连声说"谢谢"，却还是没机会和他做更多交谈，原因是客人更多了，唐先生也忙着拍照，用他的话来说就是："我今天一定要让你多留下一些美好的瞬间！"

于是，我便想，等活动结束时再和唐正益先生好好聊一下。哪知道，等到活动结束，又有很多读者要求签名和合影。忙完这些事情，却不见了唐正益先生的踪影！我正四处找他，

辑二　曾经，依然如昨的岁月

有人告诉他已经走了,并请人转告我说他会把照片发给我……是呀,唐正益已年逾古稀,尽管他的身体看上去很好,拍照时只要有人挡住镜头,他就会站在凳子上大声吆喝:"让开点,别挡住我……"可两个多小时不停拍照,对于这样一位老人,在体力上是一件消耗很大的事。所以,知道唐正益已离开,我虽然有几分遗憾,但转念又想,有了这次活动,我和先生也就更加熟悉,往后就可以去家里拜访他,说不定还能了却我多年前就想向先生讨要一张照片的心愿。

然而,世事难料。在2017年12月18日的《华西都市报》上,我突然看到了一个让我震惊的标题——那个给邓小平拍照的人走了!

在四川,曾经给邓小平拍照的人虽然不会只有唐正益,但唐先生的名气无疑最大。所以,这个标题,让我有了一种不安,难道……果然,再往下看时,先生的名字便映入我的双眼!

老实说,我万万没想到先生会这样快离开;毕竟,距离9月份在我的《彼岸花》诗集分享会上见到他,也才过去两个多月,想不到老先生竟已驾鹤西去!要知道两个多月来,我好几次想要去家中拜访唐正益,但听说他将于12月在大慈寺举办个人摄影作品展,我便打算等摄影展开幕时再与他相见。谁知道,我希望能和唐正益先生拍上一张合影的心愿成为永远的遗憾。

看着报纸上的文字,我久久不能释怀。我实在不敢想象,这个不久前还参加我的诗集分享会,并为我拍摄了很多照片的老人,怎么会就这样匆匆离开了呢?

晚上,我登上了唐正益先生在美篇网站上的主页。

在老先生精美的主页上,"诗人杨嘉利"是他发布的最后一个图片集,他在这个图片集的最后写下了这样五个字:"祝福杨嘉利。"那一刻,我泪流满面;我想,也许这五个字,便是冥冥之中唐正益先生留给我最美好的祈愿吧……

不敢忘记的教诲
——致叶懋良

那天上网，无意间点开《教育导报》的电子版，意外发现还有副刊《绿原》，不由感慨万千，突然有了一种时光倒流的感觉。一位长者慈祥的面容也瞬间从遥远的记忆中浮现出来，他便是多年前主持《绿原》副刊的叶懋良先生。

屈指算来，我和先生有十多年不见了，但他当年在写作上对我的帮助和教诲，却让我受益至今。

说到当年与叶懋良先生相识，便不得不说成都的陕西街。

那时候我常去陕西街34号的蜀报社的编辑部，也就渐渐对这条虽然紧邻繁华的人民南路，可二十多年前却有些破旧的小街熟悉起来。当时，成都的报纸不少，却多数是零散分布在这座城市的大街小巷，从这家报社到另一家报社，就算坐公交车往往也要转上好几次。后来，听蜀报社的杨力老师说，在这条街上还有另外两家报社，一家是与蜀报社一墙之隔的劳动导报社，另一家便是在省教委大院内的教育导报。

我有些兴奋——劳动导报和教育导报、蜀报同在陕西街上，我往后去蜀报时不就可以多带几篇稿件给这两家报社送去了吗？然而，第一次送稿到教育导报，我在省教委那栋高高的办公大楼内找了一大圈也没找到报社，几经打听才知道，教育导报在大楼后面另一栋三层小楼上。可让我吃惊的是,三层小楼下面两层是员工食堂,二楼才是报社的办公室。

老实说,成都的大小报社,我见过不少,却没见过哪家报社的办公条件这样简陋。我从食堂一旁的石阶走上去,看见一间大大的屋子用木板隔成几间办公室,许多人便坐在里面办公,我知道这里应该就是报社编辑部了。我没有立即走进去,而是站在门外的评报栏前看上面张贴的报纸。

我第一次见到这张报纸便被深深吸引了。这是一张在当时看来算得上很干净的报纸,没有任何广告。特别是副刊版上,诗歌、散文,看上去很像文学刊物的版面,没一点花花绿绿的东西。要知道那时候成都的报纸,大多开始走市场化了,就算还办有副刊,多数也是刊登一些社会热点之类的深度报道,诗歌和散文不过是点缀,哪还会像《教育导报》这样用一个整版刊发文学作品呢?不过,我正为又找到一个可以发表文学作品的阵地而暗自高兴时,却又在这版副刊上意外发现了一个熟悉的名字——叶延滨!

叶延滨是《星星》诗刊的副主编,算得上是大作家,连他也要给这家报纸的副刊写稿,可见这个叫《绿原》的副刊影响之大、质量之高,也就意味着要在上面发表作品会有多难。

我正这样想着,有人从办公室走出来。大概看见我眼歪嘴斜的模样,有些诧异,便询问我要找谁。我说是来给副刊投稿的,他便将我引进去,对一位坐在办公桌后的中年人说:"叶老师,有位作者来投稿。"

这是我第一次见到叶懋良先生。

叶老师个子不高,微胖,有些秃顶,面容和善。可我至今不知道叶老师第一眼见到我对我有什么印象。初次相识,我便

辑二 曾经,依然如昨的岁月

感到他是一位敦厚的长者,完全没有因我严重残疾的身体而流露出任何异样的神色。那次去教育导报,我带了几首小诗,叶老师看后摘下眼镜说:"这首《我的路》还不错,我给你用了吧。"然后就问我多大年龄,在哪里上学。

那年,我二十好几岁了,一张娃娃脸,难怪叶老师会把我当成一名在校学生。听我用含糊不清的声音说出过往经历,对我残疾的身体一点没表现出诧异的叶老师,却对我一天学也没上过的经历很震惊,说:"小杨,要不你就把你想要读书的那段经历写成散文吧,我给你发。"我虽然立即点头应允,心里却开始七上八下,我还从未认认真真写过散文呀。

不知道是从我的哪些表现上看出来,见我起身告辞,叶懋良先生又突然问:"你是不是担心写不好?"叶老师看出了我的心思,我也只好对他实话实说。叶老师听后笑了:"不要紧,写不好就慢慢写,没写过也可以试一试。我看你写的诗不错,写散文应该也不会有太大问题,往后多写写自然就写好了……"这时候,《绿原》副刊的另一位编辑许多先生也走过来鼓励我说:"写不好叶老师会帮你改,就算是你练笔的一次机会吧。"

我于是答应叶老师一定要完成他交给的任务。

半个月后,我将写好的散文《我多想上学》交到了叶懋良先生手上。

这篇散文不长,两千多字,没什么文采,只是很真实地写出了我当年连续五次被学校拒之门外的经历和感受,和《绿原》副刊上刊发的散文相比,质量上相差了何止一两个档次。我将散文给叶老师送去时,他正在开会,便说:"把稿子交给我吧,等我开完会后再看。"

我当时是没抱任何希望的。第一次见到叶先生，他便送了我好几期报纸，我回家后认真阅读了副刊上登载的每篇作品，知道什么样水平的文章才有可能被用上。所以，叶老师能刊用我的小诗，在我看来已经很不错了，怎么敢奢望这篇习作也能被刊发呢？尽管这篇散文是叶老师点题叫我写的，可质量达不到要求，我想叶老师也不大可能会为我"网开一面"吧。

然而，半个多月后，我收到叶懋良先生寄来的一份样报，《我多想上学》竟然在《绿原》头条刊发了！

再次见到叶老师，我仍有些忐忑，不知道我的这篇散文有没有给他造成不好的影响。可见面聊天时，叶老师却说："你的《我多想上学》反响不错，这阵子有不少读者写信和打电话询问你的情况。"我回答："那篇散文写得一点不好，我还以为你不会用呢。"叶老师听后一愣，问清楚我认为写得不好的原因，他又说："小杨，写散文需要有优美的文字，但更需要有真情实感。你的《我多想上学》，虽然文笔很朴实，却饱含真情，是你对美好生活的向往和渴望，在我看来就是一篇很不错的散文……"

我万万没想到，这样一篇文笔稚嫩的习作，还能获得叶老师如此赞誉，让我从此写散文也有了勇气。后来，我出版诗集《青春雨季》时，特意把这篇散文也收录进去。不仅因为它是我写下和发表的第一篇散文，更重要的是通过这篇散文，叶懋良先生让我懂得了一个创作上很重要的道理，那就是只有饱含真情的文字，才会打动读者心灵，也才算得上一篇好作品。

如今，和叶懋良先生相识已有二十多年，当年和先生的一番交谈，至今还深深影响着我的创作。我想，不管再过多少

年，我也会坚持这种写作态度——用一颗真诚的心，书写真诚的文字。

　　这，或许便是叶懋良先生当年给予我最宝贵的教诲吧。

公益达人忘年交
——致孟昭勇

2017年，我最重要的一件事便是诗集《彼岸花》的出版。

老实说，一年多前我也还没想到会出这本诗集，尽管出版诗集曾经是我那么渴望的事情。

二十四年前，我出版第一本诗集《青春雨季》时，那种激动的心情难以言表。虽然二十四年后，我再读其中的诗句感觉那样幼稚，甚至可以用"惨不忍睹"来形容，然而，当年对于只有二十三岁的我来说，出版诗集确实是一件很有成就感的事；更何况，《星星》诗刊还刊发了一篇张先德先生撰写的评论，《青春雨季》也获得了成都市"金芙蓉文学奖"！

我很感谢一个人，一个比我年长了近四十岁的忘年交——孟昭勇。

孟昭勇是北方人，在部队工作多年，年轻时便常给报社写新闻，算得上半个新闻人。转业后，孟昭勇到了成都，在我父母工作的一家空军修理厂担任子弟学校校长。我十三岁时最后一次去这所学校报名，正好是孟昭勇刚任校长不久，但那所学校还是没有接收我。关于这件事，孟昭勇后来多年来不止一次对我说："我当时根本没听说你的事……当然，我要知道你的情况，有可能会让你读书，但也有可能还是不会。"

按说，我和他之间不会有太多交集，后来又怎么会成了忘年交呢？原因是我做了学校语文教师周荣升的校外学生后，孟昭勇对我渐渐有了些耳闻。

周老师很爱写作，他和这位同样热爱写作的校长自然关系很近，孟昭勇由此知道在他居住的院子里，还有一个从未上过学，却几乎每天都要写诗、写散文的残疾小伙子。于是，每次看见我，他便会主动和我打招呼，一来二去也就彼此熟悉起来。

又过了几年，孟昭勇调去当工厂宣传部部长，只要有和写作相关的活动，他总会叫上我，我写的诗歌也因此有机会经常刊登在油印的厂刊上。

1989年夏天，空军报社的社长金卫华专程到成都为工厂的通讯员授课，孟昭勇自然早早便告诉了我。可那时候，我对写新闻一点没兴趣。谁知道看见我上午没有去，中午时孟昭勇竟然把远道而来的金社长和他的助手带到我家里，不仅详细介绍了我的情况，还向他们推荐了我写的诗。

我的父母是工厂的普通工人，孟昭勇把他从北京请来的客人带到我家里，确实是我万万没有想到的。但让我更没有想到的是，下午讲课时，金社长竟然在讲台上朗诵起了我的诗歌，还决定把这些作品带回北京！那一刻，我完全懵了。金社长是来讲如何写新闻的，他怎么一下子对我的诗歌有了兴趣呢？晚上，我去孟昭勇家，把心里的疑问告诉了他。孟昭勇听后回答："《空军报》也办有副刊，说不定金社长会在副刊上采用你的作品呀。"

果然，一个月后，《空军报》的副刊上，用一个整版刊发了我的诗歌，同时还刊发了一篇孟昭勇撰写的关于我的人物通讯！

　　这件事以后，我和孟昭勇的交往自然更多了，我也从这位长者身上学到了很多做人和处事的道理。

　　《青春雨季》是1993年出版的，共收录了我的诗作79首，著名诗人孙建军先生为诗集写了序。诗集很薄，可筹划的时间却很长，前后花了一年多。

　　那时候，看见周围很多写诗的朋友都出了诗集，我也萌生了这个念头。而且当时我也开始有作品在《星星》诗刊、《青年作家》以及《诗歌报》等刊物上发表，便认为出一本诗集不会多难。筛选诗稿的过程也确实没花多大精力。可问题是，诗集要交给哪家出版社出版呢？就像当年刚开始给报社投稿时一样，我又带上这本薄薄的诗稿，几乎跑遍了成都所有的出版社，结果没一家出版社愿意出版！

　　我没有名气，诗集的质量只能说还算勉强，出版后很可能赚不了钱，哪家出版社愿意做这样的赔本买卖呢？当然，有出版社编辑对我说，我的这本诗集不是说完全不能出版，只要我肯自己掏钱。询问得知，自费出版的价格需要几千元到一万元！

　　当时我没有工作，父母又是普通工人，家里怎么可能拿得出这么多钱让我出书？尽管几经周折，我后来联系上了西南交通大学出版社，但三千元的出版费对于我仍然是一个很庞大的数字。

　　我很泄气，一年多奔波下来，诗稿还是躺在我的挎包里，我感到出版的希望渺茫。这时候，孟昭勇又为我打气说："三千元也不算太多，我去想想办法，说不定可以帮你找一两家企业赞助……"

　　20世纪90年代,个人去找企业赞助的事还很少,年近花甲的孟昭勇就有了这样的意识,可见他是一个能跟得上时代步伐的人。而且不久后,孟昭勇也果然办成了,他真的找到企业赞助我!尽管几年后,我的父母用他们省吃俭用积攒下来的钱,把当初赞助我的出书费又退还给了那家企业。然而,如果没有孟昭勇四处奔波帮我筹到赞助费,诗集《青春雨季》虽然不能说至今还束之高阁,但至少会晚出版许多年。

　　事实上,如今已经八十多岁的孟昭勇乐于助人的性格还是一点没有改变,前几年还被成都市政府授予了"环保卫士"称号,是一位名副其实的公益达人。他仍然像当年帮助我一样竭尽全力为这个社会做着他力所能及的事情……

　　往事,并不如烟。有一些事,随着时间的流逝,只会更加清晰地印刻在我们生命中,成为我们生命中不能分割的一部分。二十多年过去,在我又一本诗集顺利出版时,出版《青春雨季》的往事,一幕幕如电影镜头从我眼前闪过。我不由感慨:人生中能遇见这样一位忘年交,真的很好!

面朝大海，春暖花开
——致姜锋

姜锋和姜明是亲兄弟，这是我很多年后才知道的，尽管姜明是我相交多年的挚友。既然这样，为什么一直不知道他还有一个特稿写得很好的哥哥呢？要知道我也常写特稿，姜锋这个名字早已如雷贯耳。不过说起来好像也并不能怪我，因为姜锋印在报纸上的名字是同音的另外两个字——"江枫"，我自然不会想到他和姜明竟然会是亲哥俩。

认识姜明时，他在另一家报社当副刊编辑。1995年元旦，《华西都市报》创刊，他便跳槽到了这家新锐报纸，依然做副刊编辑，我还是会时常给他写稿。因为这个原因，我几乎每天都要买上一份《华西都市报》，报上的特稿版到后来就比副刊更加吸引我了。华西报的特稿版，每天都会刊发一篇几千字的纪实稿，听说稿费也很高，有几千元，对于我这样一个靠稿费维生的人自然有很大吸引力。

姜明多次鼓励我写特稿，我也尝试过，但一直没被采用，我也没托姜明转交我的稿子。

在我看来，姜明毕竟没在特稿部工作，我不能让他为难。如今想想，如果那时候就知道《华西都市报》特稿编辑江枫是他的亲哥哥，我会不会又要给姜明"找麻烦"了呢？至少，这

样的可能性是有的。

华西特稿部,我去过几次,印象中就是一个"忙"字——电话不断,传真不断,几个编辑好像根本没有闲下来的时候。哪里像姜明所在的副刊部,每次去都很安静,自然也能坐下来好好聊上一阵。尽管和特稿部编辑打交道不多,可对他们的名字都很熟悉,赵晓梦、侯春树、王维民、刘晓梅……而"江枫"这个名字给我印象更深。原因是我常写诗,"江枫"又是很有诗意的名字:"江边的枫叶,多美!"然而,真正让我记住这个名字的,却是他所采写的特稿。

江枫所写的特稿,题材感人自不必说了,关键是他还能把一篇篇特稿都写得像散文般优美,让我对他刮目相看。江枫曾写了一篇叫《独臂囚犯与美女大学生的爱情》的稿件,深深打动了我,我甚至看了这篇特稿后还天真地幻想:要是哪天也能有一个漂亮的女大学生喜欢上自己该多好……尽管这样的美事,最终没降临到我身上,可江枫所写的特稿,却让我受益颇多。因为,从严格意义上说,特稿应当是属于新闻范畴;而能够把新闻也写得像散文一样优美,没有过硬的笔下功夫和丰富的知识积累,是断然做不到的。

真正和江枫接触多起来,是他离开华西都市报社之后。

大概是2003年吧,江枫虽然没做特稿编辑了,可他显然对特稿有很深的感情,便在网络上办起了"中国特稿网",希望能为全国的特稿作者搭建一个相互学习和交流的平台。是呀,《华西都市报》创刊之初,"特稿"这个新闻品种可以说就是他和他的同事们打造出来的;而且近十年来也一直奔波在特稿的采访路上,这份感情又如何是说放就能够放得下的呢?

我开始写特稿后,自然也在特稿网上注册了"马甲",但常常只"潜水"不"冒泡"。渐渐地,浏览特稿网便成了我每天必不可少的功课。网站上有很多征稿信息,让我在特稿写作上事半功倍。不仅如此,江枫还时不时会在网站上开写作讲座,邀请《知音》《家庭》等杂志的编辑点评稿件,让我受益匪浅,我和搭档张陶采写的特稿也越来越多地被发表在各地报刊上。

尽管如此,作为成都的作者,却不能在《华西特稿》上发稿,我心里始终有个疙瘩。这样,接下来一年多,我便给《华西特稿》投去了很多篇稿件。

《华西特稿》创办十年,主任一直是张建新老师,谁也没想到他有一天竟会突然辞职了!

2005年的五六月间,特稿网上有人发帖说,张建新老师已经离开报社,这则消息像一枚重磅炸弹,立即在特稿网上炸开了锅。许多特稿作者担心,这位掌舵《华西特稿》多年的主任离职后,《华西特稿》将何去何从?要知道《华西特稿》之所以能够和《知音》《家庭》杂志一起被全国的特稿作者戏称为"一报两刊",就是因为张建新带领大家创造了"高稿费、高奖金"的全国纪录。所以,作者们担心,张建新辞职后,要是报社指派一个不懂特稿的人做主任,岂不砸了"华西特稿"这个金字招牌?

我也有这种担心,尽管我那时候还从没有在《华西特稿》上发过稿。

好在没几天,又有人在特稿网上发布消息说:"定了,《华西特稿》的新主任是村长弟弟。"当时,特稿网上很多人都习惯把江枫叫作"村长"。于是,很多作者又纷纷跟帖,说:"这下好了,就算村长的弟弟不懂特稿,有哥哥指点也一

定不会差到哪里去……"我很好奇,不知道江枫的弟弟会是谁。但仔细一看帖子,我完全懵了,帖子上竟然说江枫的弟弟是姜明!

"怎么可能?他们的姓虽然是同一个音,却不是同一个字,怎么可能是兄弟俩呢?"尽管我心中充满疑问,但知道姜明做了华西特稿部主任,却很高兴。和姜明相交多年,我自然了解他的能力,更何况他有不管做什么都会努力做到最好的性格。

没多久,姜明的名字果然出现在《华西都市报》的特稿版上!

一天下午,我去送稿,他正好有空,便像在副刊部时一样拉着我坐下闲聊,我也就把搁在心里很久的问题提了出来:"网上说江枫是你哥哥,是真的吗?""是呀!"姜明一点不意外,语气平静。我更诧异了,姜明才又解释说:"报纸上的'江枫'是他的笔名,他真名是这两个字——"说着,姜明在一张纸上写下了"姜锋"两个字。

我突然觉得自己真笨,怎么就没有想到"江枫"是笔名呢?姜明也笑了,说:"不能全怪你笨,毕竟'江'字也是一个姓氏,很多人自然不会想到'江枫'会是一个笔名呀……"后来,因为常有特稿发表,成都特稿人的聚会,我和张陶也常去参加,和姜锋大哥的接触才渐渐多了起来。

在一次聚会上,姜锋大哥正好和我坐一起,我便笑着说:"我和姜明认识了那么多年,真不知道你是他的哥哥呀。"姜锋这才告诉我,他刚到华西都市报社做特稿编辑时,有同事开玩笑说他的名字很土气,叫他改一个。他说二十多年了自己就一直用这个名字,也不知道改成什么好。同事们便开动脑筋,为他想出了"江枫"这个诗意盎然的笔名。

从此后,姜锋不管写特稿还是编特稿,便全是用"江枫"这个名字,他的真名"姜锋"倒渐渐被人们忘记,甚至很多后来相识的人,就把"江枫"当成了他的真名。

听了这个名字背后的故事,我倒觉得"江枫"更适合他的性格。因为,和姜锋接触越多,就越感到他有一种诗人的情怀。因为,不仅是写特稿的文字美得像诗、像散文,他的朗诵也很出色。每次特稿人聚会,姜锋几乎都会用他那浑厚圆润的男中音和标准的普通话,朗诵海子的名句"面朝大海,春暖花开";就算过去了许多年,我至今仍能清晰地记得,姜锋大哥在朗诵这些美好的诗句时让人激情澎湃的声音……

后来,听姜明说,姜锋年轻时在家乡还做过几天广播站的播音员,难怪他的朗诵和一些电台、电视台的主持人比起来也一点不逊色。可见,在那个物资匮乏的年代,人们在精神上的追求是多么丰富。

仅在这点上,我便从姜锋大哥身上学到了很多优秀的品质。

比如最近几年,特稿衰败了,姜锋却依然像他当年热爱特稿一样,对新的事业投入了他的全部热情。他自办的新媒体"推背广播站",已在群雄逐鹿的新媒体时代占据了一席之地,吸引了众多粉丝,他也因此成了当年特稿人中成功转型的典范。

姜锋大哥太忙了,这几年和他见面的次数远远比不上姜明,但他对人生和事业的态度,却无时无刻不激励着我,启发我思考。每次见到姜锋,他脸上的笑容像灿烂的阳光照耀着身边的每个人,让人感慨人生也许真正就像他常常朗诵的那句诗——面朝大海,春暖花开!

诗会上的重逢
——致铁明

2015年初秋,成都武侯区作协组织了一场"七夕诗会",因一首诗作要在诗会上朗诵,我早早赶去。刚下公交车,还没走进举行诗会的图书馆,远远便看见有一个人在打量我,然后便听他叫出了我的名字:"杨嘉利!"

那是浑厚的男中音,如闪电照亮了我的记忆,我一下子想起了一个许多年前熟悉的朋友:"天啊,铁明老师!"显然,尽管我没有立即认出他,可听见我很快叫出了他的名字,铁明不仅没有一丝不悦,相反和我一样很激动——是啊,屈指算来,我和他差不多有十年不见,谁会想到会在此刻重逢?

铁明是一名音乐人,认识他时他在成都一家电台做音乐编辑。

那时候,我二十多岁,常写诗,常会投一些诗稿给他,请他在电台播一播。后来,写诗少了,甚至渐渐不写诗了,和铁明打交道自然也就少了。然而,这十年,铁明在事业上却是红红火火,听朋友说他不仅在新办的四川文艺广播做主播,还被聘为四川传媒学院客座教授,成天忙得不亦乐乎。

认识铁明是二十多年前,那时我还是一个在文学上不知道天高地厚的愣小子,而铁明已经是成都一家电台的音乐总监了。

那家电台叫四川经济广播电台,是成都第一家城市电台,节目形式和内容很贴近老百姓的生活,所以刚开播就火得一塌糊涂,一点不亚于如今的电视选秀。我从小便有中午听广播的习惯,自然也很快喜欢上了这家新电台。特别是这家电台还办了一个文学栏目叫"竹林笔会",所播的诗歌、散文全都是听众投的稿件。如此一来,没多久我也开始投稿,一来二去便和"竹林笔会"的主持人陈革熟悉了。

一天,我到电台找陈革,正遇上铁明在一旁帮他挑选准备做节目用的音乐磁带。看了我带去的诗稿后,陈革说:"别看小杨的身体不好,写字也很艰难,可这些诗写得还真不错。"铁明听后回答,节目中每次播我的诗他都认真听了,早就知道我是一个行动上不太方便的残疾人。说着,他就用浑厚的男中音朗读起了我前几天送去的诗作《当生命的钟敲响起来的时候》……

这次相识后,我每次送稿到电台,只要看见铁明,便会和他聊上一会儿,渐渐知道他在电台不仅做音乐编辑,还要主持音乐节目。

又一天,铁明见到我突然说,他打算在他主持的节目中也播一播我的诗。我不意外,却有些纳闷:"音乐节目怎么好播诗歌呢?"铁明笑着回答:"怎么不好播诗歌?音乐和诗歌本来就不分啊!"

当晚,铁明果然在他主持的节目中播了我的几首小诗,从此一发不可收拾……一晃好几年过去,《岷江音乐》开播后,陈革调去了这家新的电台,很快又打造出了一档很有影响力的新节目《音乐人生》。我原本打算给新节目好好写点东西,孰

料陈革不久后竟离开了成都。

记得有一天我去红星路上的电台,刚到收发室,工作人员便对我说:"陈革不在这里上班了……"我顿感失落,完全想不到这样一位优秀的主持人,竟会突然离开。我怅然若失,正转身离开,有个浑厚的声音叫住了我:"杨嘉利,去我的办公室坐坐。"

这个声音,我不用回头就知道是铁明的。

看出我脸上的失落,铁明边走边对我说:"不要紧,陈革调走了,你往后还可以给我的节目写诗呀。"从这天开始,我在此后几年便给铁明的节目写了至少上百首诗。也许是看我写诗还算不错,铁明多次说:"杨嘉利,写点歌词吧,我来谱曲。"

最初听铁明这样说,我满不在乎,认为写几首歌词对于我应该不会是太难的事。然而,可能是我的悟性不够吧,尽管铁明多次给我讲解写歌词的要领,告诉我写歌词和写诗有什么不同,可我还是没有能写出一首让铁明满意的歌词。终于,有一次,铁明看我在这件事上有些灰心了,又鼓励我说:"虽然一首优美的诗歌谱上曲子就会是首好歌,但要把歌词真正写好也不容易。慢慢来,你有写诗的基础,写歌词应该不会太难。"

很惭愧,这么多年过去,不要说写歌词,我连诗也很少写了,把精力和时间几乎全用在了采写新闻上。

我至今无法忘记的一件事是,我刚开始采写新闻时,有一天中午采访后经过磨子桥,准备在街边的餐馆吃饭。铁明正好骑摩托车经过,看见我后便停下摩托车问:"你怎么会在这里吃饭?"然后不等我回答又说:"我公司里准备了午餐,去公司吃吧。"我很惊讶:"你没在电台了吗?"铁明说,他下海创办了一家文化公司，就在磨子桥的一栋写字楼里。

铁明执意叫我去他的公司。我虽然再三推脱说改个时间再去拜访，可他回答："你就是不想去啊，要不现在就和我一起去。"我见实在推脱不了，只好跟随铁明去了他的公司。

这天中午，铁明用一盒盒饭招待我，对我说："杨嘉利，我知道你吃饭很困难，特别是在外面吃东西更不方便。这样吧，你往后进城办事，中午就到我这里来吃饭，我叫他们多准备一盒就行了。"我很意外，可我还是拒绝了："不用，铁明老师……""你不用和我客气，一盒饭又不值多少钱。"

虽然如此，我还是害怕会给铁明添麻烦，所以后来虽然又去了几次他的公司，可我每次都会错开午饭时间。再后来，除了写新闻我又开始写特稿，很多时候要去成都之外的地方采访，见到铁明的次数越来越少，乃至渐渐失去了联系。

有一次途经磨子桥，我正好有空就又去了铁明的公司。刚进写字楼，保安说文化公司已经搬走了很长时间。而铁明的传呼机停用后，我又没有他的手机号。这样一来，生活在同一座城市，我和铁明竟然失联了！不过，即使这样，"铁明"这个名字，我却一直不敢忘记。我知道，在这座城市里，并不是每一个和我相识的人都能够像铁明那样为我提供一顿"不值多少钱"的午餐。

谁曾想一晃十年，我竟和铁明重逢在了一场诗会上！

尽管在那天的诗会上，铁明并没有朗诵我的作品，可听完同事的朗诵，他对我说："杨嘉利，真没想到你写诗会进步这么大，写得真好。"这话让我汗颜，因为诗会上朗诵的那首诗，是我多年前写的一首作品。好在和铁明重逢后一年多，我又重新燃起了写诗的激情，而且正筹备出版一本诗集。

辑二　曾经，依然如昨的岁月

前几天，在QQ上，铁明听说了我的这个想法，他很高兴："等诗集出版后，我帮你组织一次签名售书和诗歌朗诵会。"

我有自知之明，哪敢奢望做一次朗诵会呢？可这么多年过去，他依然愿意在他力所能及的情况下帮助我，这份真情让我深深感动。我看得出，尽管铁明如今已是成都一家文化传播公司的董事长，可在他的心里，多年前沉淀下的那份友情，如同一壶埋藏在记忆深处的陈年老酒，历时越久，越醇香、越珍贵……

执着于新闻的老大姐
——致许佳

那天，我去川报新闻大厦十三楼，听许佳说她很快要退休了，将离开这栋她工作了三十多年的大楼，我心里忽然一惊，不由暗暗端详起了眼前这位已相识二十多年的老大姐。

老实说，要不是她说很快将要退休，我还真看不出许佳有五十多岁。仅从容貌上看，我一直认为她才四十多岁。可时光就是如此无情，转眼间几十年岁月就成了过往记忆。看见此时的许佳坐在办公桌前一脸落寞，与她相识的情景清晰地浮现出来。

细细算来，那时候的许佳应该是人到中年吧？可初次见到她，她在我眼里却是一个不折不扣的美女。高挑的身材，漂亮的脸蛋，再加上一身时尚的衣裙，用"光彩照人"来形容也一点不过分。

但我对她的第一印象，除了她的美貌，还有她那女性特有的细心。

当时，在川报大楼，我去找一位叫程宝林的诗人，第一次走进了这个在我当时看来多少有些神秘的地方。程宝林是国内有名的诗人，他见我也常写诗，便在办公桌前和我闲聊起来。当时，川报的办公条件远不像如今这样好，十多个人挤在一间

办公室内,连个会客的地方也没有,我和程宝林便只能站着说话。

这时候,有位女编辑从办公桌后站起身,将她的座椅拉过来说:"宝林,坐下聊吧,你怎么让人家一直站着?"

程宝林用手一拍脑门,回答:"是呀,看我这个人老是这样糊涂。"才赶忙叫我坐下。于是,女编辑又去倒来一杯水,程宝林向我介绍说她叫许佳,是报社的大美女。

我当时才二十出头,眼力也还算不差,第一眼看见许佳,便从心里赞叹她的美貌。当她把水杯递给我时,我由于手抖,竟将杯里的烫水溅在她的手上。我很窘迫,许佳却笑着说"没关系",没一点恼怒的样子。由此,相比于她的美貌,我更记住了她的善良。

后来几年,我常去找程宝林,又见了许佳几次,却一直没有过多接触。

真正和许佳打交道多起来是多年后她做了华西都市报社特稿部主任之后。

程宝林离开成都后,我便没再去川报副刊部,自然也没再见过许佳。《华西都市报》刚创刊时,报上常有许佳的名字,我却根本没想到此许佳竟是我早已认识的彼许佳。毕竟,《华西都市报》的记者许佳,是跑娱乐新闻的,俗称"娱记",整天就写一些明星大腕的消息,哪里还有一点我心中那个很"文艺"的许佳的影子呢?

对娱乐明星,我一直不大感冒。我很难想象,气质高雅的许佳也会跑去写明星,何况世上叫许佳的人又不止一个。然而,这样的想法很快就被证明是错误的。有一次,在这家都市报做副刊编辑的朋友姜明告诉我,这个跑娱乐新闻的许佳就来自川报副刊部!

可当我开始写特稿后,我万万没想到,2006年年初的一天,我去华西都市报社特稿部时,编辑田海燕突然说刚换了新主任。田海燕的话音未落,有位高个子中年女人便从办公桌上的电脑显示器后抬起头看着我,用清脆的声音说:"小杨,还认识我吗?在程宝林的办公室……"

刹那间,她的话将我拉回到很多年前。我激动地回答:"认识呀,你是许佳老师!"

事实上,我眼睛近视得厉害,再加上多年不见,要不是程宝林这个名字提醒了我,我还真不一定能认出是许佳。

和记忆中不同,许佳虽然依然拥有这个年龄的女人少有的韵味,却没有了初次见到她时的灵动。这次见到我,她也不无感慨地说:"小杨,你也老了,头上有了那么多白发!"而那年,我三十几岁,许佳的话让我恍若隔世。

那天,我和许佳聊了许多往事,她告诉我程宝林已定居美国……

许佳做了华西特稿部主任,我又常写特稿,和她的接触自然多起来。

十多年前,华西特稿正红火,和《知音》《家庭》杂志被特稿写手戏称为"一报两刊",上稿的竞争之激烈可想而知。作为主任,许佳却并没有因为和我是老熟人,便降低稿件要求。相反,我采写的稿件,她要求更严。许佳常对我说,她年轻时刚到川报,就是因为遇上了要求严格的老师,写稿能力才大大提高,她因此希望我写特稿的水平也可以在她的严格要求下不断提高和突破。

许佳的良苦用心,我自然明白。后来,果然在她的调教

下，我写出了一篇几万字的长稿《感恩之旅》，连载后反响很好。这篇稿件，许佳也很满意，原本说要给我颁发特稿大奖，最终却没评上，原因是她认为另一篇连载稿更好。

没能评上大奖，心里的失落自然难免，但也让我对许佳有了更多认识——虽然跑了多年娱乐新闻，但她依然像我当年认识她时那样清纯。这样的清纯表现在工作上，便是她对每篇稿件都很认真。

每次去见许佳，她几乎都在一丝不苟地看稿、审稿，哪像是快要退休的人？可几年后，当她从华西特稿部调回川报副刊部工作，我第一次从她脸上看见了失落的神情。

这年，许佳说她五十岁了。我屈指一算，认识她时，许佳竟有三十多岁！可在我眼里，她那时是那样年轻，朝气蓬勃。所以，对于许佳的年龄，我仍半信半疑。但，又是五年过去，许佳真要退休了，我才不得不相信这个事实，也才明白这几年去报社，为什么每次都会听见有人叫她"许妈"。

许佳不甘心就这样退下去。在她看来，自己的身体尚好，完全可以再干上几年。可国家有政策规定，许佳到了退休的年龄也不得不告别她干了一辈子，也爱了一辈子的新闻工作。

前几天，有消息说国家的延迟退休方案将很快出台，我便又想起了许佳——要是她能再年轻几岁，或者国家的这个方案能够早几年出台，那么这位一生挚爱新闻工作的女报人，是不是就能少几分遗憾、多几分宽慰了呢？然而，人生便是由许多不同的阶段组成，每个人都应当坦然面对，学会适应。

对于许佳，退休后的生活虽然可能少了几分激情，多了几分落寞，可唯有如此，人生才称得上完美。就宛如一出好戏，精彩的华章之后便会归于平淡，却又将无穷的回味留在每一位看客的心里……

拄着双拐为残疾学子奔波
——致丁二中

认识丁二中时,他是省残联教育就业处的负责人。

那时候,省残联的办公地点在督院街也就是如今省政府对面的一栋老式办公楼里,自然没有电梯。记得第一次见到丁二中便是在这栋办公楼的楼梯上。

当时,我刚到省残联的杂志社工作不久,一天,主编叫我去宣文处拿一份文件,没想到上楼时竟然遇上了一位拄双拐的残疾人,以为他是到残联办事的,就停下脚步打算让他先走。对方也停下了脚步:"你先走吧。"见他执意让我先上,我冲他一笑后就先上楼去了。可我拿了文件后,看见上楼时遇见的那位残疾人坐在另一间办公室里打电话。回到杂志社,询问了主编才知道这个人叫丁二中,是教育就业处的负责人。

我知道,在省残联能做上部门负责人,也算是中层干部了,我不由对这个和我一样身体上有残疾的中年男人刮目相看。毕竟,那时残疾人在政府机关工作的并不多。然而,即使这样,我和丁二中的接触还是不多。真正和他熟悉起来,应该是1996年的夏天。

那年7月高考后,我打算写一篇关于残疾人高考的报道,主编叫我多去找找丁二中,说他每年都负责这方面的工作。那阵子，丁二中很忙，高考成绩还没公布，他便常去省招办、省教委开会，了解和掌握国家对残疾考生的录取政策，还要和有关部门协调，反映残疾考生的意见。所以，要想在办公室见到他，是一件很困难的事。可不管多忙，只要见到我，丁二中便会停下手上的工作，或者多停留几分钟回答我的问题，并向我提供材料。不过，丁二中也多次对我说："高考成绩还没公布，残疾考生的录取情况今年到底怎么样也还不知道……嘉利，写这样的报道，一定要有这些内容和数据才行呀。"

8月，高校录取工作开始后，丁二中便几乎每天都给我打传呼，把残疾考生的录取情况告诉我，让我把报道的内容写得更充实、更鲜活。

这篇有关残疾人高考的文章刊发后，获得了省残联领导的肯定，我专门去找丁二中表达谢意。但丁二中说："谢我做什么呢？这是我应该做的工作。"当听到我说这篇稿件还有可能在其他几家报纸上发表时，他又连声说："真正应该感谢的人是你呀，要不是你写出了这个报道，有多少人会知道如今残疾人上大学会这么困难。"

事实上，采写这个报道时，我心里便有一个疑问：残疾人上大学真会这么难吗？在我看来，既然参加了高考，只要能考出好成绩，被大学录取也就应该是顺理成章的事情。可听到我的疑问后，丁二中一脸苦笑："你把问题想得太简单了……残疾人上大学，根本就不是什么生活上能不能自理的问题，而是观念上的问题，是我们这个社会认为残疾人应不应该接受高等教育的问题。"

也就是在这一天，我第一次听到了"熊运余"这个名字。

熊运余是那年四川残疾考生的高考状元，十七岁。可因为

少了一条腿，高考成绩公布后，他还是担心不会被大学录取，便和父亲一起风尘仆仆从广安农村赶到成都，硬是在望江宾馆高考录取现场外守候了两天两夜，直到传出他被四川大学录取的消息……说起这件事，丁二中感慨万千。他说，熊运余的残疾情况还不算很严重，又考出了很好的成绩，录取时都有很大障碍，有些学校千方百计找出各种理由拒绝录取。那么，更多在身体上比熊运余残疾严重、高考成绩又不如熊运余优秀的考生，要想被大学录取，难度之大就可想而知了……说这番话时，丁二中的语气很沉重。他还说："对于正常人，上不上大学也许只是关系到往后能不能有一份好工作、有一个好前途的问题，但对于残疾人，能不能上大学就会影响他们一生啊。"

正因为这样，在丁二中看来，只要是上了录取分数线的残疾学生，他便有责任全力以赴帮助他们实现上大学的梦想！

然而，这年高校录取工作结束后，还是有很多上了录取分数线的残疾考生没有被大学录取，这也成了丁二中心里深深的遗憾。白居易曾写有一句诗："同是天涯沦落人，相逢何必曾相识？"自己身体上的残疾让丁二中对这些并不相识的残疾考生有更多的理解和同情，他何尝不希望用自己的努力帮助这些残疾考生走进大学的校门呢？只是，当一个人挑战整个社会的习惯势力时，就算他拼尽全力，其力量也显得那么微不足道。

后来，丁二中建议我去采写一篇关于熊运余的通讯，完稿后刊发在《四川日报》上，也算是为那年残疾考生的高校录取工作画上了一个较为圆满的句号。

和丁二中的接触多了，也才渐渐发现他虽然在工作上认真、严肃，生活中却待人随和。

就在认识丁二中的第二年，大概是初春时节吧，我有一天去省残联办完事后正要离开,便听见了丁二中爽朗的声音:"嘉利,你来一下,我有点事找你。"我以为丁二中手上又有什么素材让我写稿,便走进他的办公室说:"丁老师,什么事呀,是不是又要让我写稿子挣稿费了?"丁二中也笑起来:"哪里有那么多东西让你写了去挣稿费?"接着,他才说星期天有几个残疾人朋友约着要去春游,问我愿不愿意参加。

这样的活动,我还很少参加,自然有些动心。但我在行动上很不方便,不像丁二中那样能开一辆残疾人摩托车到处跑。于是,我回答:"去倒是想去,可我怎么去呢?"丁二中说:"坐我的摩托车吧,我带你。"他立即打电话给活动的组织者,告诉对方星期天的活动要多带一个人。对方可能是问他多带的这个人是谁,我听见丁二中还是用他洪亮的声音回答:"是嘉利……"然后,又听他大笑起来:"什么女娃娃啊,人家的名字叫嘉利,是男同志,咱们杂志社的记者。"

我也一下子笑了。因为我明白,大概是我的名字引起了对方的误会,错误地理解成了丁二中星期天要带一位美女去春游……

在爱心杂志社工作的那几年,除了主编,我和省残联打交道最多的人就是丁二中了。就算没事我也常去他的办公室坐坐,听他摆龙门阵。后来,我离开爱心杂志社,省残联也搬到了星辉东路,我见到丁二中的次数就减少了。尽管每次路过那条街,我还是会不由自主想到他。

那时候,丁二中已经是省残联副理事长,我知道他的工作更忙了,哪里还能像过去那样有那么多闲工夫和我摆龙门阵呢?好几次,在省残联大门外,遇上正要外出的丁二中,他对我还是像过去那样热情,说:"往后有什么事就来找我,我能

帮你解决的就一定会帮你解决。"然而,十多年过去,我却没有一次是为自己的事去找丁二中。

对于丁二中,凭着我对他的了解,当上副理事长后事情更多,责任更大,需要他全力以赴去解决的各种问题也会堆积如山,我又怎么好再轻易去打扰他呢?要知道四川毕竟有六百多万残疾人,比我的困难更多、更大的残疾人不知道有多少,丁二中也一定会像过去对待残疾考生一样,去关心和帮助这些身体残疾的兄弟姐妹。所以,作为多年的朋友,我能做的除默默祝福外,就是努力让自己生活得更好,不再让丁二中为我牵肠挂肚……

遥寄天国的悼记
——致钟定模

"清明时节雨纷纷,路上行人欲断魂。"年少时,读到这样的诗句并没有太深的理解。后来,长大了,身边至亲至爱的人渐渐离开,每年清明节也就需要去一座座坟前祭拜,杜牧的这首诗因而便常会让我生出几许感慨:人也许只有到了这时候,方算是真正长大了。

然而,在我关于逝者的记忆里,有一位大姐我却没去祭拜过。虽然她生前,像成都的许多报刊编辑一样,在写作上给予我太多帮助,但我至今也不知道她葬在何处,甚至在她患病后便再也没有见到她。

女人爱美,何况她曾经又是一个很要强的女人。多年来独自抚育女儿,自己在事业上也干得有声有色,孰料竟患上重病,她的生活刹那间跌入万劫不复的深渊,她如何坦然面对这样的命运和众多昔日慷慨激昂、用文字指点江山的朋友呢?

事实上,这位叫钟定模的大姐,交往多年,她给我的印象始终很开朗,朋友聚会时很远便能听见她极富感染力的笑声。我一直以为她是个浑身有不竭活力的女人,根本不相信她竟会患上绝症,更不会想到患病后她就像完全变了一个人。特别是接受化疗和放疗后,容貌上有了很大改变,我和朋友们要去探

望,她坚决不准允,托好友张先德传出话来,等她好后再安排和大家相聚。

钟大姐患病时,大抵只有五十来岁。在我看来钟大姐正值中年,乳腺癌又算不上多可怕,不少患者手术后都活蹦乱跳的,她只要做了手术,说不定也能很快康复如初。然而,秋天时,张先德有一天却打来电话说,钟大姐走了!

晚上,我坐在灯下,翻开一本多年前的《分忧》杂志,上面有一篇叫《母爱至深》的散文,是我写母亲的,责任编辑便是钟大姐。想不到才短短几年就已物是人非,和她阴阳相隔。此刻,看着杂志上她的名字,我的眼前模糊了,真不敢相信她已化蝶而去,告别了这个世界。

成都有"媒城"之称,20世纪90年代这座城市的新办报纸如雨后春笋。相比之下,杂志却看不见几本,能摆上街头报亭销售的大抵就只有那本《分忧》了。所以,能在《分忧》上发文章,在我当时看来也算是很有难度的事。果然,好几次到这家在省妇联大楼内办公的杂志社送稿,收发室的工作人员都要盘问很久,让我感觉杂志编辑也不像报纸编辑那样平易近人,好打交道,我后来便有很长一段时间没再给《分忧》投稿。

记得有一次,和好友张先德喝茶,他说他和分忧杂志的一位编辑很熟,问我有没有稿子可以投给她。我正好写了那篇《母爱至深》的散文,因字数有点多,报纸很难刊发,便答应张先德把这篇稿投给他的朋友。

杂志社在宁夏街,距离张先德供职的报社不远。没几天,他便打来电话说:"你明天来一下报社,我们中午一起去分忧,你的那篇散文他们可能要用。"我听后激动不已。

第二天,在分忧杂志社的编辑部,我第一次见到了钟定模大姐。

我的残疾程度显然出乎钟大姐的预料。特别是去她家里吃饭时，看见我连夹菜也要靠张先德帮忙，她不由得感慨："这样的身体能写出这样好的文章，你的妈妈一定为你付出了不少心血吧？她真是一位伟大的母亲！"

老实说，很多编辑初次见到我，都会对我的身体感到惊讶，却几乎没有人会因此而想到我的母亲，更不会想到我能在文学道路上一步步走出来，背后全是母亲的支持和付出。因此，钟大姐的话让我一下子感到她仿佛是位多年熟悉的大姐。

那天，在钟大姐家，因为没见到其他人，离开后我便问张先德怎么没见到钟大姐的家人，张先德才说钟大姐已离婚多年，女儿也去外地上大学了，家里自然没有其他人。我于是恍然大悟，钟大姐为什么看见我后会立即想到我的母亲——作为单身妈妈，她更能体会母亲对儿女的付出是多么巨大。

由此，我对钟大姐的敬意又多了几分。后来，每次去找张先德时，便会先去钟大姐那里坐坐，只要她有空。

按理说，做杂志编辑应该比报纸编辑轻松很多，毕竟每月出一本，不像报纸天天都要出。但每次去找钟大姐，她都很忙，手上仿佛永远有做不完的事。她见到我后常说的一句话就是："真对不起，今天又不能陪你，你看我手头还有这么多稿件……"我很纳闷，每期杂志上由钟大姐编辑的稿子也就只有几篇，她至于这样忙吗？可我很快有了答案，钟大姐原来还在为北京一家儿童出版社写书，打算将世界大人物写成一套儿童读物。

钟大姐说，如今的小孩大多是看动画片、卡通书长大，对世界历史和文化了解甚少，这类知识几乎是空白。她因此很想

用孩子们容易接受的方式写写历史上有影响的人物,从而让孩子们明白,在他们生活的这个世界上,除了动画片和卡通书上的人物,还有更多有意义的东西是他们应该去认识和了解的。

这是一个很有意义的想法,我由此理解了钟大姐为什么会这样忙。

就在钟大姐患病那年的春节,她还把很多朋友邀约到宽窄巷子小聚,信心满满地说着她的丛书计划,并给每个朋友安排了写作任务。我因身体不好,很难胜任这样的写作,钟大姐便说:"小杨,你就不用写了,将来出了书后可以多写点报道,让更多孩子和他们的家长知道有这样的书问世。"

钟大姐的盼咐,我自然满口应允。谁知道这年五六月间,便传来了钟大姐患癌的噩耗!

听张先德说,钟大姐很少请人到家里做客,除了他这些知青战友,我算是一个例外。然而,就算是我,钟大姐后来也一次次拒绝了我要去探望她的要求。张先德说,钟大姐还有很多心愿未了,突然得了这种病,她多不甘心呀,还盼着康复后能再光彩照人地出现在朋友们面前。

我相信一定会有这一天。所以,突然听闻钟大姐离世的消息,我完全懵了,不明白才短短几个月,这样好的一个人为什么就不在了呢?

下葬时,我和张先德本来说好要去送钟大姐最后一程。但前一天,张先德接到钟大姐女儿的电话,说她妈妈临终时留有遗言,不希望有亲人之外的人去送行,言下之意便是婉拒我们去参加她妈妈的葬礼。

如此一来,最后要去送送钟大姐的心愿也落空了,只有在心里默默祝福这位英年早逝的大姐一路走好……

钟大姐离世，已有十多年光景。每到清明节，我的生命中也有了更多至亲至爱的人需要我去和他们相聚，并倾诉又一年里相隔于阴阳之间的快乐和烦恼。可我心里，有一个角落是留给钟定模大姐的；而且相信在遥远的天国，她的记忆里也一定还会有我的影子，不管她在天国走了多远的路……

走进神秘的电台直播间
——致陈革

小时候,家里有一台收音机,怕我的手不方便会弄坏,母亲便与我约法三章,只有她和父亲下班回家后才能打开收音机听节目。如此约法三章,我并没有遵守多久,白天一个人在家时便壮着胆子扭开收音机。很快,每天下午中央人民广播电台的《小喇叭》节目就吸引了我,我也从这个节目孙敬修讲的故事中第一次知道了有个猴王叫孙悟空。

我曾经天真地想,只要在父母下班前关了收音机,他们便不会发现我偷偷开收音机的事情了。谁知道有一天,我听得太入迷,竟然忘记了他们下班的时间,结果被父亲逮了个正着。父亲没有惩罚我,他对母亲说:"小三整天在家里也很闷,他想听听收音机就让他听吧。"从此后,收音机就成了我儿时记忆里最好的伙伴,播音员的声音让空荡荡的屋子里有了许多生机。

这样的习惯,一直陪伴我度过了少年时代。后来,家里有了电视机,我仍然会在晚上写作后打开收音机,让播音员轻柔的朗读声扫除自己一天的疲惫……

正因对广播如此深爱,广播对我来说有一种很神秘的感觉,我从没想到有一天会走进电台神秘的播音间。然而,这样的事，竟然在我二十一岁那年发生了！

20世纪90年代初，电台节目活泼了许多，还办起了一家家全新的专业电台。在成都，四川经济广播电台便是那时候出现的。它不仅节目编排新颖，首创的点歌送花更是让听众也有机会直接参与，一时间引领了这座城市的生活时尚。特别是那些年轻情侣，最浪漫的事情便是去这家电台点上一首歌，然后再请电台的送花员为爱人送去一束美丽的鲜花……

日久天长，电台的送花员竟然被成都人亲昵地叫成了"花仙子"。

就是这样一家时尚的电台，偏偏开办了一档叫《竹林笔会》的文学栏目，几乎每天都要播上几篇听众寄去的诗歌和散文，经主持人声情并茂地朗读，很快也成了我每天必听的节目。

电视上的男播音员、男主持人大多身材挺拔，头发乌黑发亮。所以，我想主持《竹林笔会》的陈革，定然也会有这样英俊潇洒的形象。果然，经济电台正式开播的那天，电视上做了报道，陈革西装革履地出现在屏幕上，再加上一头浓密的头发，和我想象中的模样相差不多。只是，看年龄，陈革应该有三十多岁，是一个中年人。那几年，我常去报社投稿，打交道最多的就是一些中年编辑，便认为陈革也应容易打交道。

一天，听完《竹林笔会》，我突然想：自己可不可以也给这个节目投几首诗歌呢？当天下午，我便把几首小诗抄写在了稿笺纸上。

电台在红星路上，不远处就是四川日报社大楼和省作协，《星星》诗刊编辑部也在那条街上，全都是我经常去的

地方,自然很熟悉。可第二天下午,我到了电台门口,收发室的工作人员却拦住我说,陈革正在播音,不能会客。

那天刚下了雨,地面湿滑。也许是见我行走不大方便,当我转身要离开时,一位工作人员叫住我说:"今天是星期二,陈革两点钟就会下节目,要不你就多等等吧。"然后将我让进了收发室。不大一会儿,从正对电台大门的一排台阶上,果然走下来两个人。收发室的工作人员看见后,立马叫道:"陈革老师,有人找!"

我急忙走出收发室,看见一男一女正向我走来。不过,我看见那个正向我走来的中年男人,和我在电视上所看见的陈革竟一点不像,不仅穿着普普通通,身材也不如电视上的陈革那样高大挺拔,更重要的是头发稀疏,甚至有些秃顶,哪里有半点电视上的风采?

这样想着,中年男人便走到跟前,并开口问我:"你找我有什么事吗?"

这是我多么熟悉的声音呀,和收音机里陈革播音时一模一样,浑厚又富有张力。我于是回答:"我写了几首诗,不知道能不能投给《竹林笔会》?"陈革此时一手提着录音机,一手抱着大纸箱,纸箱里装了许多卡式录音带。看见我从挎包里取出诗稿,他便将手上的东西放在收发室的窗台上,接过诗稿认真看起来,然后朗读了几句。

天呀,平凡的文字,从陈革的嘴里朗读出来,竟有了不一样的感染力,连收发室的工作人员看我的眼神也和先前不大一样,难怪有人把陈革称为"铁嘴"。

读罢诗,陈革又问道:"都是你写的吗?"见我点头,他突然说出了一句让我惊讶万分的话："你明天上午到电台来，我们一起上《竹林笔会》！"

原本以为我送去的诗稿能被广播就算很不错了，哪里想到还会被陈革邀请上节目？

第二天上午，我十点多钟赶到了电台。

和报社不同，在一间大大的办公室，我听见人们全都说着标准的普通话，也认识了许多往常只闻其声不见其人的主持人，如剑霞、铁明、陈笛等，这些名字可全都如雷贯耳。我心里的不安又多了几分，毕竟我连话也说不清楚，到了直播间如何交谈，又怎么能够让听众听懂呢？这种顾虑，我悄悄对陈革说了。他那爽朗的笑声又一下子响起来："你讲话不清楚不要紧，我帮你翻译。"

去直播间的路上，他和我边走边聊，问我将来有什么打算，我茫然地摇摇头说："现在爸爸妈妈还在，将来……"话还没说完，我已经跟随陈革走入了封闭式的电台直播间。

接下来，在韦唯《爱的奉献》的歌声中，这天的《竹林笔会》节目开始了。陈革和他的搭档剑霞不仅朗读了我的诗作，还和我一起聊起了我的过去，他也果然像在办公室时所说的那样，几乎我所说的每句话都要替我重新说上一遍。

让我惊讶无比的是，陈革竟然能够听懂我的每一句话！

节目最后，陈革突然对着麦克风说："刚才来直播间的路上，我问小杨将来有什么打算，小杨说他不知道，他说'现在爸爸妈妈还在，将来……'小杨，我跟你说，我们都是你的朋友，将来，如果真到了那样一天，来找我们，我们都会帮你……"多少年后，写下这些文字时，陈革说这番话时的声

音，依然清晰地回响在耳畔。尽管几年后，陈革离开了成都，可是，他当时在直播间所说的这番话，却如同燃烧的火焰，一直温暖着我。

就在那天去直播间后不久，陈革又邀请了一位脑外科专家上节目，他特意在上节目前把我叫到办公室，希望这位专家为我做做诊断。这位叫高丽达的专家说，根据我的身体症状，很有可能是小脑神经受到了损伤，但能不能治疗却没有十足把握。原因是，他打了一个比方，像一张旧报纸，要是上面的字被污迹遮挡住了，人们可以想办法把污迹清洗掉；可要是报纸烂了一个窟窿，就算有办法补上也很难再恢复原貌了。至于我的情况到底属于哪一种，则需要做开颅手术才能判断。

做开颅手术，不仅要很多钱，还要冒很大风险，陈革便叫我回家和父母好好商量。他说，钱不够，他可以通过广播为我募捐，但手术的风险却需要我和我的家人认真考虑……这件事，后来虽然不了了之，却让我和陈革的关系由此更近了。

有一年中秋节的晚上，他带上电台的年轻主持人去成都盲哑学校搭建演出舞台，为孩子们表演了一个个让他们开怀大笑的节目。

看着舞台上的陈革，盲哑学校的邵大宽老师告诉我，这不是他第一次到学校搞活动；而每次去，陈革都会把欢笑带给这里的学生，让他们或黑暗或无声的生命世界变得五彩斑斓……

辑三

同行，是一支激越的歌

一见如故的兄长
——致李银昭

多年前,成都有一份报纸叫《中外法人报》,每期都会刊发一些大特写之类的稿件,我决定前去投稿。

报社在一环路边上,紧邻成华区政府,我第一次去很容易就找到了。询问门卫室的大爷,才知道报社竟在大楼的顶楼,没有电梯,我只好一步步走上去。到底有多少层,我记不大清了,只记得我左拐右拐终于上到顶楼时,已累得气喘吁吁。好在我那时才二十多岁,体力还行。于是,稍事歇息,我便准备进入编辑部。

来到一间办公室门外,有爽朗的笑声传出来,听得出办公室的人不少,我的心跳又"突突"加快了。那几年,因为写诗,我几乎跑遍了成都的报社、杂志社,也和不少编辑打过交道,对他们从陌生到熟悉。然而,身体残疾,毕竟是不争的事实——说话不清,口歪眼斜,行走一瘸一拐,连双手都不能像正常人那样自由伸曲。这样的模样,初次见到我的人一定会被吓一跳,我心里也有几分自卑。

是呀,年轻时谁不渴望拥有健康而强壮的身体呢?就算不是帅哥美女,也不至于像我这样丑陋吧?所以,曾经有很长一段时间,我不愿意白天出门,就是害怕招致别人异样的眼光。

为此，我一直感谢诗歌，因为是她将我从这样的自卑和封闭的心境中慢慢牵引出来，让我有勇气在白天走出家门，也有勇气和陌生人交流。虽然每次见到陌生人，我还是会有几分紧张和不安，担心对方会因听不懂我的话而不耐烦，更害怕自己的模样会吓着对方。此时，我第一次来到这家报社，听见从办公室里传来那么爽朗的笑声，这样的紧张和不安的感觉又不由自主强烈起来。

我拼命让自己镇定下来。足足一分多钟后，我才让自己出现在那间办公室的门口，用僵硬的手指轻轻敲了敲敞开的门。

一位年轻帅气的小伙子转过身，看见我时他的脸上并没表现吃惊的表情，只是像很多初次见到我的编辑那样问了一声："你找谁？"我刚要回答，不料这个小伙子大声说道："哦，你是杨嘉利吧？"

这倒让我惊讶万分，心想："这个人怎么知道我的名字？"这时候，他说道："工人报的郑老师你认识吧？在他那里我见过你。"

郑老师叫郑宝富，是《成都工人报》副刊编辑，我曾多次去他那里投稿。

因为是夏天，又爬了许多层楼，我的头上和身上早已全被汗水打湿了。"进来吧，吹吹风。"这位小伙子把我让到一张办公桌前坐下，然后把几个和他同样年轻的同事介绍让我认识：蔡光、汤海斌……最后，他才自我介绍说他叫李银昭。

李银昭是写小说的。他问我写不写小说，听我说我几乎没写过小说，原因是体力跟不上，就写点小诗和散文之类，李银昭很理解："是呀，写小说的确不仅很费脑子，还耗费很多体力，对于你来说确实很难。"

记忆中，初次相识便能这样和我聊文学、聊创作，李银昭算得上是第一个人，这样的话题自然就拉近了我和他之间的距离。快到午餐时，见我起身告辞，李银昭说："吃了饭再走……没什么好吃的招待你，就一起吃盒饭。"

但我还是拒绝了。

事实上，在外面办事，我很少和别人一起吃饭，一个很重要的原因是，连吃饭这样简单的事，对于我也有不少困难，我不愿意在朋友们面前暴露出我吃饭时的狼狈模样。

见我执意要走，李银昭便起身送我下楼。在报社门口，他突然说："我过几天去你家看看，好好采访一下你。"我又吃了一惊："你要写我吗？"他点点头："你身上一定有很多值得写的东西，不仅是你的残疾，更是你这么多年来的坚持……看见你，我想到了一个人。"我问他想到了谁，李银昭回答是史铁生。

史铁生是北京作家，年轻时去农村插队，患严重风湿病，下身瘫痪，硬是坐在轮椅上写出了《命若琴弦》《我与地坛》等很多有影响力的作品。但相比之下，我更喜欢史铁生的《好运设计》。就在认识李银昭前，正因受到史铁生的这篇作品的影响，我也写了一篇叫《好运设计》的散文，发表在《蜀报》上。所以，听李银昭说出这位作家的名字，我回答："我怎么能和史铁生相比呀？人家可是大作家。"李银昭回答："在创作成就上你可能还比不上他，甚至还差得很远，但有一样东西你们俩是一样的，那就是奋斗的精神。"

李银昭说要到家中采访我，我没把这话放在心上。

作为报社的业务骨干，李银昭每天有大量的采编任务要完成，他哪会有时间从城里跑到郊区采访我呢？我知道不少诗

人,包括我自己,很多时候都会冲动,我想李银昭大概也是这样吧。虽然说他主要写小说,可在我看来他应该也会写诗,要不怎么像很多诗人那样留了一头飘逸的长发呢?这种想法,如今想起来很幼稚,但当时却很真实。可没几天,李银昭还果真在一天下午骑自行车到了我家!同行的还有报社的女记者吴菲,以及后来到华西都市报社工作的摄影家刘陈平。

那天采访,他们问了我很多往事,还采访了我的父母和姐姐,刘陈平也拍摄了很多照片。后来,无意间听李银昭说,他叫上刘陈平就是希望他能用手中的相机为我记录下更多美好的瞬间……

我只是一个弱小的残疾人,和李银昭也只有一面之缘,他对我如此厚爱,老实说我很意外。在我的成长过程中遭遇了太多的不公和冷落,如同大地上卑微的小草,虽然可以努力让生命顽强地向上生长,却又怎么能够摆脱被人任意践踏的命运呢?多年后,回想起李银昭对我的这次采访,他的真诚和善意仍留在我心中。

随后,由记者吴菲执笔采写我的专访见报了,这篇散文如行云流水般优美。据说,这是吴菲第一次写人物专访稿件!

感谢银昭,感谢这个此后一直待我如兄弟般的大哥;他不仅让我成为一位漂亮的女记者笔下的第一个采访人物,更因这次采访,我和吴菲结为好友——二十多年的友情,足以让我们相信,不管时光还将过去多久,这样的友情始终会在彼此的生命里熠熠生辉,像一盏前行路上的明灯,彼此照耀,彼此温暖……

率真的心
——致姜明

春节，城里人感慨越来越没了过年的气氛，更像是一次家庭聚会，各家各户全都是关上门自娱自乐，完全没有儿时记忆里那种一家人扶老携幼走出家门，去街上放鞭炮、舞龙灯的热闹。

于是，如今城里人要想再过上传统的春节，唯一的办法便是逃离城市，至少逃离像成都这样的大城市，去乡下，或者去一些小县城，方能找回儿时关于春节的记忆。

朋友姜明就是这样。尽管扎根成都多年，女儿也在这座城市上中学了，但他还是很少会在用钢筋水泥构筑的城市里过春节。作为一家报社的领导，姜明失去了很多普通员工可以"适当放松"的自由。即使这样，他还是会在除夕当天一早与妻子和女儿踏上返回老家的路程。他说，只有回到了老家乡下，在那个远离了莺歌燕舞和霓虹灯闪烁的村落里，才能够找到过年时心灵应该享有的安宁与祥和。

姜明的话，我深信不疑。

交往二十多年，虽然当年的毛头小伙转眼已到中年，可每次和他相聚聊天，姜明身上浓浓的书生气仍然扑面而来，让我感到他还是像二十多年前那样，保持着一颗孩童般率真的心。

前不久读到一篇散文叫《本真存眼里》,作者记述了多年前观看电视上转播维也纳新年音乐会的往事,那就是日本指挥家小泽征尔带给他的震撼。作者说,这种震撼不仅来自这位古稀老人的音乐才华,更来自他那双经历了几十年人生沧桑的眼睛却依然如孩童般清澈而明亮。由此,我突然想到,姜明是否也拥有这样的一双眼睛呢?

由于近视得厉害,虽然和姜明见面聊天的次数不少,我却无法清楚地看见他到底有一双什么样的眼睛。"眼睛是心灵的窗户",但交往久了,却是需要心与心的交流作为打开彼此心灵的钥匙,方能开启真正的友情之门。

认识姜明时,我还是那个整天做着诗人梦的热血青年。

说来我脾气犟,那几年除在成都的报纸上发表了几首诗外,投给外地的诗稿几乎一首也没发表过,但我仍不死心,还是不停地写。后来我琢磨出了一点门道——既然外地的报刊不容易发表,何不就多给成都的报刊投稿呢?

20世纪90年代,成都的报刊多如牛毛,大多办有文学副刊。我就开始一家家跑去送稿,渐渐认识了不少编辑朋友,其中便有姜明。

和姜明初次相识,他给我印象很深的,不是他的文质彬彬,而是他那张年轻的脸!

我一直认为,做编辑的大抵是阅历丰富的中年人。可姜明看上去二十岁出头,和我一样还是个毛头小伙,却在一家日报社做了副刊编辑,我不由既羡慕又伤感。老实说,我不是一个肯轻易向命运低头的人。小时候,父母常对两个姐姐说:"弟弟的身体不好,往后长大就要靠你们挣钱养活他呀。"这样的话,我很不爱听。只要听见父母这样说,我便会大声打断他们："我往后不会让姐姐养活，我要自己挣钱！"

这样的性格让我在写作上坚持了多年。可见到姜明，他的年轻竟然让我生出几分伤感，也让我第一次对命运的不公生出了几许怨言。在我看来，我要是也能拥有健康的身体，不就能和姜明一样去报社做编辑了吗？要知道在我眼中，报社编辑是一个多么神圣的职业呀，哪会想到像姜明这样的年轻人也能胜任？

这样的伤感不知道姜明当时有没有看出来，但我敢肯定的一点是，像我这样一个说话不清、走路不稳的残疾人来到他的办公桌前，姜明心里也一定有几分震撼，他过去大概也从不会想到这座城市里竟然还有像我这样的作者吧？

事实上，我的残疾，或者说我在人生路上的困境，和姜明没有任何关系，他完全可以像接待其他投稿者一样接待我。但那天，他搬来一把椅子，倒上茶水，接着就开始和我聊起来。如果是一位中年人这样做，我不会太诧异，可问题是他很年轻，能够耐着性子听我用含混不清的声音说话，至少我是第一次遇上，因此我至今还很怀疑他当时是不是真正听懂了我的话。

然而，这一点已不重要。重要的是他能和我一聊几个小时，中午时还把我带到他在光华村乡下租的房子，买来卤菜、拌菜招待我，我便知道这是一个值得交往一生的人。我不喝酒，但那天，我和姜明，还有一位叫王旭的年轻诗人，便在那间农家小院不足二十平方米的出租房里以茶代酒，边喝边聊，好不开心。

姜明没上过正规的全日制大学，高中毕业后仅用一年半时间就拿到了高教自考汉语言文学专业的大专文凭，其后便到城

里闯荡,多年后又刻苦攻读完成"专升本"(如今已是四川大学文学与新闻学院研究生导师),这样的经历不由让我对他刮目相看。毕竟在一个讲究学历的时代,又是在一个舞文弄墨耍笔杆的行业,没上过正规大学的人就能做编辑,姜明也是我所遇上的第一人。可听我这样说,姜明却一个劲摇头,说:"我好歹还是好胳膊好腿,你可是连一天学也没上过呀,和你相比,我的这点事又算得上什么,又有什么值得炫耀的呢?"

这样的话,我其实不是第一次听人说,姜明当时这样说我也并没有放在心上。但如今,二十多年过去,回想起当时姜明说这番话时的情形,我相信是他的肺腑之言。这么多年来,不管他的工作岗位如何变动,他始终关注我,并力所能及地帮助我,让我时刻感到友情的温暖。

年前,知道他春节时一定又要回乡下,我便在一天上午去了他的办公室。

和当年十多位编辑挤在一起办公不同,姜明此时的办公室虽然不大却很整洁、明亮。唯一不变是在这间属于总编辑的办公室里,他把我让到沙发上坐下,倒了一杯热水递给我后,又将他的座椅拉到了我的对面,坐下来和我慢慢聊天的感觉。那样的感觉,仿佛一下子把我拉回到二十多年前和他初次相识的情形。只是当年的满头青丝,已在不经意间变为缕缕白发——是呀,时光带走了我们的青春,却沉淀下彼此的友情,蓦然回首,二十多年的友情宛如一首清新的小诗,沁人心脾。

春节前去报社,因要忙于安排工作,姜明没有像往常一样留我吃饭。可刚离开报社,我便收到了一条他发来的短信:"我刚买了点米和油,明天托人给你送去,你把住址发给我吧。"我愣了半天,当明白了姜明的用意,便立即回复说"不用"。可他很快又发来短信:"东西已经买了,你要不收下我就扔掉。"紧接着没等我把要回复的内容写完,手机上姜明的信息又发来了一条:"你要不收下,我们就绝交!"

天!四十多岁的人了,性情怎么还是这样!然而,这就是姜明,这就是和我相交二十多年的兄弟,我被他孩子般真挚而任性的话语逗笑了。我由此明白,买来米油送给我,不是因为我的生活落魄到了需要朋友接济的地步,而是他在新的一年即将来临时,要为我送上一份沉甸甸的祝福……

穿越岁月的友情
——致陈海泉

认识陈海泉，是因为吴菲。

那时候，《成都商报》刚创刊不久，因乘坐公交车时被售票员刁难，我便很愤怒地给吴菲打去了报料电话。

吴菲在商报做社会新闻记者。下午，她把我约到报社，正了解这件事情的来龙去脉，有一个个头不高、瘦小精干的小伙子走过来说："菲哥，刚接了个新闻热线，你看你能不能去做？"吴菲回答说她正在采访我，然后便把我的遭遇说了一遍。小伙子听后也认为是很好的新闻，安慰了我几句后又对吴菲说："你好好写下这个稿子，一定要给嘉利讨个公道。"小伙子走后，我才问吴菲他是谁，吴菲回答说他叫陈海泉，是他们的主任。

陈海泉很年轻，我完全没有想到这样一个看上去在年龄上和我差不多的小伙子，竟然已经是报社的主任了！不过多年后想起来，也并没有什么可以大惊小怪的，那时候吴菲不也同样很年轻吗？她不也同样已经成为商报的金牌记者了吗？

第一次见到陈海泉，虽然没说上几句话，我却对他印象很深。原因并非在于他对吴菲说一定要为我讨回公道，也不完全是他对初次相识的我也能够像朋友一样说上几句安慰的话，而在于他这样年轻就能在新闻上干得如此出色。

过去写诗、写散文,打交道最多的一直是各个报社的编辑,以至于许多年后李银昭先生才会在我的诗集《彼岸花》的序言中写下这样一段话:"在成都这块地盘上的报社和杂志社,不认识嘉利的编辑不多。"然而,认识陈海泉后,这种情况就发生了改变。

《成都商报》没有文学类副刊,我过去自然也没投过稿。我被公交车售票员刁难的新闻稿见报后,吴菲叫我去报社拿报纸。可不巧的是,我到了报社,她又有一个外出采访,便委托陈海泉把报纸转交给我。

在办公室,拿到报纸后,看见陈海泉正忙着打电话,我不便打扰他,转身要走,不料却被陈海泉叫住:"嘉利,你坐坐,喝口水吧。"

陈海泉说完,放下电话,就去倒了一杯热水递给我。看见我接水杯时,双手抖动得厉害,杯里的水也一下子溅出来,陈海泉脸上很震惊:"对不起,我不知道你的手……"后来,陈海泉曾对吴菲说,他第一次见到我,只知道我说话不清楚,行走也有些跛,完全没想到我的双手也有很严重的残疾!而正是这个发现,让陈海泉明白了我的生活是处在一种多么艰难的境地。也许正因为这样,他才又对我说:"往后有什么新闻线索,你也可以写给我们报纸呀。"

我不解地看着他。因为我知道《成都商报》的新闻稿几乎全都是由记者采写的,我怎么可以写新闻稿给他们呢?陈海泉显然看出了我的疑惑:"没关系,只要是好新闻,你写来一样可以用。"

然而,离开报社后,有一个疑问瞬间爬上了我的心头:陈

海泉怎么知道我也在写新闻？一定是吴菲告诉他的。尽管如此，我后来几年还是没有给商报写过新闻。《成都商报》是日报，每天都有，对新闻的时效性要求很强。而我，一个新闻从采访到写成稿件，要比身体正常的人慢很多，在时效性上根本达不到商报的要求。然而，没给商报写新闻，并不等于我和陈海泉后来就没有了接触。

那时候，成都商报社的办公地点在省林业厅对面，省林业厅也办有一张报纸，我每次去送稿件时也就会去看看吴菲，到陈海泉的办公室坐坐。我至今还记得很清楚的一件事是，商报搬到书院街后，我第一次去亚太大厦找吴菲，遇上陈海泉正要外出，他见到我后又返回办公室对我说："我们办了一个特稿版，你往后可以多写写这样的稿子。"吴菲在一旁听后也为我打气："对呀，你的文笔不错，只要能采访到好题材，写特稿一定能行。"

我有些心动。

半个多月后，我便采写了一个残疾养父和儿子的故事，写成特稿交给陈海泉。

一个周一的上午，我早早坐上公交车进城。

我当时在省物价局主办的《四川价格报》做特约记者，要在这天赶去交稿，所以就在公交车站买了一份刚出版的《成都商报》，希望能够在特稿版上看到我的那篇稿件。可上了拥挤的公交车，打开报纸翻看了一眼特稿版，上面是一篇题目叫《天堂里的注视》的文章，我很失落，默默地把报纸放进挎包。可我没想到，到了价格报社后，副刊编辑唐俑一见我便上前说："恭喜你呀，刚才在商报上看见你的大作了……"

我愣了：怎么可能？今天商报上的特稿我也看了，明明是一篇叫《天堂里的注视》的文章，怎么会是我的稿件呢？"真是你的稿子，你要不相信再把报纸拿出来看看。"听唐俑这样说，我重新翻出商报，特稿版上刊发的文章果然是我之前交给陈海泉的那篇稿子，只是编辑把标题改了！

这件糗事，我一直没对陈海泉说，但我心里却对他又亲近了几分，这是一个真正把我当朋友的人……

后来许多年，陈海泉的工作也更繁忙，我能见到他的机会减少了。特别是吴菲辞职后，我连去商报社的次数也不多了。

2017年9月，我出版了诗集《彼岸花》，打算给陈海泉送去一本，请他指正，便约好了时间。然而，那天刚到报社大厦，又接到他去市上开会的信息："嘉利，真是很抱歉，多年不见，今天又不能等你了……"

看着手机上陈海泉发来的短信，突然就想起二十多年前第一次看见他的情形，不能见面的遗憾竟然减少了几分。四十多岁的陈海泉正是干事业的大好时光。作为朋友，就算有多年不见的遗憾，知道他一切安好，事业蒸蒸日上，又怎能不为他感到欣慰和高兴呢？

铭刻于心的名字
——致方野

作为自由撰稿人,在一张报纸上同时刊发两篇稿子,是很难的,在我从事写作的三十多年中也只遇上一两次,而其中一次便是由方野老师编发的。

那时候,成都有一家由四川省工商局主办的报纸,名为《市场与消费报》,但报社编辑部却不在工商局内,而是在花牌坊临街的一栋小楼上。大概是1995年前后吧,我第一次到这家报社投稿,竟然在那条街上来回走了好几次,硬是没找到。

花牌坊离西门车站不远,按说我还是比较熟悉的,可就是没看见报社的牌子。问了很多人,终于有人告诉我要从路边的一家录像放映厅上去,在六楼,好像就是我要找的报社!

果然,当我从录像厅旁的楼梯上去,看见"市场与消费报"的牌子时,我还是有几分愕然。原因是这栋楼里不仅有录像厅,还有舞厅和婚介公司,我不明白一家报社怎么会在这种地方办公。在我看来,报社的办公场所虽然不一定很好,但至少应该有一个很安静的环境,怎么也不可能和舞厅、录像厅这样的场所混在一起。当然,尽管心里有诸多疑惑,但我终于找到了这家报社,还是有几分高兴。让我更高兴的是,就像去其他报社投稿一样,在这家报社的编辑部,我再次幸运地遇上了一位好心的编辑。

方野是一位中年人,微胖,有些秃顶。他大概听说过我,知道在成都的写作圈里有我这样一个人,所以看见我一瘸一拐走进办公室,他并不惊讶,热情地招呼我坐下。当时是夏天,又是下午两点多钟,我身上的衣服被汗水打湿了,方野便把他办公桌上的台式电扇转了个一百八十度对着我。我连声说:"不用,我不热。"方野回答:"身上全是汗水,怎么会不热呢?"接着他就开始认真翻看我带去的稿件。

我写字很慢,几千字的长稿要花上好几天,然后又要工整地抄写在稿笺纸上。那天带去的两篇长稿就是花了十多天才写好的,主题分别是有关汽车行业和家用电器的,正是当时很热门的话题,方野只看了一眼标题就对我说:"这两篇稿子我先留下。"

虽然是第一次打交道,可听方野这样说,我便猜测他很有可能要用我的稿子。但即使这样,我也没敢奢望这位初次见面的编辑会把我的两篇稿子全都用上,认为他能采用一篇就不错了。谁知道半个月后,我收到了一份《市场与消费报》,打开后竟意外发现我送去的两篇稿件全都发表了!

老实说,过去写诗、写散文,也很少能够同时发两篇作品,何况是这种几千字的长稿?那种激动完全就像我几年前第一次在报纸上发表处女作一样,我对方野充满了感激。后来,我便常去找方野,他也常会采用我的稿件,从纪实稿到诗歌、散文,而且每次发稿后都会把样报寄给我。然而,即使这样,我和方野见面的次数也不多,原因是我去报社时,他几乎都不在办公室。听其他编辑说,方野不仅要编稿还要写稿,身兼数职,自然很少有时间安安静静待在办公室。

尽管见到方野的次数不多，但他每次都会对我说："你的身体不好，行动上也不方便，有稿件寄给我就行了。"

事实上，这样的话，很多编辑都对我说过，但我还是会一次次去报社送稿。为什么呢？原因是那时候在我周围根本没有几个朋友，我想要用这样的方式与人沟通和交流。所以，尽管方野和很多编辑都叫我不用太辛苦，把稿件通过邮局寄给他们就可以，我还是会一次次送上门去。

然而，让我至今有几分遗憾的是，后来由于写稿风格有了变化，我和很多最初帮助过我的编辑们渐渐减少了联系，其中也包括方野老师。特别是开始采写特稿后，我也就不再写《市场与消费报》所需要的那种关注社会热点的纪实稿了。

记得再次见到方野是好几年后的事了。

那天，在成都另一家报社，我正和特稿编辑交流一篇稿件，突然看见方野走进办公室，我急忙站起身叫了一声"方老师"。方野也认出了我，他没有一点惊讶，寒暄几句后对我说，他还有工作要做，就转身离开了。我才知道，方野已经跳槽到这家都市报做了新闻中心主任。

如今，认识方野一晃有二十多年了，而且又有十多年没见到他。但每次和周围朋友谈论起我最初写纪实稿的话题，他的名字便会不由自主地浮现在我的脑海中，让我想起多年前的那个夏天，在一个酷热的下午，当我沿着一家录像厅旁的楼梯上到六楼，一位素不相识的中年男人很热情地将我让进他的办公室，然后又把一台破旧电风扇转过头来对着我吹——那一幕，早已定格在我的生命中！

古道热肠
——致薛志忠

当年在《蜀报》时,杨晓康、李银昭和薛志忠是三员叱咤风云的猛将,他们采写了很多重磅新闻,至今仍让我记忆犹新。

三个人中,我和李银昭很早就熟悉,和杨晓康也因我第一次以"特约记者"的身份采访回的稿件被他用在了经济新闻版头条上,自然也渐渐有了更多交往,唯有和薛志忠的接触不多。

薛志忠个子不高,却很壮,听口音像是北方人,刚开始时我感到就像我最初和很多陌生人打交道那样,他不一定能听懂我说的话,我和他之间在交流上有些障碍。而且,薛志忠给我的印象很严肃,不像李银昭整天嘻嘻哈哈,也不像杨晓康那样随和,所以我觉得他不好打交道。然而,这样的感觉因后来发生的一件事,彻底从我的心里消失了。

这件事,实际上很尴尬,算得上是我至今所经历的最糗的一件事了。

大概是1993年前后吧,具体是什么时间记不太清了,反正天气不冷不热,应该是暮春或者初夏。我家所在的大院里,有一位叫孟昭勇的邻居,退休后去了一家公益机构做办公室主

任。这家公益机构的办公地点,当时在一环路省军区大院内,他每天骑自行车去那里上班。省军区办有一家招待所,孟昭勇有一天途经那家招待所,突然看见门口停放着一辆残疾人轮椅车,上面还插了一面彩色旗帜,旗帜上写了一句话"轮椅走天下"。

孟昭勇本来就是热心肠,再加上和我接触较多,自然对残疾人格外关注。于是,他便去招待所找到了轮椅车的主人尹小星,摆谈后才知道尹小星竟然是从江苏徐州出发,几年来自己摇着轮椅车走了很多省市,这次到成都是打算沿川藏公路去西藏!尹小星的残疾程度很严重,几乎不能行走,却要摇着轮椅车去西藏,孟昭勇很震撼。晚上,他找到我说了这件事,并问我:"你现在不是也在写新闻吗?看看能不能给这个小伙子写个报道。"

尹小星的壮举,我听后也很感动,答应孟昭勇第二天就去做采访。

这样一件事,在我看来一定会是很出彩的新闻,希望可以在《蜀报》上做一个独家报道。这样,第二天一大早,我便直接去了省军区招待所。

见到尹小星,我很震惊。尽管孟昭勇提前告诉我,尹小星不能行走,但我还是没想到他的残疾程度会如此严重。这个和我一样出生于1970年的男人,竟然要用膝盖跪在地上慢慢移动,有时候还需要用双手支撑身体,一头蓬乱的长发在他每次移动身体时就会滑落下来遮盖住大半个脸!可就算这样,采访时看见我艰难地一笔一画在采访本上记录着他所说的话,尹小星还是很感慨地对我说:"你实际上比我更难……我就是双腿不能行走,但双手和语言都没问题,可你的手、说话都很困难……"

也许正因为都有残疾的身体,我和尹小星的交流很顺畅,而这样的交流远远不止是采访者和被采访者之间的交流,更像是多年老友久别重逢后的轻松摆谈……也正出于这样的原因,采访后尹小星提出想要去我工作的报社看看,我便爽快地答应了。他让我坐上了他的那辆有两个座位的轮椅车,摇着我一起向陕西街的报社驶去。

沿着人民南路,途经华西医大、锦江大桥和岷山饭店——那时候还全都算得上是成都的标志性景物——我一路上不停地向这个远道而来的客人做着讲解和介绍。但是,到了报社,尹小星显然没办法上楼,我只好请他在楼下等着,打算上楼找摄影记者下来给他拍几张照片。谁知道到了报社编辑部,我却傻了眼,办公室全关门了!我下楼后问收发室的大爷,才知道已经到了中午,报社的人全都去吃午饭了。

到了这个钟点,自然应该邀请尹小星去吃顿午饭,可我的身上却只有几元钱!

往常,我进城中午就习惯在街上买个馒头或者包子吃,连水也很少喝,身上也不会带多少钱,有几元钱够坐公交车就行。这天进城也是这样,完全没想到要多带点钱请采访对象吃饭!

这一刻,我尴尬极了。

尹小星大概是看出了我的窘迫,便说:"没事,我请你吃饭吧。"可我怎么能让他请我吃饭呢?就在我飞快地想着要怎么做才能化解这样的尴尬时,我突然看见了薛志忠!

我不知道薛志忠是采访回来,还是刚去吃了午饭,看见他从自行车上跳下来,我便鼓足勇气走上前问:"薛老师,能不

能借点钱给我?"我为什么要说是鼓足了勇气才走上前这样问他呢?毕竟我和薛志忠交往不多,也感到他是一个有些冷傲的人,我不知道他愿不愿意借钱给我,万一不肯岂不是让我更加难堪?果然,薛志忠听了我的话后,他大概也没想到我会张口向他借钱,竟半天没回过神。我只好又硬着头皮说:"我刚才做了一个采访,打算请人家吃顿饭,可身上的钱不够……"并用手指了指坐在轮椅车上的尹小星。

薛志忠还是没从身上摸钱,对我说:"走吧,我们一起去吃。"

我一下子明白薛志忠是什么意思,急忙摇头:"那怎么行,怎么能让你请客呢?"薛志忠笑了:"有什么不行?我们也算是同事,吃顿饭是多大的事呀?"

事实上,谁请谁吃顿饭真不是一件多大的事。但就是这样不是一件多大的事,因为在不同的时间、不同的场合,自然就有了不同的意义。后来,我多次想,那天要不是遇上薛志忠,要是薛志忠不肯借钱给我,我难道真会让尹小星请我吃饭吗?如果真是那样,我的脸可就丢大了——要知道尹小星一路走来,得到了很多人的帮助,可到了成都,作为采访他的一名记者,我不仅没能帮助他,还要让他花钱请我吃饭,传出去无论如何会让我一生难堪。

好在薛志忠的及时出现化解了这样的难堪,也让我有了反思——有些人可能从外表上看会让人觉得冷漠,甚至傲慢,但他们的内心却有一团火;而这时候,你不妨先打开心扉,才能走近并感受到对方的热情。

一次采访,结交一位挚友;而这位挚友,并不是所采访的对象,而是报社相处多时的同事,我想,像这样颇有一些戏剧性的情节，很多人也许一辈子都很难遇上吧？

　　所以，二十多年来，我每次上网看到"尹小星"这个名字，便会不由自主地想起这件往事，也会想起薛志忠带给我的这份感动。后来许多年，离开《蜀报》后我和薛志忠也渐渐失去联系，直到去年，我的诗集《彼岸花》出版，引来了很多媒体关注，我和他才又在微信上重逢了。

　　知道这么多年来我一直在坚持写作，薛志忠很感慨。他对我说："在《蜀报》那时候，你就常有诗歌和散文发表，《星星》诗刊上还刊发过一篇关于你的诗歌评论。要不是为挣钱养活自己，写了这么多年新闻，耽误了这么多美好的时光，你应该可以在文学领域创作出更多的好作品。"接着，薛志忠又说，他如今在北京一家杂志社驻西藏记者站工作，和西藏的很多文学编辑都有联系，让我有什么满意的作品就发给他，他会帮我推荐。后来，我在十九大召开前写了一首诗，果然就由薛志忠推荐，在《拉萨日报》上发表了！

　　从薛志忠身上，我仿佛又看到了那件渐渐久远的往事——他还是那么热情地帮助我，让我感到一份沉淀了二十多年的友情依然那么淳朴而炽热……

和电视新闻有关的日子
——致杨晓康

二十多年前，在成都一环路跳伞塔路口有栋二十多层的高楼鹤立鸡群。同样引人注目的是，刚开播不久的四川有线电视台新闻中心便在这栋高楼里租房办公。尽管条件算不上好，可一群年轻人每天制作出来的新闻节目《全天报道》却火得一塌糊涂。

很幸运，作为通讯员，我曾参与其中，亲眼看见这群年轻人是如何将沉甸甸的社会责任扛在肩上，为老百姓的衣食住行等问题在采访路上奔波。

那时候，我在省物价局主办的《四川价格报》做特约记者，常去采访物价检查活动，写了很多物价新闻。

20世纪90年代，老百姓收入不多。像我母亲，每月退休金才两百元钱，可市场上的物价却几乎天天往上涨，老百姓的米袋子、菜篮子自然成为媒体关注的焦点。《全天报道》主打市民新闻，关注民生更是每天必不可少的内容。

杨晓康跳槽去了《全天报道》后很快成为主力记者。

过去，杨晓康在《蜀报》既做记者又做编辑，能力很强。可报社记者和电视台的记者毕竟不一样，我很担心这位老兄跳槽去了电视台是否能很快上手。所以，那些日子，我每次外出回到家，便将电视频道锁定在《全天报道》上，想看看有没有杨晓康采访的新闻。没想到，几乎每天新闻中，"杨晓康"的名字都会频频出现，我不由对他刮目相看，便给他发去了一条信息："你真行，做上电视记者了，往后有事可一定找你帮忙呀。"

信息发出后，杨晓康并没有回复。

我和杨晓康虽然算不上曾经的同事，但因常给《蜀报》写稿，和他也算打了很多交道。我便想，之所以离开报社去电视台工作，杨晓康也许是看见电视新闻远远胜过报纸新闻的生命力吧。是呀，在一个日新月异飞速发展的时代，要是不能跟上时代脚步，很容易有被淘汰的危险。个人如此，作为一个民族和国家又何尝不是这样呢？

由此，虽然和杨晓康的联系渐渐少了，我还是常常在电视上关注他。

记得有一天，我去价格报社交了稿子后坐车回家，转车时正好在跳伞塔路口的公交车站上，突然听见有人叫我，回头一看是杨晓康！

几个月不见，他还是像过去一样长发飘逸，青春飞扬。和过去在报社做记者唯一不同的是，他手上多了个黑洞洞的长家伙。寒暄几句，杨晓康便邀请我去电视台坐坐，我才知道有线电视台就在我面对的那栋被成都人叫作经干院的大楼上。

跟着杨晓康，我第一次走进了电视台，也第一次看见电视记者是如何剪辑采访素材的，所写的新闻稿和报社记者有什么不同。

杨晓康一边工作一边和我聊天，话题自然扯到了采访上。当他问我这几个月写稿的情况，我便拿出挎包里的《四川价格

辑三 同行，是一支激越的歌

报》说,我现在在这家报纸做特约记者。杨晓康接过报纸翻看几眼,上面果然有我的稿件,而且全是物价新闻,便对我说:"要不你往后也做我们的通讯员吧,有这样的采访线索也告诉我一声,你也能多挣点稿费。"

我惊讶地看着杨晓康说:"我又扛不了摄像机,怎么拍电视新闻呢?"杨晓康回答:"这些事不用你操心,你只要给我提供采访线索就行。"

真这样简单?看见我一脸狐疑,杨晓康又笑了:"你难道不相信我?"我自然是信他的。刚巧第二天物价局便有采访,我就对杨晓康说了,他果然表示要一起去。第二天,我和杨晓康采访后,他在晚上的新闻中真就打上了我的名字!于是,此后几年里,《全天报道》上就常有我和杨晓康采访的新闻,我也常去电视台找他。

后来,电视台开办了一档纪实性新闻栏目《全天视角》,杨晓康又成了新栏目的骨干。

记得是1997年春暖花开的季节,我认识的一位骑游老人打算组织爱好自行车运动的老人,骑车去邓小平的家乡参观。我立即意识到这是很好的新闻,虽然价格报发不出来,但可以给电视台。

香港即将回归,邓小平居功至伟。在他的家乡,老人们要用这样一种方式表达对伟人的敬意。杨晓康听后也认为是一个很好的题材,但他说只做一条新闻太可惜,建议做《全天视角》,说不定能多拍几期。

杨晓康的想法让我很兴奋。但我马上又想到,若真要拍《全天视角》,就需要跟随这些老人去广安,拍摄他们一路上的点点滴滴,可我的身体根本不允许。听了我的顾虑,杨晓康说："拍摄的过程你不用去，路上的采访我去就行了。"

很快，杨晓康便和骑游老人做了沟通，并写出了采访方案。经过一个多月的准备，大概是这年的4月，老人们便骑车从成都出发，我去现场为报社采写了一条文字稿，杨晓康和他的电视台伙伴就开着采访车跟随老人一起上路。六天后，他们拍摄完返回成都，两集电视新闻片《春日小平故乡行》不久便在电视台播出，好评如潮，还被评为电视台的年度优秀节目，成为我和杨晓康在电视台最成功的一次合作。

多年后观看这个片子，我感慨地说："你为拍这个节目真吃了不少苦呀，又担了很大风险，要是有老人在路上出了什么事责任可就大了。"杨晓康听后连连点头，说他当时根本没想那么多，就想多拍好新闻……

是呀，作为新闻人，不管在报社还是在电视台，我曾多次看见杨晓康和他的伙伴冒雨采访，回到办公室连头发上的雨水也顾不上擦干就开始伏案写稿……也许，正是有这样的敬业精神，才会让成都媒体人在那个年代一直名声很响，很多城市新办了报纸都会到成都挖人。特别是蜀报，被人称为成都新闻界的"黄埔军校"。

一次，和杨晓康聊天，说起他当初为什么会跳槽去电视台，这位已人到中年的老兄说，那次跳槽，最初周围很多人反对，但他自信在蜀报干了多年后，不管再去哪里做记者心里都不会发虚了。我问他为什么，杨晓康回答："做新闻，蜀报真是一所好学校，不仅让你得到很多锻炼，更会让你对什么叫新闻有深刻认识……"

这次聊天是发生在杨晓康离开蜀报多年后，可他的话语中依然有着对这份报纸割舍不下的感情，让我忽然明白为什么去

辑三　同行，是一支激越的歌

电视台后,杨晓康依然和我搭档了很多年,让我作为通讯员和他一起采访,一起写稿,原因就是他很重感情,并不会因去了新的平台就忘记了曾经的朋友和同事;相反,在新的平台上,他对往事依然念念不忘,怀着一颗感恩之心,奋力追逐人生中新的目标!

护佑彼岸花开
——致蒋雪梅

写作三十多年，认识了不少编辑，却一直很少和出版社的编辑打交道，原因是出书毕竟是一件很高大上的事。

二十多年前，我曾自费出版了一本诗集，因此和出版社的编辑也算有过接触，可许多年过去竟然全都没有了联系。比如西南交通大学出版社的张蔚河先生，是我第一本诗集《青春雨季》的责任编辑，后来因通信方式落后，我在行动上又有诸多不方便，如今连张先生的联系方式也没有。

事实上，这二十多年，我没想到自己还会再出一本书。然而，世上的事就是这样难料——2017年初，当我完成了短诗集《彼岸花》的创作，在李银昭先生的鼓励下，出版第二本诗集的念头由此萌生，并逐渐强烈起来。李银昭先生是一位在四川乃至全国新闻界都有影响力的人物，我和他的交往断断续续有二十多年了。可我从没有想到，我的头发渐白，身体也一天不如一天，他有一次见到我后竟然说："到我们报社来工作吧……你这样的身体，往后要是没有保障怎么办？"

2016年1月，我正式入职四川经济日报社。

签订劳动合同那天，身为报社领导的李银昭先生又对我说："你身体不好，不用每天来上班，就在家里写写副刊稿，

争取往后再出一本书。"

　　正因为有李银昭先生的鼓励,并为我解除了生活上的后顾之忧,我才能安安静静地写出《彼岸花》。

　　诗集完稿后,要交给哪家出版社出版呢?几经周折,我想到了成都时代出版社。

　　这家出版社,我虽然早有耳闻,却从未打过交道。从网上了解到,出版社归属成都报业集团,我便在一天上午去了红星路上的成都报业集团大厦。可询问处的工作人员说,大厦内根本没有出版社!我一下子傻眼了。好在接连打了几个电话,朋友程伟说他有一个朋友的夫人正好在那家出版社工作,他很快帮我问清了出版社的办公地址。

　　赶到出版社时,已近中午,接待我的是一位中年女编辑,叫蒋雪梅,我后来才知道她是文艺编辑部副主任。

　　说起来觉得自己当时很鲁莽,去出版社谈出书的事,我竟然连书稿的样章都没带,赤手空拳就跑去了,而且张口就询问出版费需要多少钱。我之所以会这样,是因为我知道如今出版小说、诗集这样的文学作品,几乎全都需要作者自费。所以,在我看来,只要费用在自己的承受范围之内,那么书稿的质量是好是坏和出版社也许就不会有多大关系了。可事实证明,我的这个想法是错误的。蒋雪梅介绍了情况后,她又对我说:"你如果是想出一本书来作为人生的纪念,或者打算送给亲人和朋友,我建议你完全没必要花这么多钱,自费去印一本小册子就行了。"

　　蒋雪梅的这个建议,虽然是出自好意,但我听后心里却很不痛快。我听出她是看我头发花白,身体又不好,大概也就把我当成是一名写作爱好者,不过想要出一本书来为自己的人生留点纪念。老实说，离开出版社后，我便没打算再把书稿交给她。让我意外的是第二天她主动打来电话，叫我把诗集的电子文档发给她。

更让我没有想到的是，仅过了一天，蒋老师又给我打来电话，说她已经看完了我的诗稿，决定列入选题。

短短两天，蒋雪梅对我的态度就有了这样大的变化，我确实很意外。后来，我才知道，就在我第一次去出版社的那天，蒋雪梅晚上遇见了程伟，她从程伟的讲述中对我的过往有了更多了解，也有了要帮我的想法。

记得二十多年前，我刚开始给报刊投稿，就幸运地遇上了很多热心编辑的帮助；二十多年后，当我打算出版诗集《彼岸花》时，我又再次得到了出版社编辑的帮助。这或许算得上是我一生中最幸运的事了吧！

最终，我将《彼岸花》交给了成都时代出版社出版。

在这本诗集出版的过程中，我和蒋雪梅老师也渐渐熟悉起来，她对工作的认真劲儿给我留下了很深的印象。

蒋老师发现我的眼睛不太好，每次出校样，她都会帮我多校对几次，还找朋友帮我免费设计了诗集的封面，连做多大开本，用什么纸张，蒋老师全都提出了很好的建议，让我这个门外汉少走了许多弯路。《彼岸花》出版后，很多读者说书很干净，书上看不到一个错别字和错误的标点符号。这是蒋老师的功劳。

记得《彼岸花》付梓的头天晚上十点多钟，蒋老师突然在微信上对我说，版权页上有个标点有错，让我马上看看。版权页上这个错误的标点，我在校稿时是发现了的，却因一时疏忽没有及时修改。如果不是被蒋老师发现，便会成为一个很大的

遗憾。

在我周围,近年来出书的朋友不少。知道我有出书的打算后,他们对我说得最多的一句话是,出书很幸运的事情便是能够遇上一位好编辑。《彼岸花》出版后,我深信不疑。如果不是遇上蒋雪梅——这样一位很有责任心的好编辑,我的这本诗集就算能出版,在封面设计、装帧等方面也许也很难像如今这样完美。

作为诗集《彼岸花》的作者,我应该对它的责任编辑蒋雪梅老师深深鞠上一躬,对这位护佑彼岸花开的天使由衷地说上一声"谢谢"。

商报一姐是位"哥"

——致吴菲

"菲哥"叫吴菲,是一位美女。个子不高,身材苗条,尤其是她那头乌黑浓密的秀发披散在肩上,给人一种飘逸的感觉。她说话轻声细语,仿若春风拂面,有着成都女孩少有的温柔,多少年后回想起来,依然如甘露般沁人心脾。

女性之美,有内外之分。可在一个注重外在之美远远胜过内在之美的时代,能够将两者完美地融于一身的女性,无疑最令人心动,吴菲在我眼中便恰恰是这样的一位女性。可如此聪慧而漂亮的吴菲,后来在她供职的报社竟偏偏被同事叫作"菲哥",可见她做起事来又像一位女汉子。

认识吴菲,是在成都新鸿路口成华区政府旁的一栋大楼里。

初次相识,她给我的印象文静而优雅。

果然,此后每次去她供职的报社送稿,便会看见她不是伏案写东西就是安静地坐在办公桌前捧书阅读。此时,偌大的办公室里虽然不少同事或谈论或争吵,却绝少看见吴菲参与其中,我就更加欣赏她了。要知道在吴菲供职的报社,记者和编辑年轻人居多,忙完工作闲暇下来自然免不了围坐在一起高谈阔论。可在这样的环境下,吴菲却独坐一旁或安静地读书或静

静地写作，完全不受其扰，她那样的心境着实有些让我捉摸不透。

最初几年，我和吴菲的接触并不多。不是因为她将我拒之千里，而是我在女孩面前总是心生强烈的自卑。毕竟有些道理说出来浅显，可要真正做到却又困难重重。比如说，身体上的残疾，很多朋友就常会说不是我的错，我过去也从不认为残疾人就要比别人矮上一头。然而，年轻时，谁不渴望拥有强健的体魄呢？特别是在异性面前，能够吸引对方爱慕的眼光将会是多么骄傲的资本呀！

可这辈子，上天却给我开了一个极其残酷的玩笑，让我在半岁时便生病致残！

记得有一次去小区的阅览室看书，对面正好坐着两个与我年龄相仿的女孩。从她们的窃窃私语中，我突然听见其中一个女孩说："真可惜，浓眉大眼，可为什么偏偏身体会是这样……"我一激灵，才发现两个女孩正在看我。

这件事，在我心里留下了阴影。尽管能被女孩关注，十七八岁的我连做梦也没想到。但同时，我也明白，因为残疾，我注定只能成为女孩们谈论的话题，而不会真正走进她们的世界。这样的想法，在后来的岁月里，便几乎占据了我的整个青春时光。我甚至害怕和女孩打交道，因为我不想让自己的模样吓着她们……

自然，认识吴菲时，我心里的想法也是这样，压根儿没想到还能和这位美女成为好朋友。

和吴菲有了更多接触，是几年之后的事。

当时，成都有几个年轻人自筹资金创办了一份叫《成都商报》的报纸，吴菲便跳槽过去跑社会新闻。巧的是，吴菲刚跳槽不久，我就遇上了一件麻烦事。

这件麻烦事的起因很简单，坐公交车时售票员叫我买票。

省政府在这年春天出台了一份文件，规定像我这样的重度残疾人乘坐市内公共交通工具免票。如此一来，我认为既然政府给予了方便残疾人出行的优惠政策，作为其中一员，我也理所当然应该享受优惠。然而，每次去坐成都西门的一路公交车，有个女售票员都会叫我买票，我要是不买，她便破口大骂。一次，我特意带上了省政府的这份文件打算让她看看，以表明我不购票并不是我要坐霸王车，而是在行使残疾人的正当权利。没想到，她根本不看，说什么她不认识字，叫我不买票就滚下去！

人一激动，自然什么难听的话都说得出来。可被如此辱骂，我如何受得了？下车后，我立即想到要找报社记者曝光这件公交车售票员辱骂残疾人的恶劣事件。

写稿多年，成都很多报纸都用过我的稿件，我和不少编辑很熟，却很少和记者打交道。但要报道这件事，又非得找记者，于是我想到了吴菲，不仅因为她正好在跑社会新闻，而且在于这张新报纸已有了很大的影响力。

我找了一处公用电话，拨打了报社的新闻热线。几经辗转，电话那头终于传来吴菲的声音。我正生气，原本就说话不清，此时就更含糊了。吴菲耐心听我把话说完，然后说："嘉利，你能来下报社吗？我正赶篇稿子，要不我就去找你了。"

在一家刚创刊就有了很大影响力的报纸跑新闻，就算吴菲不说，我也能想象她的压力有多大，何况她还是个文弱的女孩。我忙回答："不要紧，我马上赶车过来。"吴菲便说报社在人民北路的万福桥头，离文殊院不远，很好找。但我

赶到那里后却傻眼了,问了很多人,竟没人知道附近还有一家报社。

好在路边上有报摊,我连忙买了一份当天的报纸,按照上面印的地址,几经周折才在省林业厅对面的小楼下找到了商报的牌子。

吴菲的办公室在二楼,很大,坐了很多人,我在门口张望了半天也没看见她,便问坐在门口的一名记者吴菲在不在,小伙子没等我的话音落下就大声叫道:"菲哥,有人找。"

我顿时有些丈二和尚摸不着头脑,因为我要找的可是美女吴菲,怎么变成了小伙子嘴里的"菲哥"了呢?便想或许是因为没听清我的话而误叫了别人。可还没等我来得及向他再说一遍,吴菲已从一张墙角的办公桌后站起身来。她快步走上前,说:"嘉利,你来得正好,我刚把手头上的稿子写完。"看我浑身大汗,又听我说找了很久才找到报社,她又十分不安地说:"你为什么不给我打传呼呢?"我回答:"你正在写稿,打传呼会打扰你。"没想到吴菲听后生气道:"我们认识那么多年,你怎么还对我这样客气,没把我当朋友呀?"

听了吴菲的话,我只好解释说不是这个意思。吴菲便笑着把我引到她的办公桌前,然后轻声说:"不急,先喝口水再说说到底发生了什么事。"直到这时候,我才明白,先前在电话上叽里呱啦说了大半天,吴菲竟根本没听清楚。但即使这样,她还是在电话上耐心听我把话说完,我不由暗暗有了几分感动——要不是真正把你看作朋友的人,谁会花上这么多时间听你含糊不清地说话呢?

接下来,吴菲又花了一个多小时听我讲述这天的遭遇,她听后也很生气,马上向主任陈海泉做了汇报,决定连夜赶写稿件。

吴菲送我离开报社时，已是傍晚时分，蓉城街头华灯初上，有了喧嚣一天后难得的安宁。去坐公交车的路上，我突然想起一件事来，便笑着问吴菲："刚才去报社找你，怎么听你的同事叫你菲哥？"吴菲听后笑而不答。

不过，她对这件事的报道也让我当了一次新闻人物，我和吴菲的交往渐渐多起来。

转眼，时光如梭，和吴菲的交往至今已二十多年。眼看着她从昔日的文弱女孩，成长为一家大报的金牌记者，之后又办杂志，开公司，如今在云南大理双廊洱海边开起了一家叫海云台的海景客栈。我也终于明白，为什么当年有同事会叫她"菲哥"，用如今时髦的说法便是她跑起新闻来就如同女汉子！

难怪多年后，吴菲虽然早已离开成都商报，可和商报人聊天时，只要提起"菲哥"，他们说至今在商报还是无人不晓的"一姐"。

人生中第一次演讲
——致赵晓东

赵晓东是泸州《酒城新报》的总编辑，一年多前我和他还不认识。

虽然不认识，可赵晓东这个名字，我却有几分印象。二十多年前，我在《华西都市报》上便常会看见他采写的新闻，只是后来不知道什么原因，这个常有稿件见诸报端的记者的名字突然消失了。

按说我和赵晓东不认识，更没有打过交道，自然早应该淡忘，怎么可能过了这么多年，2017年4月我因尿结石住院治疗，程伟来看我，聊天时听他突然说到赵晓东又一下子想起这个人了呢？原因是二十多年前，赵晓东在成都做记者时，他的名字常和一个女记者的名字一起印在报纸上，这个女记者叫龙德瑛。

那时候，《华西都市报》刚创刊，龙德瑛是很牛的记者，采写了很多重磅新闻，以至于新闻圈渐渐有了一句话："商报有菲哥，华西有德瑛。"

"菲哥"叫吴菲，也是一名女记者，用如今很时髦的一个称谓，她和龙德瑛在那个年代都算得上是跑新闻的"女汉子"。可很多人不知道，也就是在那几年，我和龙德瑛也算得上是半个同事。因为她当年的正式工作单位是四川价格报社，而我则在这家由省物价局主办的报纸做特约记者。如此看来，龙德瑛当时在华西都市报实际上只能算作兼职。然而，做兼职也能做得如此风生水起，又有多少人可以做到呢？只是，因为要给两家报纸跑新闻，龙德瑛那几年实在太忙了，我去价格报见到她的次数并不多，也没机会问她为什么采写的稿件大多会打上另一个记者赵晓东的名字。

转眼二十多年，我再次听到赵晓东的名字，他已是一家报社的领导。

程伟说，《酒城新报》刚改版，希望招聘到有能力的特稿编辑。我听后一时兴起："要不我去试试吧。"谁知道程伟在手机上一阵摆弄后，竟抬起头大声说："搞定，赵总同意了。"

我莫名其妙地看着他。"你刚才不是说愿意去酒城新报做特稿编辑吗？赵总同意让你去试试。"天呀，我的玩笑话竟换来了这样一个结果，我急忙问程伟："你说了我的身体情况吗？"程伟笑道："还用我说呀？赵总早就知道你。"我丈二和尚摸不着头脑——赵晓东怎么会知道我呢？

就在这天，我加上了赵晓东的微信。他在微信上发来信息，说他周末时正好要到成都出差，约我见见面。

见到赵晓东之前，我心里一直很忐忑。毕竟我的身体条件受限，要应聘去一家报社做编辑，无论如何会是一件很困难的事。然而，星期六上午，在成温立交桥附近的一家茶坊，我第一次见到这个身材魁梧、声音洪亮的中年男人。他的随和顿时让我有了几分好感，心里的不安也很快消除了。我对他说："赵总，你看我这样的身体，要去泸州工作可能不太现实

呀。"赵晓东回答:"这件事不着急,我们可以慢慢商量,看看有没有解决的办法。"说完,他便将几本书递给我说:"你要去编泸州的报纸,首先就需要对泸州的历史和文化、人文习俗有所了解……嘉利,这几本书,你带回家认真看看,对泸州就会有比较全面的认识了。"

赵晓东的这个举动我完全没想到,可看得出他是真心想邀请我去做编辑。"赵总,这几本书我一定会认真拜读……"就这样,我和赵晓东越聊越投机。

中午吃饭时,程伟来了。赵晓东问他:"帮我打听到龙老师的联系方式了吗?"程伟摇摇头:"我问了很多人,全都没有。"

我并没有立即明白赵晓东所说的"龙老师"是谁。可听他接着又说:"我也问了很多华西报的人,他们也说没有……"我才猛然反应过来赵晓东要找的人很有可能是龙德瑛!"赵总,你是要找龙德瑛吗?"赵晓东果然点头:"对呀……我当年从泸州到华西报实习,龙老师就常常帮助和指导我。没想到后来手机号换得频繁,竟然连她的联系方式也搞没了。"原来是这样,怪不得当年龙德瑛在华西报上发的新闻稿,常会和赵晓东的名字署在一起。

我说:"我问问原来价格报的同事吧,说不定他们有。"赵晓东眼睛一亮:"好呀,我怎么把这个事忘记了?你和龙老师也是同事呀。"很快,我给原来价格报的记者部主任杨学斌发去微信,询问龙德瑛的联系方式。仅几分钟,杨学斌的回复来了,并推送给我龙德瑛的名片。我转发给赵晓东后,他激动得一下子站起来:"嘉利,谢谢你。要不是你帮忙,我还找不到我的这位大姐呀。"

下午，赵晓东还要赶到乐山办事，我在午饭后便和他告别了。没想到几天后，他又在微信上对我说，希望我能去泸州看看："嘉利，就算你因身体原因不能到报社做编辑，但可以做我们的特约记者呀，你也应该到报社来认认门，坐一坐。"

在赵晓东的盛邀下，5月的一个周末，我坐朋友的车去了泸州。

采写特稿十多年，我和搭档张陶、李强几乎把省内的大小城市跑了个遍，只有泸州没去过，能到泸州看看，我也格外高兴。于是，在泸州的两天多，赵晓东几乎是全程陪伴我和朋友去了泸州老窖遗址、合江特大沉船事故现场等，让我对这座酒城的人文历史有了更多认识。然而，我万万没有想到的是，泸州之行的最后一个安排，赵晓东竟然要让我去报社给记者们讲讲新闻的采访和写作技巧！

到报社参观，是赵晓东在微信上和我商量好的内容，但我怎么也没想到他会叫我去给报社的年轻记者讲课，我一下子惊慌失措。

尽管这么多年来，我早已经战胜了自卑和胆怯，在朋友们面前也能滔滔不绝，高谈阔论，可我说话不清毕竟是一个不争的事实，又怎么能走上台给别人讲课呢？而且，更要命的是，我还从没有在大庭广众下讲过话，要是到时候一紧张讲不出来，或者不知道说什么，不是会很尴尬和狼狈吗？听了我的顾虑后，赵晓东却回答："不会的……我听龙老师说过，你在90年代就采写了很多新闻，还获得了四川省新闻奖，有丰富的采访经验。只要把这样的经验讲述出来，对于年轻记者就会是很好的帮助。"

赵晓东的话让我没有了拒绝的理由，我只好硬着头皮答应

下来。好在李强给我打气说："不用怕,要是你讲话别人听不懂,我来给你做翻译。"

李强这样说,我心里才有了一点底气。

星期天上午,我和李强一大早便被酒城新报的记者部主任金小燕接到了报社。

酒城新报的编辑部在泸州市广电中心内。坐电梯上去,报社的办公环境和陈设让我仿佛又回到了一二十年前——那种拥挤、简陋的办公环境,如今在成都的报社是很难见到了。可就是在这样简陋的办公环境里,一群看上去年龄差不多的年轻人,却折腾出了一张朝气蓬勃的报纸,我心里便暗暗有了几分惊讶和敬意。所以,走进会议室,面对二十多张青春飞扬的面孔,我也第一次对着这么多陌生人张开了口,有了第一次在这种场合讲话的经历……

应该说,刚开始时,我的心还是"咚咚咚"跳个不停。可我对面的那些年轻面孔,却没有因我的话语含糊不清而流露出一点不耐烦的神色,而是认真聆听我说的每个字、每句话,那种渴望从我的讲述中学到更多采写新闻的技巧和经验的认真劲儿,让我很快就忘记了自己是一个在语言上有障碍的人,开始讲述起自己二十多年来采写新闻的经验和教训……

事实上,对于赵晓东的这次安排,我虽然当时有些抵触,后来却有了深深的感激。因为,不久后,我的诗集《彼岸花》出版,我应邀去大学、小学和很多社区做读书分享,还去四川大学和西南石油大学做了多场励志演讲。每当我走上讲台或者和台下的听众进行交流时,一个念头便会从我的头脑中蹦出来——要是几个月前赵晓东没有给我安排那次登台讲话的机会,我真有勇气走上这样的讲台开口演讲吗?

后来，尽管还是身体原因我最终没能去酒城新报工作，可由于有了这样一次经历，我还是对这份报纸有了一份特殊的感情。而这样的感情，随着时间的流逝也会更深、更浓，成为我生命中一道美丽的风景。

　　画出这道风景的人，自然便是赵晓东——一位比我年长几岁、敦厚而又颇具学者风范和气质的报人。

驻留心间的暖意
——致廖兴友

夏天时,有一天突然想起程伟,便给他打去电话,想问问这个家伙在忙什么。

程伟好酒,每天都会把自己灌得醉醺醺的,日久天长便有人叫他"酒哥"。果然,这天电话接通后,程伟的声音又一阵磕磕绊绊,我于是叮嘱他说:"快五十岁的人了,身体要紧,不要天天喝那么多酒。"谁知道他听后竟然争辩说:"兄弟,我没喝酒呀。"我不打算就这个问题和他发生争执,毕竟喝酒像吸毒一样,上瘾后谁还能劝说得了呢?我于是又回答他:"好好好,伟哥没喝酒,行了吧?"

这天,程伟大概是真没喝酒,至少没喝醉,因为他听出我是不想和他争执才这样说:"我好几天没睡觉了,所以你听我说话会像喝了酒一样。"我纳闷了——好几天没睡觉,这家伙在干什么?这时候才听他叹息一声:"商报有个朋友去世了,才四十多岁,我一直在帮着料理后事……"

不知道为什么,程伟的话突然让我一阵怅然:"说不定哪一天你也要来送我了……""你胡说,你起码要活一百岁!"程伟大声打断我的话,声音里竟有了几分哽咽。

程伟不知道,这是我当时很真实的想法——在病痛中走过四十多年，每天对于我实际上都是一种煎熬。所以，突然闻听有一位四十多岁的新闻人离开，我瞬间悲伤起来。不过，这种情绪上的变化，也只是一闪而过，挂上电话后很快就忘记了。没想到几天后，我正在家里写稿，手机响了，拿起来一看是一个陌生号码。

"嘉利，我是廖兴友，你现在过得好吗，身体怎么样？"

廖兴友，一个已经很久没有联系的朋友，突然接到他打来的电话，我很意外，急忙回答说身体还行。孰料廖兴友接下来又说："我过几天想来看看你，你住哪里？把地址发给我吧。"

廖兴友要来看我？更是大大出乎我的意料，我和他虽然认识十多年，但真正打交道的次数并不多，而且又多年没有联系，根本没想到他会突然打来电话说要来看我，我一时间不明白到底是怎么回事。

认识廖兴友，是很多年前在蜀报的时候。

当时，蜀报的主办单位由新华社四川分社转给了省旅游局，办公地点也搬到了南大街上，廖兴友大概便是那时候进入报社做记者的。

一次，我去新的蜀报编辑部送稿，上楼时，有一个小伙子从身后走上来，停下脚问我："要不要扶你上去？"我笑了笑回答："不用，我能走。"尽管如此，小伙子还是伸出手扶住我，并一直把我送到编辑部，他才转身去了记者部。在编辑部，有熟悉的编辑告诉我，小伙子叫廖兴友，是报社跑社会新闻的记者。

因为吴菲，我对跑社会新闻的记者也有更多了解，知道他们的工作非常忙，有时候就算深更半夜，只要有新闻发生也要

立即赶去，采访后又要马不停蹄地写稿，难怪在我的印象中还是头一次见到这个小伙子。果然，和编辑交流后，我离开报社时打算去记者部和廖兴友告别，他的同事说他又出去采访了。

后来一两年，我虽然每周都会去蜀报送稿，见到廖兴友的次数并不多；而且每次见到他，他不是正背着采访包匆匆往外走，便是坐在办公桌前写稿，和他坐下来聊聊天的机会几乎没有。即使这样，只要遇上，廖兴友便会主动招呼我。那时候，我的视力下降厉害，许多时候不走近根本辨认不出对方是谁。一次，我问廖兴友："你怎么知道我的眼睛也不好呢？"他回答："很简单，看你看报纸时的眼神就知道了。"

就这样，和廖兴友虽然一直交流不多，我却记住了这个名字。后来这个名字从《蜀报》转移到成都的另一家大报《华西都市报》上，我见到他的机会也更少了。跳槽到华西都市报后，廖兴友很快被派往另一座城市做驻站记者，我在此后几年就只能从报纸上看到他采访的新闻，和他渐渐断了联系。

我不认为我是一个很封闭的人。可由于说话不清楚，连当面交谈有时候也很难让对方听明白我在说什么，更不用说在电话上交流了。而廖兴友离开成都后，在我看来要找他也只能靠打电话了；可要是廖兴友接到电话后听不懂我说话，又多么尴尬呀。更何况作为报社的驻站记者，我知道他的工作一定更加繁忙。这一点，光从廖兴友的发稿量就能看出来，我因此不愿意无端去打扰他。

然而，当我开始写特稿后，有一次还是贸然打扰了廖兴友。

起因是眉山发生了一起震惊全国的绑架案，被绑架的千万富翁成功被警方解救后，了解到绑匪的家境很困难，竟慷慨解囊要资助绑匪的妹妹上大学！这种以德报怨的事情，正是写特稿的好题材，我想立即赶去采访。可这类新闻，当事人全都是用的化名，连事情发生的地点也做了技术处理，找警方联系又需要费很多周折。这样，一个很好的采访线索很有可能将白白错过。我不甘心，便反复阅读报纸上的新闻，希望能从这条《华西都市报》刊发的独家新闻上找到可以联系上当事人的蛛丝马迹。

这样的蛛丝马迹，后来还真被我发现了——采写这条新闻的记者竟然是廖兴友！

报纸上留有廖兴友在眉山的报料电话，要找他很容易，只需拨通这个号码。但让我犹豫的是，多年不联系了，有了事才又找他，他会怎么想，又会怎么看我呢？再说，廖兴友早已经不是几年前那个刚刚出道跑社会新闻的小记者，他到华西都市报后很快就成了金牌记者，好几次我去送稿时都在报社的光荣榜上看见他的照片和名字。那么，多年后，成了大记者、名记者的廖兴友，他是不是还能够记得我呢？

看见我犹豫不决，张陶便鼓励我说："试试吧，说不定他会帮我们。"

后来发生的事，证明张陶的判断是正确的。廖兴友的电话一接通，他不仅一下子听出了我的声音，立即帮忙联系上了所要采访的人，还包下了我和张陶去眉山采访的吃住，并请来一位叫杨宇的诗人作陪……

这次见面后，转眼又是好几年，我和廖兴友虽然也会偶尔通过网络和短信的方式问候对方，聚在一起聊天摆龙门阵的次数也屈指可数。正因为如此，突然接到廖兴友打来的电话，他还关切地询问我的身体情况，并说要到家里看我，我感到一定

是有什么我还不知道的事情发生。

果然,又有几个朋友接连打来电话询问我的身体,我终于追问清楚,原来那天和程伟通完电话后,他便误认为我也患上了什么重病,就在微信上发布了消息!夏天时,我还不会用智能手机,自然也没看见程伟在朋友圈发了什么东西,根本没想到因其一言不慎让那么多朋友虚惊一场。

然而,廖兴友和朋友们接连打来的电话,却让我收获了许多感动和温暖;这个世界上,原来还有那么多人在关心和关注我!

像廖兴友,我和他不过是萍水相逢,却沉淀下了人世间最美好的友情——过去十多年,全是我给他添麻烦,但他却一直让我停留在他的生命中,这个夏天见证了我们之间的友情……

走着走着,彼此不再是远方
——致田海燕

前几天,和海燕姐小聚,她送了一本书给我,书名叫《走着走着,天涯不再是远方》。不知道为什么,回家后翻看这本书,看着看着,和海燕姐相识的情形,就如同发生在昨天一样。

事实上,作为华西都市报的特稿编辑,我之前便对海燕姐很熟悉,我几乎天天都能从报纸上看到她编的特稿。只是,她那时候未必知道有我这样一个作者。

十多年前,《华西特稿》很火,《知音》和《家庭》也把它作为强大的竞争对手。二十多岁时,我写诗、写小说,零零碎碎也常有豆腐块在报刊上发表,并不觉得发表一两篇作品是多么困难的事。可开始写特稿后,这样的压力就让我有了难于上青天的感觉。毕竟发一篇几千字的特稿,便能挣到几千元稿费,即使在今天仍然会有很大的吸引力,何况是十多年前?

我写特稿没有任何优势——掌控不到独家的题材,也不能去较远的地方采访,甚至在写稿的速度上也要比其他作者慢很多。然而,我还是渴望能在华西特稿上发稿,毕竟几千元稿酬差不多是我当时一年的收入。所以,天天买来华西报琢磨上面

的特稿，看它是如何选题、如何写便成了我一天中很重要的事情。

日久天长，我果然渐渐看出了门道，很多能登上华西特稿的稿件都有很强的新闻性和可读性；相比之下，文笔上就要差一些了。不过，也有例外，有时候华西报上的特稿，不仅情节跌宕起伏，引人入胜，文笔也如一篇优美的散文。

刚开始时，我以为这样的好稿，是因作者妙笔生花，便开始留意作者的名字。后来，我又发现，很多像散文一样优美的特稿，作者并非一个人，可文风又很接近。这是怎么回事呢？再后来，买来华西报后，我不仅要看上面的特稿，看作者，还要看编辑的名字。这样，我便又有了新的发现——这些文笔优美的特稿，竟然全都是出自同一个编辑之手，这位编辑叫"蓝洋"。

可蓝洋是男是女，我一直不清楚。只是从她的编稿风格上看，我更认为她应该是一位女性，要不哪会有这样的耐性和细心来打磨一篇篇别人的稿件呢？

我曾去过几次编辑部，发现华西特稿对稿件的处理很严格，就算是报社记者，如果采写的稿件达不到要求，一样不会采用。我由此明白，要想在华西特稿上发稿，写不出好作品就算去多少次也没用。所以，后来几年，我便没有再去华西特稿的编辑部了，自然也不认识这个叫蓝洋的编辑。

但常写特稿，又哪能不见面呢？

2005年秋天，姜明调去做了华西特稿部主任，我有一天去找他，他正好在看我投去的稿件。见到我，姜明说："正好你的这个稿需要处理下，你去和编辑交流交流吧。"我一下子激动了，但姜明马上又说："先别太高兴，能不能用这个稿子还要再看看。"姜明一向和我直来直去，他于是叫来了一位女编辑，指着我说："田老师，他就是这个稿子的作者，你和他好好聊聊吧。"

听姜明叫女编辑"田老师"，我自然也叫田老师。那天下午，田老师和我摆谈了一个多小时，从文章的结构、情节的设计到语言上的问题，她十分耐心地指出了我在稿件中的不足和需要修改的地方……看见田老师认真地为我做着文章的梳理，我虽然感动，却更失落。在我看来，稿件上既然有那么多不足，采用的可能性就很渺小了。谁知道田老师接着又问我："你没用电脑吧？"见我点头，她若有所思："是呀，看你的手用电脑可能不方便，可用笔写几千字的稿子也不容易呀。"

说完，她又起身去了姜明的办公室。不大一会儿出来后说："这样吧，小杨，这篇稿子先留下，我帮你改改。"

和姜明告别时，姜明才告诉我，田老师叫田海燕。

我于是恍然大悟——难怪她会这样热情，原来是一位新来的编辑，我还从没在华西特稿上见过这个名字。

那几天，我既兴奋又忐忑，害怕这个新上任的编辑把稿件处理不好同样有可能被姜明"毙掉"。好几次，我想打电话问问姜明，看看稿子到底能不能发表。可最终还是克制住了，因为我不能让他为难。我甚至想：要是姜明能把我的那篇稿件交给叫蓝洋的编辑处理该多好，那样上稿的可能性一定会大很多……

一周后，我的这篇稿子最终在《华西特稿》上刊发了，我竟然有了一种成功的激动！要知道当时的《华西特稿》，和《知音》《家庭》一起被全国的特稿作者戏称为"一报两刊"，足见它的影响力和地位——能在上面发表稿子，也算是

我在特稿写作上真正登堂入室了。

感谢姜明，更感谢亲自为我修改稿件的田海燕老师，在我印象里这篇稿件也应该是她编发的第一篇稿子吧？可她在文字和细节的处理上却有蓝洋的影子。"难道她是蓝洋的学生？"我这样想，可能性也完全是有的，要不她的编辑风格怎么会和蓝洋如此相似呢？而且，在我看来，田老师年龄不大，像是刚刚毕业的大学生，做一位老编辑的学生也理所当然。

这样想着，我有些暗暗佩服这个女孩了。毕竟第一次编稿，就能编出蓝洋那样的文采，要是自己没有一点功底，是绝不可能做到的。然而，让我大跌眼镜的是，我一阵激动之后再看报纸上的编辑名字，竟然就是蓝洋！

我一时糊涂了，不明白姜明当初明明是把稿子交给了田老师，田老师也亲口对我说由她来做修改，为什么最后的发稿编辑竟又变成了蓝洋？这个问题，我自然不好问姜明——这是他工作上的安排，我又怎么好非要去问一个究竟？

又过了许多日子，我再去姜明的办公室，看见他正和田老师商谈事情，便迟疑着要不要进去。姜明看见我，说："进来吧，你的那篇稿子田老师可花了不少心血呀。"我更糊涂了，见报稿的编辑明明写的是蓝洋的名字，怎么这时候姜明又说是田老师为我修改的呢？这时候，田老师接过话头，说："小杨的文笔不错，就是在细节处理上不够到位，只要多写多看，应该能够写出很好的特稿。"

我听后连连点头，等她离开后才小声问姜明："那篇稿子的编辑不是蓝洋吗，怎么又……"这一下，倒是姜明用很吃惊的眼光看着我："你不知道蓝洋是田老师的笔名吗？"我一拍脑门，恍然大悟，难怪那篇稿子会被编辑得如此之棒！

后来几年，蓝洋就做了我在华西特稿的责任编辑，她几乎对我的每篇稿件都会认真修改；即使不能采用，也会指出问题所在，帮助我不断提高。她比我年长几岁，我也习惯称她为田老师。有一次，听我又这样叫她，田海燕很认真地对我说："往后还是叫我田姐吧，这样更亲近，不要搞得那样生疏。"

确实是这样。尽管由于工作原因，我在《华西特稿》发稿的责任编辑已经换了不少，海燕姐也早已经离开了这家报社，但我和她的联系却一直不曾中断。她也常会从QQ、微信上发来信息，询问我的近况，节日时也总会收到她的问候和祝福。

而这样一份情谊，我想早已远远超越了编辑和作者的关系；它是一份珍贵的友情，更是一种心与心的交流，铭记于彼此的生命中……

股评版上的"伯乐"
——致葛永坤

一年多来,中国股市像过山车一样,忽高忽低的震荡行情不仅让炒股的人大悲大喜,就连看股票的人也时常心惊肉跳。

春节时家里团年,和炒股多年的姐夫聊起股票,没想到在股海中沉浮多年的姐夫竟然也一脸愁容,说:"如今股票不好做,炒来炒去能打一个平手就很不错了。"炒股真有这么难吗?据我所知,炒股多年,姐夫在股市上所挣的钱虽然算不上巨额,但让一家人过上小康生活还是绰绰有余,要不以他的性格怎么可能在股市上一炒就这么多年?不过,姐夫倒也不大可能跟我说假话。大姐过世好几年,每年除了母亲生日和春节时会来家里小聚,他和我见面的次数并不多。

这样看来,如今股市确实和过去大不一样了。我便又突然想到了一个问题,问姐夫:"长虹股票的价格如今是多少?"姐夫回答几元钱,我惊得目瞪口呆。接着又问他:"深发展呢?"这次,姐夫的回答更让我大跌眼镜,他说股市上早没有了"深发展"的名字,改名叫作"平安银行"。

我有几分汗颜了。十多年没炒股,竟然对中国的股市如此孤陋寡闻。

事实上,姐夫也知道我为什么会如此关注"四川长虹"和

"深发展"这两支股票。

十多年前，中国股市上还没有百元大股，媒体上便纷纷炒作沪市的"四川长虹"和深市的"深发展"，认为这两只股票将率先成为中国股市上的百元大股。而我那时就在成都一家大报的股评版上撰文提出质疑，结果被全国很多报刊转载，我也因此开始了一段在媒体上撰写股评文章的经历。

当时，这家大报的证券版主编叫葛永坤，是一位年轻的小伙子。因为常去送副刊稿件，而副刊编辑也是资深股民，一有空便会往证券编辑室跑，为的就是能够打探到一点炒股的内部消息。我去送稿子时，曾多次遇见这位老兄和葛永坤相聊甚欢，还索性把我也拉到葛永坤的办公室坐坐。一来二去，我和葛永坤自然也熟悉了。

那时候，在姐夫的影响下，我在深市和沪市也开了账户，小本投入了几千元钱。所以，有机会认识证券版编辑，我心里想的实际上和那位编副刊的老兄一样，巴望着可以从葛永坤嘴里听到一些能让自己买了股票就赚钱的消息。

葛永坤一般是下午上班。一天傍晚，我又去报社，看见葛永坤正和一群人聊股票，话题正好是当时炙手可热的"四川长虹"和"深发展"，我便坐在一旁听他们谈论，发现他们那天谈论最多的一件事竟然是中国股市很快就会有百元大股了！

要知道在20世纪90年代，中国股市上就算业绩很好的股票，价位也大多只有二三十元。而作为沪市和深市的领头羊，"四川长虹"和"深发展"的股价也才刚刚冲破五十元的关口，人们凭什么就会如此有信心地认为它们将冲上百元的价位呢？

听见一群人激情澎湃，我很不以为然。但由于说话不清

楚，我并没有在这样的场合反驳。可这天回家，我便感到有什么东西哽在心里不吐不快。于是，晚上，我便把对中国股市何时能有百元大股的看法写成了一篇短文。

这是我第一次写关于股票的文章，并没想到要把它发表出来。因为报纸和电视上的股评文章、股评节目，撰稿人、主持人不是资深的经济专家就是证券公司分析师，连报社的记者也很少写股评，何况我这样一个完全不懂经济、不懂市场的外行？然而，第二天，我还是把我写的这篇东西带到了报社。我的想法很简单，虽然和葛永坤混了个脸熟，但我们之间的交流不多，他也许并不知道我也在炒股。要是这篇短文能让他知道我也买了股票，往后可以多透露一些消息给我，岂不是一件好事？

这是一点自私的想法，相信葛永坤就算看出来也会理解。但让我大感意外的是，下午在他的办公室，当看完我写的短文，葛永坤竟连声说写得不错，明天就刊发！

他的话反倒把我吓住了，好半天没回过神，足足一两分钟后才怯生生地问："你是说要用这篇稿子吗？"

葛永坤点点头，做出了肯定性回答。

天呀，我要在股评版上发文章了！就在这天前，这样的事还是我根本不敢想象的，怎么转眼间就要成为现实了呢？如此激动，甚至超过了我十多年前第一次发表文章，原因就是这么多年来，我发表了诗歌、散文，还写了新闻和特稿，唯独没有想到要写股评——这是一类只有专业人士才有资格撰写的文章呀。

晚上，我彻夜难眠，担心会有什么变化。好不容易熬到第二天，我一早便迫不及待上街买了一份报纸，证券版上的头条竟然就是我的那篇短文：长虹可真长红？发展真能发展？当然，见报稿的标题是葛永坤设计的，两个大大的问号让文章的主题一目了然。

第一次发股评，一不小心就上了头条！后来几年，股市发展也应验了我的判断，长虹和深发展两只中国股市上的领头羊，最终并没有能够成为市场上率先突破百元价位的股票！

此后一年多，葛永坤便时常叫我给他写股评。

股评的时效性很强，每天下午三点钟股市收盘，六七点钟就要把稿件送到报社，要不就赶不上编辑和排版。我由于身体原因，很难赶上这样的节奏，葛永坤便为我想出了一个解决的办法，叫我只写周评，就算周末的证券版来不及刊用，也可以放在周一刊发。这样，我便开始每周给他写一篇股评，陆续发表了二十多篇。

和很多专家写的股评不同，我写股评时甚至连什么叫K线图也看不懂（老实说，到现在也还看不懂），但我会关注股市的整体走势和上市公司的业绩，并坚决反对市场上的跟风行为。这样一来，写出的股评就少了几分浮躁，多了几分理性。这种风格的写法，在当时的股评界并不多。不少股评人士一上报纸和电视便会不遗余力地大声吆喝，今天吹这只股票，明天捧那只股票，仿佛股市就是遍地黄金。很显然，葛永坤之所以会长期采用我的文章，他看中的正是我的稳健和冷静，不跟风，不炒作，在市场上一片欢腾或者悲观的时候，还能让读者听见不同的声音。

后来，《四川经济日报》等其他报纸也开始刊发我撰写的股评时，葛永坤便一次次打趣着对我说："看来我一不小心还做了回伯乐。"

由于工作岗位的变动，葛永坤后来不再负责证券版的编辑工作，我和他的交往渐渐减少，写股评也少了很多，后来便完全淡出这个江湖。我听说，受一些股评误导，很多人血本无归。据说，国家为规范股评行为，出台规定，只有考取了资格证的人士方能够在媒体上公开发表对股市和股票的看法。但自从不再写股评后，我也就很少再关注这个市场，特别是这几年连股票也不买了，自然更不知道如今的股市和十多年前相比到底发生了多大变化。

一年多来，股市大起大落，我也时有所闻，便不免想起了自己十多年前写股评的那段经历和那个叫葛永坤的编辑。尽管很多年没联系了，但他当时对我的指点，以及敢于破例采用我的股评文章的勇气，让我记忆犹新，我不禁想要问：永坤，十多年远离股市，你过得还好吗？

老年报社的年轻人
——致何一东

2017年，我写了一篇小稿，是关于我在写作上的启蒙老师周荣升的，送到晚霞报，又见到了何一东先生，突然发现他和我一样，头上也有了几许白发。

自从开始写特稿后，我便很少再给这份老年报写稿了。尽管，在我的新闻生涯中，我至今所获得的最重要的一个奖项——四川新闻奖，便是由这家老年报推荐的，而那篇获奖稿件的编辑正是何一东先生。

何一东的年龄应该和我差不多吧？认识他时他风华正茂。所以，在这样一家编辑也多数是中老年人的报社，第一次去投稿就遇上了一个年轻人，心里不免有些诧异。

何一东编新闻版，我投去的是诗歌，按说并不会和他有多少接触。那天，在四川日报大院内右手边的灰楼上，晚霞报编辑部的几间办公室全都关着门，只有一间办公室里有人，走进去后便看见了何一东。知道了我的来意，他大概也很意外，毕竟我的身体和模样，很难让人相信我会是一名作者。不过，何一东虽然年轻却很细心。我注意到，当看到我用颤抖的手从挎包里拿出几页诗稿，他的双眼有些红了，连忙让我在沙发上坐下，还要去倒水。

我没有让何一东去倒水,我说我不渴。

事实上,我是很口渴,可我知道我的手不方便,抖得厉害,连水杯也拿不稳,很容易让水溅出来,我不希望这样的狼狈相被人看到。这种心理,何一东应该不会看出来。他说:"天很热,你真不喝口水吗?"看我执意不喝,他便没有再坚持。

何一东说,报社的同事全都开会去了,随后便接过我的诗稿看起来。看完后,他说:"你的这几首诗写得很不错,但在我们这张报纸上可能很难用上。"我一脸困惑,他才又说,《晚霞报》的读者多数是老年人,而我的诗是写给年轻人的……听了这样的话,我恍然大悟,明白不同风格和类型的稿件是需要投给不同的报纸的!

写作几年,我一直认为只要报纸上有副刊就可以投稿,哪里知道其中还有这么多讲究!自然,这次带去的几首诗,最终没能在《晚霞报》上发表。而后来很长一段时间,我也没有再给这张报纸投稿。

和何一东有了一面之缘后,又是好几年不见。

1996年,我在一家杂志社做记者,虽然采访的多数是残疾人,但因为常做采访,也很容易遇上其他方面有价值的新闻。比如很多残疾人生活不能自理,几十岁仍然需要父母照顾,自然又会涉及老年人的问题。于是,这样的采访,我也会投稿给报社,和何一东的接触才又渐渐多起来。

1997年的春天,我有一次去双桥子钢管厂家属区采访。没想到采访完后,这位采访对象又向我提供了一条新闻线索,说他有个邻居七十多岁,退休后有养老金,按说日子可以过得很不错,但他还是每天外出捡废品,卖钱后资助山区的孩子们上学，结果惹得儿女们很不满，经常吵闹……

这样一位老人，自然让我有了采访的冲动。可老人不是残疾人，他所帮助的对象也不是残疾人，写出来的稿件就不一定能在我所供职的残疾人杂志刊发，我便想到了《晚霞报》。我觉得，这个新闻写出来，投给《晚霞报》应该是可以采用的，便决定去和何一东沟通沟通。我有何一东办公室的电话，但我害怕在电话上他不一定能听清我说的话，便坐上公交车去了报社。

从双桥子坐公交车到红星路的报社只有几站路，很快就到了。我向何一东说了这个题材，不出所料，他也认为这位老人很值得一写，于是我说："写好后，署我们两个人的名字吧。"

我为什么会有这种想法呢？原因是何一东虽然是编辑，也常会写稿，我便认为他和其他报社的记者一样，每个月有任务。可听了我的话后，何一东却笑着说："不用，就署你的名字就行了。"我没有和他争执，心里却拿定了要署上他的名字的主意。

这篇稿件，从采访到写作都很顺利，原因是老人的故事真正感动了我。特别是看到他简陋的住房，和他坚持了十多年的善举，从采访开始我便一直被老人身上的大爱所温暖。那时候，一代伟人邓小平刚去世不久，他的一句话还深深印在我的头脑中："我是中国人民的儿子，我深情地爱着我的祖国和人民。"那么，在这位普通拾荒老人的身上，我分明也看到了一种和伟人同样崇高的品质和情怀！由此，我想到，人生所处的位置可以有高有低，但能够达到的精神境界却没有高低之分，重要的是我们是否拥有追求崇高人生的理想和意识……

稿件写好后,何一东很满意,但他问我:"为什么还是写上了我的名字呢?"我回答:"你也帮我把了关呀。""稿子是你采访,也是你写的,就不应该写上我的名字。"说完,他用红笔把他的名字删掉了。

这篇稿子,何一东很快编发出来。

《晚霞报》是小报型,两千多字的稿子,再加上标题和图片,差不多占了大半个版面。何一东告诉我,《晚霞报》能刊发这样长的稿件并不多,可见稿子很不错。我明白,何一东所说的"很不错",并不是我写得有多好,而是老人的行为真的很感人。毕竟二十多年前,中国人的生活大多还算不上富裕,也就是刚解决了温饱问题;如何让自己的日子过得更好,应该还是很多老百姓的所思所想。可一位普通的退休老人却省吃俭用,甚至是去捡废品卖钱资助山区里的孩子们上学,这样的善举不仅不多,也很难被当时的人们所理解。采访老人时,谈到他的儿女几乎和他断绝往来,我问他:"这样做值吗?"老人回答:"值呀。"我又问他为什么会认为值呢?老人沉默了一会儿说:"人活着,我觉得总得给下一代留下点什么。"

后来,何一东用这篇稿子时,就把老人的这句话作为文章的标题——"总得给下一代留下点什么"。

稿件见报后,收到何一东寄来的样报,我很激动。但这样的激动,没过多久又被新的写作所代替。毕竟写作是我生活的常态,我每天都是在采访和写作中度过的。所以,何一东寄来的这张报纸,几天后又被我束之高阁,很难再拿出来看一看了。然而,一年后,我有一天突然接到何一东打来的传呼,叫我马上回电话。

我以为又是有稿子要发表。不料电话打过去,何一东说:

"你到报社来一下,你有个稿子评上四川新闻奖了!"

我完全懵了——我的稿子评上了四川新闻奖,怎么可能?

几年来,因为写新闻,我对这个奖项自然有所耳闻,知道这是全省规格最高的新闻奖,能获得这个奖自然也是新闻工作者的最高荣誉,获奖难度之大可想而知。而且,据我所知,报社报送的评奖作品,几乎都是记者们采写的稿件,怎么可能把外来稿报送参加评奖呢?何一东大概察觉到了我有些不相信,便又在电话里对我说:"是真的,评奖结果都公布了,还有奖金呀!"

终于,何一东的话让我明白,我真的获得了这个我过去连做梦也不敢想的新闻奖!

应该说,获得四川新闻奖更加坚定了我在新闻这条路上走下去的信心。从这个意义上说,我要感谢何一东先生和晚霞报。因为,要不是他和晚霞报的推荐,我采写的通讯稿《总得给下一代留下点什么》,也不可能有获得四川新闻奖的机会。否则的话,我还能坚持采访二十多年,并最终入职四川经济日报社,成为一名真正的新闻人吗?毕竟,能够把一件事做上二十年,如果没有强大的力量支撑,是难以做到的。

回首这二十多年,我和何一东虽然都有了许多变化,可见到我,何一东依然很热情;见到他,我也依然感到很亲切……

话筒里的华美人生
——致陈笛

陈笛，成都电视台二频道新闻主播，曾多次主持"快乐男声""超级女声"四川赛区比赛，算得上是成都播音界炙手可热的人物。然而，认识陈笛时，他在播音界刚崭露头角，和我刚刚在文学上起步一样也是位新人。不过，那时候，陈笛在电台朗诵我的诗作《当生命的钟敲响起来的时候》，不仅让我记忆犹新，也在听众中引起很大反响，以至于有不少听众还写信到电台要求重播。

对于这件事，当时和陈笛同在一个节目组的著名电台主持人陈革不无感慨，他在电台工作多年，听众写信点播诗歌还是头一次遇上！

和陈笛相识，是在认识陈革之后，尽管只相隔了一天。

当时，四川经济广播电台开播不久，陈革主持了一档文学节目叫《竹林笔会》，我去投稿，没想到陈革竟邀请我第二天中午和他一起做《竹林笔会》的访谈直播。第二天上午，我如约坐公交车赶到了红星路上的省电台。

刚到电台的大门，有位小伙子便走上前问道："你是杨嘉利吧？我叫陈笛，是陈革老师叫我来接你。"

陈笛的名字，我一点不陌生，他和陈革主持同一档节目，只是从声音我可听出他比陈革年轻很多。见到陈笛的第一眼，我明白我的这个判断是正确的。这个英俊帅气、发型时尚的小伙子，一看就知道在年龄上和我差不多，也才二十多岁。果然，做节目时，我从一张印制得很精美的节目单上看到，陈笛和当时这家新开播的电台的很多年轻主持人一样，是刚刚招聘入职的新人，陈革则是他们在播音上的指导老师。

和陈笛第一次打交道，我们的交谈不多，他把我带到陈革的办公室后，便去忙工作了。

那时候的电台节目大多设有男女主播，分成两组轮流主持。比如我投稿的《竹林笔会》，就是当时四川经济广播电台中午时段《岷江新潮》的一个小栏目，陈革和陈笛便是这档节目的男主播，与他们搭档的女主播分别是剑霞和赵晓，全都是红极一时的广播人。可我的印象中，陈笛主持《竹林笔会》的次数不太多，他和赵晓的节目大多是好玩时尚的内容，我很少听见他在节目中朗诵诗歌。

所以，尽管和陈笛有了接触，我写的诗和散文还是会交给陈革，陈革的朗诵在我听来简直就是一种艺术上的享受。

然而，有一次，我去给陈革送稿，他不在办公室，我便把带去的诗稿交给陈笛，原本打算请他转交给陈革，没想到他看了我用歪歪斜斜的字迹抄写在稿笺纸上的诗作后说："这样吧，我今天中午就安排把你的这组诗播了。"这一下，我倒有些不知所措，完全没想到这个年轻主持人也会对我的诗歌感兴趣。

而这组诗，便是《当生命的钟敲响起来的时候》。

果然，那天下午一点多钟，我正走在大街上，突然从街边商铺的收音机里听见陈笛和赵晓正在广播我的这组诗！

当时在成都,听经济电台的广播简直就是一种时尚,从早到晚这家电台的台标音乐便不时传进耳朵。所以,走在大街上听见自己的诗作从经济电台的节目中广播出来,那种感觉真是既美妙又神奇。和陈革的朗诵风格不同,陈笛朗读我的这组诗时,连背景音乐也选择了当时的流行歌曲,让人听后耳目一新,难怪这组诗播出后能够收到很多听众写来的信件,要求电台重播……

因为这组诗,我和陈笛的接触就多起来,也常常会把写的一些诗和散文交给他广播。可这样的时光并没有持续多久,原因是我开始做新闻采访后,写诗、写散文便渐渐少了,自然也就很少再给电台投稿。再加上每天需要外出采访,连听广播的时间也大为减少,后来便完全和陈笛失去了联系。

记不清是2006年还是2007年的夏天,反正正是"超女""快男"这类选秀节目很火的时候,有一天晚上我在家里写稿,突然听到电视上传来一个声音:"各位观众大家好,我是主持人陈笛……"尽管很多年没听过陈笛主持的节目,可他的声音我还是一下子听出来。我急忙来到客厅,电视上果然是陈笛正在主持比赛!

十多年了,我又一次见到陈笛,而且是在电视上。让我感慨的是,陈笛此时在电视上依然很年轻,朝气蓬勃,主持风格更加稳健和大气。从此以后,只要电视上有陈笛主持的节目,我便会格外留意,他在那几年主持的《眼界》也给我留下了很深的印象。因为这档节目和"超女""快男"在风格上完全不同,陈笛的主持风格同样稳健,可见他驾驭节目的能力非同一般。

是呀,从认识陈笛,到再在电视节目上看见他,转眼间十多年了，他也从一名广播主持人蜕变为优秀的电视主持人……

2011年三四月份，蒲江县搞了一次春茶节，我去采访，还没有到达开幕式现场就听见了主持人的声音。我只凭声音便听出是陈笛在主持，于是对同行的朋友说："我认识这位主持人。"几个朋友就嬉笑着回答他们全都认识。我听出了他们话中的意思——天天在电视上播新闻，谁不认识呢？我又解释："我真认识陈笛……"他们也继续笑着说他们也真认识陈笛……

没办法，我只好说："不信拉倒，等一会儿瞧吧。"

中午时活动结束，陈笛从舞台上下来，正好遇见我，他一下子叫出了我的名字："杨嘉利，这么多年你还好吗？"听我说我也在做新闻采访，陈笛很意外："是吗？想不到我们还做了同行……"

因为要赶回电视台播新闻，陈笛那天没和我聊上几句。临走时，他叫我记下了他的手机号，说："往后多联系，有事就给我打电话。"

2017年9月，我的诗集《彼岸花》出版，我供职的报社打算为我做一场诗歌分享会，需要邀请几名朗诵嘉宾，我自然想到了陈笛。毕竟，二十多年前，陈笛便能把我的诗歌朗诵得感人至深，要是他能在分享会上朗诵我的作品，一定会更有感染力，我随后便尝试着在微信上向陈笛发出邀请。

陈笛爽快地答应了，并叫我把需要朗诵的作品发给他，他要提前做准备。

陈笛做主持人近三十年了，按说登上舞台朗诵几首诗歌，对于他来说完全是"小菜一碟"。可听了我的邀请，他却仍然叫我先把诗稿发给他做准备，可见他对工作认真严谨的态度。

辑三 同行，是一支激越的歌

由此,我突然明白,不管做什么事,只有认认真真、脚踏实地,才能做出一番让人骄傲的成绩。

尽管在我的诗集分享会上,由于电视台临时有活动需要他主持,陈笛最终没能来到现场,但他给我发来了一条微信:"嘉利,不能去参加你的诗集分享会,真的很抱歉。下次吧,等你下一本诗集问世时,我一定要好好朗诵几首你的作品,我相信你的诗一定会感动所有的人……"

一场有惊无险的风波
——致石胜源

石维,许多年后我才知道他的真名叫石胜源,而那时候他已经没有做报纸编辑了。

石胜源比我年长几岁,我叫他石大哥,他大概也把我看作了小兄弟,常发我的稿子,让我可以多挣点稿费。因为他说过一句话:"你和其他作者不一样,其他作者写特稿只是赚外快,可你写特稿就是唯一的收入来源。"

后来好几次,看见天色晚了,石大哥又叫我去他家里住,说正好可以和我多聊聊写稿的事情。

那时候,石胜源刚结婚不久,和妻子在新鸿路租房子住,而且是和一名叫文玉伯的同事合租,可见他当时在经济上算不上有多好。然而,每次去石大哥家,他都会叫上文玉伯一起去吃烧烤,边吃东西边谈天说地,我也在这样的聊天中学到了很多写特稿的技巧,我的思维活跃了起来,题材也越来越丰富。从这个意义上说,我能够坚持写特稿这么多年,最应该感谢的就是这位多年前在报社做特稿主编的大哥。如果不是石大哥帮我拓宽了写特稿的思路,我很有可能早就写不下去了。

我过去写特稿,大多是残疾人的题材。石胜源便时常提醒我,如果采写的东西全都是残疾人的励志故事、悲情人生,那

么迟早有一天读者会厌倦,也很难再被报纸和杂志采用……作为一家都市报的特稿主编,石胜源在这个方面自然很权威,他的话给我敲响了警钟,让我有了危机感。那么,如何才能够拓宽写作题材呢?我为此绞尽脑汁。毕竟,对于我来说,采访残疾人要容易很多。这样的想法,如今回想起来实际上就是懒惰心理在作怪——因为自己是残疾人,就认为采访残疾人在沟通上更容易,哪还会想到要在题材上精益求精呢?

石胜源的话让我明白,我接下来所面临的一个严峻问题是,如何让采访的题材更丰富?可在这个问题上,我的一次采访又险些给石胜源带来大麻烦。

记得是2003年夏天,天气很热,我有一天去金沙车站坐公交车,突然看见有一个小伙子跪在路边乞讨。小伙子年龄不大,看上去也就二十岁左右,怎么会在众目睽睽下跪在路边乞讨呢?俗话说"男儿膝下有黄金",何况是血气方刚的年轻人!当时围观的人虽然很多,真正给钱的却没几个,不少人还议论纷纷,说:"好胳膊好腿不劳动,跪在这里要钱真丢人。"

我最初也有这种看法。可看见小伙子跪在地上低着头,瘦小的身躯和蓬乱的头发,我突然想:他是不是遇上了什么难事?要知道作为男人,如果不是真正到了走投无路的地步,谁会这样跪在大街上乞讨?于是,我决定问问小伙子。

我说话很不清楚,许多和我第一次打交道的人,最大的障碍就是无法听懂我的语言。然而,这个跪在地上的小伙子,当我问他为什么要用这种方式乞讨时,他竟然抬起头看着我回答道:"我出来打工两年多,挣的钱全被工友抢走了……"我很震惊,因为我从他的回答中明白,他完全听懂了我的意思。

于是，我又问他："他们为什么会抢你的钱？"小伙子再次低下头，用很小的声音说："他们一直欺负我……"我认为小伙子的遭遇一定是写特稿的好题材——打工两年多一直被人欺负，到头来所挣的工钱还被人抢走，这样的事虽然不多，却很典型，写成特稿至少可以为更多刚刚步入社会的年轻人敲响警钟，如何在自己利益受到侵害时保护自己……那天，我身上的钱也不多，只有几十元，我便摸出来递给他。

小伙子一愣，然后摇头说："大哥，你的身体不好，我不能要你的钱。"我说："你收下吧……钱不多，不知道够不够你买一张回家的车票。"我的话音刚落，我看见小伙子哭了。随后，我带他去车站外的一家餐馆吃饭，我在餐馆里对小伙子做了采访。因为没带照相机，小伙子就把他上中学时的一张照片给了我。而这张照片，后来便和我写成的稿件一起刊发在石胜源主编的报纸上。但我万万没想到，就是这张照片，竟引发了一场轩然大波。

稿件见报后的第二天，我接到石胜源打来的电话，说有读者向报社反映，我那篇稿件的配图照片是他弟弟，侵犯了他弟弟的肖像权！而他弟弟从没有外出打工，更没有受过别人的欺负。这张照片和稿件对他弟弟的生活造成了很大影响。其理由是稿件上有一句话："因涉及个人隐私，文中人物采用了化名。"于是很多认识他弟弟的人看了文章后，便认为文章中的主人公就是他弟弟，所以不仅要求报社刊发更正和道歉声明，还要赔偿他弟弟的精神损失！

这样的事，石胜源显然没料到，毕竟我在他手上发表了那么多特稿，从没有出现过任何问题，怎么会一下子就捅了这样大的娄子？如果读者反映的情况属实，报社就会赔偿对方很大

一笔钱，还会对报社的声誉造成很坏的影响。正因为这样，石胜源才会很紧张。然而，这篇稿件是我亲自采访的，照片也是那个小伙子提供给我的，这一点毫无疑问。

我在电话上把事情的来龙去脉说了一遍，石胜源长长松了一口气。

一会儿后，石胜源又打来电话说，对方坚持声称照片上的人就是他的弟弟，还说能拿出一张同样的照片！

这一下，不只是石胜源，我也紧张了——要是这个读者真能够拿出同样的一张照片，证明照片上的人是他弟弟，我又该如何解释呢？石胜源说，唯一的办法就是找到我采访的那个小伙子。可一个在大街上乞讨的人，身上也不可能有任何通信工具，我又去哪里找他？"你难道没留下他的家庭住址吗？"石胜源的这句话让我一下子懊恼起来——是呀，我为什么就没记下他家的住址呢？要是记下了这个地址，我至少也可以去找找他呀；只要找到了这个人，就算他给我的是一张别人的照片，侵犯了别人的肖像权，至少也能够洗掉我写"假新闻"的污名吧。

然而，我采访了一个人，竟然连对方的身份也没完全搞清楚！

石胜源听见我在电话里迟迟不做回答，大概猜出了我可能连这个人住什么地方也不知道。他有些生气了："你写新闻也不是一天两天，怎么会犯这种低级错误？"

石胜源的话，让我心里的底气泄了一大半。看着报纸上的照片，再回想一下采访对象的模样，竟然也感觉不像同一个人了——照片上的小伙子，短发干练，阳光帅气，哪里像那个跪在地上乞讨的小伙子？可是，这一点，我刚拿到照片时却没有一点怀疑,因为小伙子说照片是他上中学时拍的。

但是,不管我有多少理由,如果这件事真要闹大,打官司,找不到有力的证据,我们就一定会输掉,这是我和石胜源都需要面对的现实。我沮丧万分,觉得对不起这位一直在帮助我的大哥。然而,事情发生了,不管如何后悔也无济于事,用石大哥的话来说就是:"我们一起面对吧。"

几天后的一个下午,石胜源和对方约好在了报社见面。对方说不仅会带来报纸上所用照片的原件,还会把他弟弟也带来,叫我看看是不是采访的那个人。所以,那天下午,我早早到了报社,然而从一点等到两点,又等到三点钟、四点钟,直到五点多钟对方也一直没有出现,打去电话也不接,石胜源终于松了一口气说:"看来我们是虚惊一场,遇上骗子了呀。"

不过,尽管是虚惊一场,可这件事却给了我深刻的教训——任何一次采访都需要谨慎对待,只要有一点疏忽大意,就有可能给自己和刊发稿件的媒体造成麻烦……

从此以后,我做任何采访都不敢再有半点马虎,每个细节都反复核实,避免再发生这样的问题。我也常会在写稿的过程中想起石大哥在那件事情后对我说的一句话:"你毕竟不是报社记者,要是稿子上出现了问题,报社很难帮你承担任何责任。而你挣钱本来就很困难,如果再摊上什么官司,你的生活就会雪上加霜。"

如今,纸媒虽然不如以前兴盛,但我所采写的特稿还是会一篇篇刊发在报纸和杂志上。我知道一个很重要的原因便是,我的每篇特稿都会做得很严谨,编辑们可以放心大胆地采用。

而这一点,正是石胜源大哥教我的。

用新闻打拼下一个家
——致赵彬

赵彬是四川威远人,家在农村,到成都上大学后便留在了这座城市。

赵彬比我小两岁,认识他时应该是二十六岁,可看上去就像刚毕业的大学生。当时,我在四川价格报社做特约记者,因为报社正筹备改版,国庆节后就招聘了很多编辑和记者,赵彬便是其中一员。

记得第一次见到赵彬,是去报社交稿的一天上午。记者部的门开着,却没人。我正纳闷,有个瘦瘦的小伙子走进来,看见我后就叫了声"杨老师"。我不认识这个小伙子,自然很惊讶。大概是看出了我的困惑,小伙子马上又说:"我叫赵彬,是报社新招聘的记者,我听杨主任说起过你。"我恍然大悟,前几天见到记者部主任杨学斌,他确实说过新招聘的记者很快就要上岗了。

初次相见,我和赵彬并没做太多交谈,原因还是我说话不清楚。尽管如此,我却记住了他的名字。毕竟常和媒体打交道,也有不少记者朋友,在我看来这些做记者的大多能说会道。可赵彬给我的第一印象却不是这样,倒有几分忠厚和本分。这天,见到杨学斌后,他也对我说,赵彬到报社后几乎每天都会第一个到办公室打扫卫生,是个很勤快的小伙子,这又让我对赵彬的印象好了几分。

而这样的好印象,在后来几个月里更深了。

报社一下子招了十多个记者,原本打算改版后大干一场。谁知道临近1999年元旦时,投资方却突然撤资,报纸的改版计划竟然胎死腹中!改版不成,可已经招聘上岗的记者怎么办?总不能又全都解聘了吧。所以,接下来一年,报纸虽然还是每周只出两期,却有十多个记者采稿和写稿,上稿的难度之大可想而知。然而,赵彬却能每期发稿,有时候还会一连发好几篇稿,多数还是上千字的长稿!于是,我便多次对杨学斌说:"这个小伙子不错,很会抓新闻。"

杨学斌也对赵彬很欣赏,原本打算要好好培养,谁知道报纸改版会失败呢?

那一年,这张机关报处于风雨飘摇之中,谁也不清楚报纸接下来的命运会是什么。可就算这样,赵彬也能做得兢兢业业,难怪连杨学斌也会对他刮目相看,认为是可塑之才。

我和赵彬真正熟悉起来,是在后来的一次采访中。

夏天时,朋友李小青的儿子考上了研究生,父子俩还合著了一本关于电脑程序方面的书,我觉得这是很好的采访线索。李小青身患残疾,从事中医工作,却能和儿子一起编写并出版了一本关于电脑的书,确实算得上是很好的新闻。但如果我一个人去采访,由于不懂电脑,很多涉及电脑方面的问题就容易抓不住重点,我便想要找个人一起去做。我原本打算叫上吴菲一起去,她是大报记者,稿子见报后会影响更大。可问题是,大报报道过的新闻,价格报社还能再发吗?

这样想着,我决定还是叫价格报社的记者一起去,自然便

想到了赵彬。赵彬答应得很爽快,我和他第二天就去了李小青家,采写出的稿件也很快在《价格报》上刊发,并被评为当月的报社好稿,我和赵彬也因为这次采访而有了更多的接触。

那时候,赵彬和女朋友住在光华村的西南财经大学校园内,我刚开始还以为是他女朋友家的房子,便打趣说:"不错呀,找了个大学教授的女儿,往后一定可以在事业上多多关照你。"赵彬听后也笑了:"我哪有这样好的命呀?她也是个打工妹,我们在那里是租的房子住。"我才知道,尽管每次见到赵彬都是一脸笑容,但他在成都的处境其实并不太好……

有句话叫"屋漏偏逢连夜雨",那一年对于赵彬大概就是这样。

快到年底时,价格报社又有消息传出,说这张报纸很有可能"活"不到新世纪了,很快就会停刊。那么,报纸停刊,报社的记者和编辑又怎么办?而且那年年底,成都有消息说会停刊的并不止《价格报》,很多家机关报都会停办。那么,那么多记者和编辑一下子下岗,要想重新再找一份媒体工作自然就不太容易了。

一天,在报社遇上赵彬,看见他还是像往常一样乐呵呵的,我便问他:"报纸真要不办了,你打算怎么办?"他回答倒干脆:"再找一份工作呀……大不了不做记者了,像你一样做自由撰稿人。"赵彬的文笔很好,写东西也很有灵气,再加上又有健康的身体,他做自由撰稿人应该是没问题的。但要完全靠挣稿费养活自己,这条路有多难走,却是赵彬还不能想象的。所以,赵彬这样说,尽管他的话听上去只是开玩笑,却让我隐隐有了担心。

不过,还没等到报纸停刊,初冬的一天,我又意外听到了一个消息：赵彬出车祸了！

第二天，我赶到报社，才知道赵彬是在头一天下午采访后骑车回报社的路上被汽车撞了，左腿骨折，住在骨科医院……老实说，这样的事，是我万万想不到的。我很担心，对于这个家在农村，只身在成都闯荡的小伙子，突然发生的车祸很有可能会让他陷入更加艰难的境地——一个很现实的问题是，谁来照顾他呢？报纸快要停刊了，谁还会有工夫管这样的事？而且，我更担心车祸会不会给赵彬留下后遗症。身体上的不方便，让我深有感触，也更加明白"残疾"对于一个人有多可怕。

所以，当在报社听到杨学斌对这个问题的回答是"很难说"时，我的心往下一沉——这样年轻，要是身体上真留下了残疾，往后几十年的人生该怎么办？

下午，我去医院，也第一次见到了赵彬的女朋友小李，一个重庆女孩。

小李打扮得很朴素，照顾赵彬也很细心，完全没有一句怨言。特别是有的同事说："赵彬呀，你太不值了。反正报纸快不办了，你做事何必还这样认真呢？要不是去做这个倒霉的采访，你也不会发生这样的事。"小李听后，还没等赵彬回答便说道："工作嘛，要做就得做好……"当时，我便想，有这样一个能理解和包容自己的女朋友，赵彬也很幸运。

赵彬出院后，我又去了他和小李住的出租房看他，没想到过了一个多月，他竟被小李照顾得胖了很多！那一刻，我就相信，他们是一定可以携手走过一生的。因为，在赵彬受伤后的日子里，小李不仅任劳任怨包揽下了赵彬在生活上的全部事务，每天下班后还要搀扶赵彬去大学的操场上锻炼，帮助他恢

复腿部的功能。

我常想,爱情到底是什么呢？对于很多如今生活在城市里的年轻人,也就是要么花前月下,要么海誓山盟,物质上的富足和生活上的一帆风顺,让他们很难看清楚生活的本来面目,也更不懂几十年的人生实际上总会有那么多意想不到的苦难和风险。从这个意义上说,赵彬的这次受伤,却又是一件好事,让他由此体会到了爱情的美好,知道了一个姑娘的真心！

赵彬伤好后,他并没像我所担心的那样留下后遗症。虽然这时候,价格报已不复存在,可他凭借过硬的新闻素质,很快又在另外的报社应聘做了记者,而且一直坚持做到了今天。与此同时,他和小李的爱情也修成正果,儿子已十多岁,生日和赵彬的农历生日还是同一天！

因此,我常对赵彬说："你和儿子不仅有父子缘,还有生日缘,这样的巧合是要有多大的缘分才能遇上呀。"每当听我这样说,赵彬便沉吟一会儿回答："是呀,要不是有小李,哪会有我和儿子的今天……"说着,他又不由自主地看看依偎在身旁的妻子,眼光中有幸福,更有感激。

祈愿你的世界光明如初
——致文春

认识文春时，他还是成都市武侯区新闻中心的一名记者。

文春个子不高，人很瘦，头发略长，文质彬彬，颇有几分书生气，很容易让人想到影视作品中20世纪二三十年代新青年的形象。

和文春相识，应该感谢我们共同的朋友程伟。

那年，程伟有一天请我吃饭，知道我没有固定收入，完全靠稿费维生，便立即给文春打去电话，希望他能帮帮我。

我四十多岁了，父亲去世后，我和母亲相依为命。听程伟说，他有办法帮我解决一些生活上的问题，我自然很高兴，却又不大相信，毕竟他就只打了一个电话呀。然而，没过几天，我正在家里写稿，接到了一个陌生号码打来的电话，接听后是一个男人的声音："你是杨嘉利吗？我是文春，是武侯新闻中心的记者……"我一下子想起，那天中午程伟就是给文春打的电话，自然就猜出他找我是什么事。

果然，文春在电话里说，他已经和我所住的街道联系上了，想要进一步了解我的情况，问我有没有时间到新闻中心来一趟。我连忙回答："有时间。"那天下午，我便去了位于高升桥的武侯区新闻中心。

印象中,这是我第一次见到文春。可文春说,他过去在四川质量报社工作时就看见过我。

四川质量报社的办公地点在水碾河附近的一条小街上,我去的次数不多,也没发表过什么东西。文春在那家报社做过记者,自然也有可能见过我,但我一点也记不得了。尽管如此,我那天还是很高兴,他询问了我很多生活上的情况,并且说:"这些情况,你早应该来找我们反映。"送我离开时,文春又说:"要是能把你的低保问题解决了,你起码在生活上就会有保障了。"

按照当时的国家政策,残疾人领取低保也要按家庭人均收入计算,母亲的养老金虽然不多,可我们母子俩平均下来还是远远超出了低保线。所以,这一次,文春虽然找了很多部门反映我的情况,但还是没办法帮我解决。为此,文春多次抱歉地对我说:"真对不起,没能帮你解决这个问题。"

那时候,我和文春的接触还不多,他身上散发着浓浓的文人气息,一看便知道他是搞文字工作的。而我那几年所写的文学作品虽然不多,可毕竟出版过一本诗集,还是省作协会员。从这个角度上说,文春想要帮我解决一些生活上的困难,自然在情理之中。所以,他接着又说:"低保虽然没办成,但残联的补贴也应该拿到,我已经给区残联打了电话。"我也就一点不意外了。

文春所说的残联补贴,我后来知道叫作"残疾人专项补贴",每月只有五十元钱,我过去却一直没拿到。

从此以后,我和文春的交往渐渐多起来。

这年年底,文春有一天又打来电话对我说:"区委宣传部的领导要去家里看你……"我一下子有些不知所措。

要知道这么多年，不要说区上领导，就连街道办的人也从没到过我家里，甚至我的诗集《青春雨季》获得了成都的"金芙蓉文学奖"，很多媒体都做了报道，还是没有哪个领导来家里看过我。所以，文春说区委宣传部的领导要在春节前到家里看我，我明白一定是他做的安排，至少也是他提的建议。

这年春节，我收到区上送来的二十斤大米、十斤菜油和一千元慰问金……我打电话向文春表示感谢，文春却说："好好过一个春节，争取往后写出更多的好作品。"

是呀，一名作家，始终是需要用一篇篇作品去完成他和生命、和这个世界的对话。然而，后来几年，迫于生计，我还是以采写特稿为主。这样的苦衷，我不知道文春能不能理解。

2015年，中国人民迎来抗日战争胜利七十周年，武侯区委宣传部要组织一批作家采写生活在辖区内的抗战英雄，而且会支付一笔不菲的稿酬。春节后上班第一天，文春便把我叫到办公室说了这件事，并很快和我商定了要采访的对象，以及写稿的主题。然而，也就是这天在文春的办公室，我发现他看电脑时和我一样，眼睛离显示屏很近！

老实说，看见文春很吃力地盯着电脑，我很惊讶，又不便贸然问他是不是眼睛有问题，还是和他有一句没一句地闲聊。当我听他说他的家住在离我家不远的机场路，我便问他："每天从机场路开车到高升桥上班，可能要花上个把小时吧？上班高峰，路上堵车可是常事呀。"文春听后却回答："我不能开车。"我一惊："为什么？"他才说他的视网膜有点问题，特别是天黑后就完全看不清了，根本没办法开车。

文春的话让我的心一沉，我完全没想到他患有这样的眼疾！

父亲已去世好几年,我的身体又不好,家里的大小事几乎全是由七十多岁的母亲操持。而母亲的眼睛也几近失明,只有微弱的光感,我对母亲做事时的艰难深有体会,也更加明白眼睛对于一个人有多重要。这天,突然知道自从认识后就一直默默帮助我的文春,自己的视网膜也有问题,往后也有可能像我母亲一样失明,我心里一下子被压上了重重的石头——文春还很年轻,才三十多岁,有一双年幼的儿女。如果有一天,他的眼睛真要有了更大问题,未来的生活又该怎么办?

多年前,我就有了一个想法,也多次对张陶和李强说过,那就是等到有一天离开这个世界时,我要把我身体上有用的器官全都捐出去,然后再把遗体捐给医学院做解剖和病理研究。之所以会有这样的想法,是因为我半岁多就因病致残,在病痛的折磨下生活了四十多年后,有一天如果离开,如果能够让人们通过解剖我的遗体,找到这种病症的根源和治疗这种病症的方法,不要让后来的人们再承受和我一样的痛苦,我想这样的做法也算是在生命的最后一程,我对我曾经生活的这个世界做的一件有益的事。

这件事,虽然在张陶和李强看来,至少也还会等上几十年。可我这样的身体已经在病痛中支撑了四十多年,谁知道上天还给我留下了多少时间?所以,近几年,我一次次对张陶和李强说,不管我还能活多久,有一天离开的时候一定要帮我完成这个最后的心愿,让我这个有很多遗憾的生命,最终可以画上一个圆满的句号。为此,我写下了一首诗《我死后,捐出器官》——

那么,我死后,我还会留下什么呢

或许便只有身体的器官。留下这些器官
　　器官，将在另一些人的身上，让生命
　　再次鲜活，呼吸着阳光下的空气

　　空气里，也将安息了我的灵魂，她要和曾经的
　　器官，邂逅于谁也看不见的时光里
　　…………

　　那天坐公交车回家，我突然想到，要是真正到了那一天，我可不可以指定把我的视网膜捐给文春呢？我知道，视网膜移植也需要做配型，只有配型成功才能做移植手术。但如果配型成功，如果让文春的眼睛因为移植了我的视网膜，而不再有失明的危险，那么在我看来无论如何是一件很好的事；至少在我的生命离开后，我的眼睛仍然可以继续欣赏这个美好的世界！

　　我最近常思考一个问题：人这几十年到底是为什么而活？或许，这样的思考，我已经有了答案，也许还没有。但有一点，我越来越确定，那就是生命的每一次开始和结束，实际上便是一次让灵魂升华的过程；完成这样的一次过程，我们要么从平凡步入崇高，要么坠入更加卑微的境地。只是，在我看来，追求更高的生命境界应该是每个人努力的方向，否则一次次生命的轮回，就失去了所有的意义。

　　从这个角度来看，我决定在离开后捐出遗体，或者希望把视网膜捐给文春，也是一种很自私的想法。

　　俗语说："人不为己，天诛地灭。"然而，能让生命不断升华，让生命的每次轮回都可以拥抱更加美好的未来，难道不正是人们生活在尘世中应该拥有的态度吗？所以，这一生，当

我的生命走到终点，文春也好，我的亲人或其他朋友也好，我真心希望他们能助我将这个自私的想法变成现实，让我身体上还有用的器官，可以继续存活下去，成为美丽人间的一部分……

"获奖专业户"的背后
——致沈群

年前,报社年会上颁发了很多奖项,"优秀编辑""优秀稿件""优秀版面"……有一个名字便频频从主持年会的同事嘴里蹦出来。听见有同事私下开玩笑说:"沈群老师快成'获奖专业户'了。"看着她一次次上台从报社领导手中接过红灿灿的获奖证书,我突然想起了一件许多年前发生的事。

那时候,我还没有入职四川经济日报社,和沈群老师只是在网络上有过交流。毕竟,电脑普及后,人们不仅在生活上有了改变,工作方式上也发生了变化。例如,写好的稿件只需要在网上用鼠标轻轻一点,稿子便会以闪电般的速度发送到编辑的邮箱,既快捷又安全,还减少了很多折腾。

我和沈群相识便是在这样的时代背景下。她是四川经济日报社的一名编辑,我是作者,我们之间的交流,那时候已经完全可以在QQ上完成,所以打了两三年交道也没有见过面。

第一次见到沈群老师,是在2011年的一天晚上,她在报社值夜班。

那年,正好是汶川地震三周年,我的特稿搭档李强也在报社做实习记者,我们便去绵阳北川县采访一位叫王永胜的残疾人企业家。稿件刊发后,这个在地震中失去了一切、三年后又

顽强站起来的中年汉子，主动提出要在报纸上做一次广告！

这件事，我让李强向报社领导做了汇报。总编辑李银昭考虑到王永胜是地震灾区的企业家，表示可以在价格上给予优惠，也算是对灾区人民的一点支持，并交给李强和我去办理。这样，那年的10月，这版设计精美的广告，让他的公司在那年的西博会上大出风头，赢得了很好的声誉。然而，王永胜至今不知道，他的这版广告，报社不仅在收费上给予了很大优惠，编辑们还花费了不少心血，其中就有当时的值班编委沈群老师。

记得王永胜到成都和报社签订广告合同的那天，他本来说好下午一点多钟就能够到达，李总编便在办公室等他。结果快四点钟了，王永胜的车还堵在高速路上。因要赶着去参加一个很重要的会议，李总编只好交代李强和我接待王永胜，说合同可以第二天再签。

王永胜到达报社时，已经是晚上七点多钟，他不停说着抱歉之类的话，可我心里还是很不痛快，因为他说他第二天一早又要赶回北川，有笔银行贷款等他赶回去办手续。

我有些急了："报社领导都下班了，你明天一早又要走，广告合同怎么办？"李强说："要不给李总打个电话，看看他能不能现在来一下。"可电话打通后，李总编说他刚开完会，还有另外的事情要处理，叫我们带王永胜去报社找沈群老师。

"沈老师今天值夜班，她那里有广告合同，请沈老师和他把合同签了。"李总编的话，让我心里的一块石头落地了。

晚饭后，我和李强便带王永胜去了报社。

在五楼的一间办公室，我第一次见到了沈群老师。"李总刚才打来了电话，你是带这位王总过来签广告合同的吧？"刚看见我，沈群便这样说，她随后就把一份广告合同拿出来，代表报社和王永胜签了合同。我说："沈老师，今天真是要谢谢你，要不王总就要再跑一次了。"沈群笑着回答："有什么好谢的？是我该做的工作。"

那天，沈群老师是值班编委，办公桌上堆放了很多张即将付印的报纸清样，等着她签字，正是很忙的时候。我不便多聊，起身告辞。沈老师把我们送到楼梯口，还叮嘱李强搀扶我，说："晚上天黑，路上要注意安全。"到了楼下，李强突然说："沈老师不错呀，第一次就能听懂你说的话。"

是呀，在我周围，很多朋友告诉我，他们刚开始和我接触时，根本就听不懂我说的话。沈群一下子能够听懂我的话，李强很意外。

我和李强写好广告文稿后，李总编和王永胜非常满意，定下了刊发的时间。然而，就是这个看上去很不错的广告文稿，却因我和李强的一时大意，出现了一个很大的漏洞——漏写了王永胜公司的地址和电话号码！要是真正就这样印出来，很有可能还会引发一场纠纷，最终把一件好事办砸了。

出报前一天晚上，沈群老师又在QQ上呼我，说广告版的清样出来了，问我要不要看看，然后她便把电子文档传给了我。

那个版面的设计确实很漂亮。王永胜是种植金银花的，广告配图自然也是金银花，再加上我和李强还写了一篇随笔似的短文《前世今生金银花》，把一个广告版也做得很文艺。而且，版面在色彩、图片搭配上也格外让人赏心悦目，看得出编辑是下了很大功夫，所以我也就完全没看出有什么问题。这时候，沈老师又在QQ上问我："不需要打上公司的地址和联系

辑三　同行，是一支激越的歌

方式吗？"

沈老师的话一下提醒了我，原来漏掉了公司的联系方式！

第二天，我去报社，看到了印好的报纸，身上还在冒冷汗。我明白，要不是沈群老师及时发现了这个漏洞，等报纸印出来就没办法弥补了！

这件事，转眼过去六七年。每次在报纸上看见沈老师编的版面，便又会不由自主地想起这件事来。事实上，这么多年来，在沈老师手上发表的稿子越多，也就更能够感到她对每篇稿件所倾注了多少心血。

前几年，我写了一部二十多万字的自传体小说《男人站起是座山》。李银昭总编看后，又叫我交给报社连载，责任编辑还是沈群老师。可作为报纸编辑，要编这么一个大稿，而且还要像章回小说那样编成一节一节的，应该说难度很大。但是，沈老师对我说："你的这个作品我大概看了一下，很感人，我一定不会让你失望。"然而，二十多万字，就算连载也超出了字数限制。沈老师编这部小说，首先便需要把字数删减到十万字左右。这样的工作量，相对于编一些短小的散文和诗歌，不知道要大多少。可此后一年多，《男人站起是座山》硬是准时每周在《四川经济日报》副刊上连载！

不仅如此，沈老师还会把她编好的稿件传给我，对我说："这部小说的见报稿最终会在十万字左右，也算是一个缩写版吧。你好好保存着，说不定以后还有用。"

这样一来，如今在我的电脑上，《男人站起是座山》的书稿就有了两个版本，一个是我的原稿，二十多万字，另一个便是由沈群老师编辑的十万字连载稿。

两年前，我有幸进入报社工作，和沈群老师成了同事。

记得刚进入报社，李银昭总编多次对我说："这么多年来，你能一直坚持写作，也离不开身边很多人的帮助。多写写他们吧，不仅是写他们对你的帮助，更要写这些普通人的生活，写他们的大爱，写写我们这个社会的大爱。"就是从那时候开始，我陆续写了很多篇人物散文，全都是由沈群老师编发的。

尽管这两年多来，我和沈老师做了同事，可稿子上若有不足和问题，她还是会毫不犹豫地指出来。这样的认真，不仅让她在工作上获得了很多荣誉，也让我和其他众多作者的稿件，经她编辑后变得更加出色。

作为作者，遇上这样的编辑，难道不是很幸运的事吗？

报社年会上，听见沈群老师被同事们称为"获奖专业户"，我觉得这正是同事们对她的认同和褒奖。

生命卑微,却依然动人

——致李大志

在很多人看来,记者是一个很光鲜的职业。

特别是20世纪90年代,"无冕之王"的桂冠,更让记者有了几分神秘色彩。然而,要是在一家非主流媒体,不管做记者还是做编辑,处境或许就不像人们想象中那样美好了。

我偏偏就有这样一次经历。

那时,四川省残联办有一本双月刊杂志《四川残疾人》,我常给它撰稿,便和杂志主编渐渐熟起来。1996年加入省作协后,一次去送稿,这位主编突然问我:"来帮我编稿子怎么样?"我自然很愿意,爽快地答应了,在自己的人生履历上有了第一段和媒体有关的职业经历。

在杂志社工作了几年,我印象最深的便是同事李大志,一个小个子的年轻人。

记得第一次见到他时,主编正好去开会了,办公室里只有他一个人。见我进来,他问我找谁,我说主编叫我把编好的稿件送来,就见他用手一拍脑门:"你是杨嘉利吧?主编叫我等你。"然后做了一番自我介绍。

我对李大志的最初印象是个子不高,偏偏还留着长头发。我周围留长发的男性朋友也不少,特别是在诗人圈子里,有一头飘逸的长发简直就成了那个年代某种身份的符号和象征。李大志不同，个子不高还留一头乱蓬蓬的长发，给人一种萎靡颓废的感觉。所以，我那天在办公室和他一直没说上几句话。到了中午，主编还没回来，我便打算离开，请李大志把稿件转交给主编。他连声答应，并问我家住多远，听我说要去杂志社门外坐公交车，他便站起身送我出去。

杂志社在光大巷，紧邻红星路。李大志送我去公交车站时，还一直用手搀扶着我，让我对他的印象一下子有了改变，并暗暗责备自己不应该以貌取人。后来，我和李大志熟悉后才知道，他原本在印刷厂工作，因为常常校对这本杂志，和主编熟悉后，不久前才被主编请来做了杂志社记者。最初李大志担心胜任不了这份工作，主编便叫他做我的助手，毕竟我虽然是被安排做编辑，但很多有关残疾人的新闻也需要我去采访。

这样，我和李大志的接触就多起来，杂志社只要有采访任务，他便陪我一起去。好几次，因为实在看不惯他那头长发，我便提醒他去剪短一些，毕竟当记者做采访，要注意形象。可每次，李大志听后只是笑笑，下一次见到他时还是一头长发。

头发留多长，或者说留成什么样子，终究是人家的私事，作为同事又怎么好过多干涉呢？所以，李大志的长发虽然让我看着不爽，我后来也没再提醒他剪短。可有一次采访时，我却无意间知道了这个小个子男孩不肯剪掉头发的隐情。

那次是去中江采访县残联理事长，住进一家酒店。晚上，临睡前，我去冲澡后，出来时便听见李大志在用酒店的座机打电话，他用很小的声音说："这次回成都后就让我把头发剪短吧，要不又要被领导批评了。"

我一愣，才忽然想起来中江的路上，主编好像是说了几句

李大志的头发太长,叫他剪短之类的话。可我没想到,作为小伙子,李大志竟然连剪头发这样的事也要听从别人的摆布,而且他的话语中又明显还带有恳求的意思。但我马上又想到,电话那头的人会不会是李大志的女朋友呢?四川男人怕老婆是全国有名的,或许李大志也是这样的"炮耳朵"吧?恰恰他又遇上了一个喜欢长发帅哥的女人。尽管他的那头长发在我看来一点谈不上帅气,可情人眼里出西施呀。

如此想着,我便对李大志打趣说:"这下惨了,女朋友要是不同意你剪短头发,你往后就等着挨批吧。"谁知道我的话刚说完,李大志竟然小声哭起来!

我还是第一次见到小伙子如此哭泣,便慌了手脚,不知道应该说些什么。半晌,李大志止住哭声,抬起头用手捋了捋遮挡在脸上的头发,说:"杨哥,这么多年,这样的屈辱我从没有对人说……"

李大志的话让我震惊,我想象不出到底发生了什么事,会让他用了"屈辱"这个词?

于是,这天晚上,我第一次听这个来自农村的小伙子讲述了他的过去。

李大志的家在重庆山区,很穷。上中学时,班上有几个男生见他生活困难,便时常接济他,或者饭点时多打点好菜叫他一起吃。这样做,原本是足以让李大志感激一生的善举,可那几个男生偏偏又顽劣成性,他们一方面在物质上帮助李大志,另一方面又把李大志呼来唤去,任意摆布。毕业后,这伙人还是不肯放过李大志,不管去哪里打工都会叫上他。前几年,李大志跟随这伙人到了成都,在一家福利印刷厂打工时认识了残疾人杂志社的主编,还阴差阳错到杂志社做了记者,那几个同学更是嫉妒羡慕恨了，常常在晚上用各种花样捉弄李大志，最常做的一件事便是将他的头发搞成稀奇古怪的模样逗乐取笑……

我万万没想到这样的事会发生在李大志身上，于是气愤地说："你为什么不反抗呢？"李大志听后一脸苦笑，他将十指插入长长的头发抱住头。

回成都后，李大志还是去剪短了头发。

我好几次想问他，剪短头发后，那伙人有没有为难他，可话到嘴边，始终没有问出口。毕竟不是一个合适的话题，我害怕会再次伤害李大志。然而，不久后的一天，我和李大志将校对好的杂志清样送去印刷厂，途经青石桥时，有几个年轻人竟然上前二话不说拦住了李大志。

我刚想问李大志是怎么回事，便看见其中一个小伙子用手抓住李大志的衣领问："这个月的房租钱怎么还不给？"李大志回答早给了，那人却说没看见，其他几个人也在一旁帮腔，看架势就要对李大志动手。

对方有好几个人，李大志怎么招架得住？这时候，他突然将装有杂志清样的牛皮纸袋扔给我说："杨哥，你先走，不用管我，把清样拿好！"

我自然帮不上李大志什么，便拿着清样快步走开。回头看时，李大志已经被几个人架着往另一个方向走去，有个家伙还不时用手拍打着李大志的头，嘴里骂骂咧咧……我没想到，几天后再去杂志社时，没见到李大志，我便问起这位同事，主编竟说他辞职回重庆了，我心里顿感失落。

事实上，在成都这座享有"媒城"之称的城市，李大志还算不上是一名真正的记者。然而，他身处险境，首先想到的却

是叫我把杂志的清样拿走,不能让清样有闪失,这种血性和担当,不正是所有新闻人应当具有的职业操守吗?

如今,许多年过去,在成都的新闻界,大概早已经没有人还会记得曾有一个叫李大志的内刊记者,可我还一直记得他。不仅因为他曾经是和我一起奋斗在采访路上的同事,更因为我在他那双无助的眼神中看见了迸发出来的火焰……

辑四

友情,因时光锤炼成亲情

发小的高考
——致郭刚

今年是高考制度恢复四十周年,"高考"也成为时下的热门话题。

按说我跟高考是扯不上半点关系的,毕竟我连小学也没有上过,自然也不可能有高考的经历。可没有高考过,并不等于就和高考完全无关,至少,我陪儿时唯一的伙伴郭刚等分数的1988年那个夜晚,时至许多年后的今天,依然很清晰地印在我的记忆里。

之所以有这样深的记忆,并非完全是因为那天晚上所发生的事。更多的原因是,在我的童年和少年时代,郭刚算得上是我最好的伙伴了。他比我大一岁,我那时候便常想,要是郭刚是我的亲哥哥该多好,因为有他在我身边院子里的其他小孩就不敢欺负我。

小学放学早,郭刚每天下午一回家就来叫我出去看他和同学踢球。我害怕他的同学看见我后会起哄,还会嘲笑他怎么和我这样一个人交往。可郭刚一点不在乎,一次次对我说:"没事的,要是有人敢嘲笑你我就揍他。"

郭刚说这话,我信。那时候他的个子在同龄人中算是较高的,又很健壮,哪会有人敢招惹他呢?果然,每次去看郭刚踢

球,他的同学不仅没有嘲笑我,而且后来也和我渐渐熟悉起来。有时候就算郭刚不在,他们也会叫上我。

和郭刚的这种亲密关系,一直持续到他上高中。

那年,正好是我二姐高考,这所已经多年没有学生考上大学的厂办中学,竟然一下子有二十多人考上本科,其他学生也全都考上了大专或中专,如同放了一颗卫星,引起轰动。所以,郭刚刚上高一时,听他说班主任叫张品耀,我的眼睛一下子亮了,连声说:"好呀,能分到张老师班上,往后考大学就更有希望了。"为什么会这样说呢,因为我二姐就是张品耀的学生。郭刚能到这个老师班上,他往后考大学也就像上了一把保险锁。不过,我又暗暗很失落——上高中后,学习更紧张,郭刚来找我的时间是不是会大大减少呢?

这个想法,我自然没对郭刚说,然而他却很快看了出来,说:"放心吧,我往后还是会每天来找你。"真会是这样吗?高中学生,每天有写不完的作业、做不完的题,他哪里还能像过去一样有那么多时间来找我?可后来发生的事,却证明郭刚真做到了。

我和郭刚的家在成都南郊太平园一家空军工厂的宿舍区,四周全是农田,一到晚上四处静悄悄的。这样,郭刚上高中的三年,只要不是下雨天,他便在晚上九十点钟来叫我去宿舍区外的田埂上走走。刚开始,我担心他每天来找我会影响学习,可他说出去走走也正好放松放松……就这样,一千多个日子,连院子守门的大爷也熟悉了我和郭刚的这种习惯,要是哪天晚上没下雨又没看见我和郭刚去散步,第二天便会问我母亲:"你儿子是不是生病了,昨晚上怎么没见他和郭书记的儿子出来散步?"

关于学习，郭刚的心态一直很好，他的成绩一直不错，我几乎就没见他为学习发过愁。高考的头天晚上，他还是雷打不动来叫我去散步，我自然对他说了一些鼓励的话。谁知道他听后竟然回答："你怎么也成老太婆了，这么唠唠叨叨？"我回答："明天就高考了，我不说这些说什么呢？""难道不能像往常那样说说星星和宇宙？要不就说说外星人吧，你知道最近又有人看见了UFO吗？"聊起这些无边无际的话题，郭刚又眉飞色舞。我是连一点脾气也没有了，但我相信他有这样轻松的心态，一定能考得更好。

但三天后，我再见到郭刚时，他的脸色却有一些不对劲。我不敢贸然问他是不是没考好，只得有一句没一句跟他闲扯，没想到郭刚还是忍不住说："这次可能考砸了……"我说考上一般的大学没问题吧？他摇摇头："很难说……"

怎么会这样？以郭刚平时的成绩，考上一所普通大学应该没问题呀。我便怀疑郭刚是不是有意逗我，可他脸上的表情又不像装出来的。后来几天，郭刚见到我话少了许多，我也是这么多年第一次看见他脸上有了落寞的神情。

郭刚是张品耀很器重的学生，他的爸爸是学校的党支部书记，他要是真考砸了怎么向老师和父亲交代呢？我第一次发现，郭刚身上其实一直背负有很大的压力。尽管如此，我却不知道该如何安慰他，只是对他一遍遍说："分数还没出来，你也不用太悲观。"

具体是哪一天，早已经记不清了。只记得是那年的7月末，高考成绩公布的头一天晚上，郭刚的爸爸去学校开会，据说可能会提前知道高考的成绩。所以，那天晚上我便一直陪郭刚等着他爸爸开会回来。然而，一个小时过去，两个小时过

去,到了晚上十点多钟,郭刚的爸爸还是没回来,他便叫我先回家休息。

我的身体不好,平常十点多钟就要上床休息。但这样一个晚上,就算回到家我又怎么可能安心睡觉呢?于是我说:"让我再陪陪你吧。"

郭刚又何尝不希望我能多陪他一会儿?所以,听我这样说,他没再坚持,我们便又走出了宿舍区。

夏夜,水田里的蛙鸣此起彼伏;夜空晴朗,布满繁星,闪闪烁烁。如果是往常,郭刚保准已经滔滔不绝地聊起了关于宇宙、关于外星生命的话题。但此时,沿着田埂走了一圈又一圈,他却极少说话。我自然也没心思谈天说地,只是陪郭刚默默走着,时间仿佛停止了一样。

我们没有手表,不知道时间到底又过了多久,回到他家楼下。单元里还是不见郭刚父亲的自行车,我们只好又出去再走。

要知道郭刚自认为高考没考好,如果这时候回家,他会更难受,我只好多陪陪他。这样,又走了两三圈,我们才回到郭刚家楼下。我们看见四楼他家的窗户里透出了灯光,他爸爸的自行车也停在了单元门里。

看得出郭刚有些紧张。我说:"上去吧,不管多少分都要沉住气。"然后,我从郭刚飞快的脚步声中,听出他是一口气冲上了四楼!可接下来半个多小时,我一直在单元里等他,郭刚家却连一点响声也没有,除了窗户上依然亮着灯光,我一点也看不出此刻他家里究竟有什么事发生。

又不知过了多久,我听见一楼人家的挂钟响了一声,凌晨一点钟了。我正忐忑不安,终于听见了郭刚的脚步声。

"怎么样，考了多少分？"没有灯光，我根本看不清他脸上到底是什么表情，便迫不及待地问道。郭刚回答说没考好，可能……他的声音和半个小时之前一样低沉。我以为他真的落榜了，便说："要不就补读一年吧，反正你的成绩不错。"谁知道我的话音刚落，郭刚竟然大笑起来："傻瓜，我逗你呀，我考了五百多分！"

那一年，我十八岁，郭刚十九岁。

他最终上了四川大学英语专业，我也在他上大学一个多月后第一次在报纸上发表了诗作。回头看时，突然发现，这样的结果何尝不是上天在青春岁月里给我和郭刚最好的安排？我们携带着彼此真挚的友情，又各自走上了人生新的道路。只是，生命里那些永远的青春影像，怎么可能随着奔腾不息的时光而逝去呢？

重续的友情
——致黄俊

我小时候住在成都南郊太平园一家空军工厂的宿舍区,爸妈都是这家工厂里的普通工人。六七岁时,我能扶着东西慢慢走路了,可最让爸妈揪心的事情也发生了,有好几次我从楼梯上滚了下去!

六七岁的男孩,身体上虽然有残疾,但我终于能走上几步路,自然也就时刻想要去楼下玩耍。尽管每天晚饭后,爸妈都会带我下楼走走,可有时候趁他们没注意,我又会一个人溜出家门,抓住楼梯的扶手往下走。我的双手也有残疾,而且很严重,根本没有办法抓稳楼梯的扶手,结果刚往下走几步整个人便像冬瓜一样顺着楼梯滚下去……

楼梯不高,大概只有八九级台阶,可每次滚下楼梯,那种天旋地转的感觉至今仍让我心有余悸。而每次发生了这样的事情,爸妈都会被吓得脸色惨白——我好不容易可以走上几步路了,要是又摔伤了筋骨怎么办?这样,后来几年,爸妈上班时就只好把我反锁在家里,防止我再从楼梯上滚下去。

我十一岁时,在爸妈多次申请下,工厂房管科终于同意将我家的住房从四楼调换到一楼。虽然在同一个单元,住房面积也没有变化,还是只有两间房间,可爸妈说搬到一楼后,他们就不用再担心我会从楼梯上滚下去，上班时也不用再把我反锁在家里，我就有更多可以出去玩耍的时间，说不定我的身体也会越来越好……

这次搬家后，对我来说最大的收获，是我交上了人生中第一个真正意义上的朋友。

前几天，我和这个叫黄俊的儿时玩伴在QQ上聊天，聊到即将到来的新年，他突然很感慨地说："想不到我们都快半百了。"我心里顿时一颤，突然想起了弘一大师所说的一句话："人生在世，自幼年至中年，自中年至老年，虽然经过几十年之光景，实与一会儿差不多。"

事实上，在我的整个童年和少年时代，称得上朋友的人也就只有郭刚和黄俊。虽然认识黄俊是在认识郭刚之后，但和他成为朋友却是在郭刚之前。为什么会这样呢？原因是郭刚的家和我家原本都住在四楼，我从小就很熟悉这个大我一岁的男孩。然而，那时候，我不能走路，没办法和郭刚一起玩耍。

后来，到我能走几步路时，郭刚家又搬走了。

郭刚家搬走后差不多两三年，我家也搬到了一楼。

搬家那天，爸妈还在忙，我便独自走出家门，在单元里遇上了一个身高和我差不多的男孩，他正背着书包跑进来。看见我扶着墙壁吃力地下台阶，男孩便问："你是要出去吗？我来扶你吧。"我一愣，想要拒绝，可他已经上前搀扶住我。黄俊比我小一岁，也住一楼，和我家门对门。尽管还很陌生，但他主动上前搀扶我，我对他有了几分好感。

下午四五点钟，黄俊放学后又来找我玩。

我小时候，只有一个孩子的人家不多，至少在我所居住的院子，像黄俊这样没有兄弟姐妹的家庭还真找不出第二个。

按说,作为家里的独生子,黄俊自然应该备受父母和长辈们的宠爱,谁知道父母却对他管教很严,放学回家后根本不允许他出去玩耍,写完作业就要上床睡觉。特别是他爸爸,个子高,长着络腮胡子,看上去很威严,院子里的小孩子很怕他。不过,也许因为我在身体上有残疾,黄俊来找我玩,他爸爸也从不干涉。毕竟和我在一起是不可能有多淘气的,更不可能做什么出格的事情。

事实上也确是如此。我和黄俊那时候常玩的游戏就是蹲在单元的墙角处,用水枪或者家里的驱蚊香,要么水淹,要么烟熏蚂蚁洞。而且只要看见蚂蚁受到水淹或烟熏后成群结队从洞里跑出来,黄俊又去找来砖头阻挡蚂蚁们的逃生路……这样的恶作剧,我们玩得不亦乐乎。

但是这种快乐的时光,并没有持续多久,一年后他便转学去了城里。

认识黄俊时,他正上小学三年级。个子不高,又没有兄弟姐妹,在学校难免会受一些同学的欺负。记得当时在黄俊的同学中,有一个绰号叫"土匪娃"的家伙,父亲时常酗酒,酒后就会打骂他,母亲又疯疯癫癫,他从小就有些暴力倾向。

一次,我中午正在单元里玩耍,看见黄俊飞快地跑进来,没理我就冲进家门,"砰"的一声把房门关上了。我正纳闷,不明白黄俊为什么没像往常一样搭理我,原来"土匪娃"正在后面追赶他!

"土匪娃"欺负人也不是一两次了,我也被他打过。可这次,他为什么会追打黄俊呢?后来,黄俊告诉我,那天上课时,"土匪娃"向他借橡皮用,但直到放学也没有还,黄俊便问他要。谁知道这个一贯蛮不讲理的家伙根本不承认借过黄俊的橡皮，还说是黄俊诬赖他，他们自然争吵了起来。

"土匪娃"这个名字可不是浪得虚名，他没说上几句便开始动起手。黄俊哪里打得过他呢，没几下便落荒而逃。

黄俊的家教很严，更不允许他跟人家打架。所以，黄俊跑回家后，很怕被下班回家的爸爸撞见——要是知道了他跟同学打架的事，说不定又得受皮肉之苦！好在"土匪娃"追赶到单元后，大骂一阵也不见黄俊出来，便怏怏地走了。

"土匪娃"的家与我和黄俊家在同一栋楼，不在一个单元。他这样一闹，很多人都知道了，也就有人告诉了黄俊的爸爸。至于黄俊的爸爸知道后有什么反应，有没有打他，或者去找"土匪娃"的家长理论，我不知道。我唯一知道的是，这年夏天上完小学三年级，黄俊有一天突然到家里对我说，他要转去城里上学，因为他有一个姑妈在城里的一所小学当老师，去那里上学应该不会再被同学欺负；而且那所学校的教学质量也要比工厂办的子弟学校好，往后考上重点中学更容易……

黄俊转学后，我见到他的次数减少了，到后来就完全没了消息。

和黄俊再次联系上，是十多年前我在成都一家报社做特约记者时。

那天，我去骡马市一家商场采访，走到家电柜前突然看见了一个熟悉的身影。尽管记忆里，我对黄俊的印象还停留在他上小学时的模样，可我对他父亲的印象很深。所以，看见这个小伙子，虽然身高上要比黄俊的父亲矮一些，但那张脸和体型，甚至连发型也完全是黄俊父亲的翻版。我很惊讶，于是上前问："你叫黄俊？"小伙子正在调试电视机，听见我的声音，他抬起头来看了一眼，也一下子叫出了我的名字："你是

杨嘉利……"

就这样,一份中断了多年的友情,竟又在岁月的长河中重新续上!

人生便是这样,几十年光阴就如同是做了一场梦。梦里,我们会遇见很多人,包括亲人、朋友,也包括那些萍水相逢的陌生人。有些人,可能会一生同行;有些人,则只会短暂相伴。然而,在短暂相伴后长久分离,却又因某种机缘而再次重逢、再次同行,这样的人一定不多。

我和黄俊就是这样。尽管已长大成人,再次重逢后我和他也不可能再像儿时那样时常相聚,甚至有时候又是好几年也见不上一面,但又有什么关系呢?人,在不同的阶段,关于友情的定义是不同的。比如小时候,所谓友情就是可以成天一起游戏,一起打闹;长大后,便会渐渐明白,真正的友情实际上是一份即便多年不见一见面便会立即叫出对方名字的记忆……

圆我一个小小的梦
——致张虹宇

四十年,对于任何人来说都不算短暂;而谁能够用四十年做成一件事,也一定会做到极致,成为他一生的骄傲。

我,从七岁到四十七岁,也用了整整四十年做成一件事,却很难算得上是我人生的骄傲。这件事,便是我终于走进小学校门,坐在了小学的教室里,尽管我的身份再也不可能是一名小学生!然而,不管怎么说,2017年10月的一天,我迈进了天府新区正兴小学,当我站在这所小学的操场上,和两千多名小学生一起参加庄严的升旗仪式,我的心情是很难被普通人所理解的——既不是激动,也不是酸楚,或许用"百味杂陈"这个词来形容更为贴切吧!毕竟,四十年前,我还和这所小学一年级学生一样大,我也曾兴高采烈地被爸爸送去报名。那时候,不要说我,就算我爸爸大概也想不到,当他的这个身患残疾的儿子终于有机会堂堂正正走进小学校门,有机会恭恭敬敬叫上一声"老师",竟会在四十年之后!

而这时候,爸爸离开人世已经九年了……

如此安排,算不算是命运的一种捉弄呢?可不管怎样,能够在四十年后走进小学,也算是圆了自己童年时的一个梦,大抵也算得上是命运对我的一点补偿吧?尽管,这样的补偿,在

很多人看来也许是那样的微不足道。

这就是人生，你永远不会知道在这个舞台上，下一分钟的演出会是什么。如同我出版诗集《彼岸花》时，就完全没想到这本诗集还给了我机会走进小学，实现了一个四十年前的梦！

所以，从这个意义上说，我要感谢一位叫张虹宇的企业家。如果不是遇上他，这个童年时就应该实现的梦，也许还是没有办法实现。所以，那天走进正兴小学，站在教室的讲台上和孩子们交流，我心里又突然有了新的遗憾，那便是张虹宇先生没有能来参加这天的活动，见证我实现梦想的时刻！

张虹宇为什么没参加这天的赠书活动呢？要知道这次赠送给孩子们的五百册《彼岸花》，全都是他掏钱购买的，我不过是前来和孩子们做做交流而已，真正的主角应该是这位有着大爱情怀的企业家。对此，张陶说，张虹宇一贯做事高调、做人低调，几年来在正兴给老百姓做了很多公益，却从不抛头露面，只是用无声的行为回报着这片让他创造了财富的热土！

事实上，从事写作三十多年，做新闻采访二十多年，我也算得上是资深的媒体人，可接触到的企业家却并不多。我所关注和采访的对象，始终是那些生活在社会底层的老百姓，他们的疾苦和不幸也是我常常报道的内容。我希望用我手上的笔写出他们生活中的酸甜苦辣，帮助他们解决一些实实在在的困难和问题。相比之下，采访那些事业有成的企业家，在我看来则是锦上添花，没有多大兴趣。

因此，干了二十多年采访工作，我也没认识几个有钱的老板。

2017年，《彼岸花》出版后，才发现如何卖出去又是一个让人头疼的问题——如今出版诗集的作者很多，卖不出去的诗集也很多，何况像我这样没一点名气的家伙？出书难，出书后要卖出去就更困难了。看见我守着一堆书整天愁眉苦脸，完全没有了刚拿到诗集时那样的兴奋和激动，张陶便说他认识一个开超市的老板，说不定会帮我。我听后不以为然，因为如今很多所谓的超市，也就是一家杂货店，这样的老板就算有心帮我，购买几十册书就很不错了，可对于我手上的一千多册诗集又会有多大意义呢？

张陶说："放心吧，要是这个老板肯买你的书，至少就会是几百册。"我半信半疑："他的超市有多大，能买我几百册书？"张陶回答："是我们正兴最大的一家超市……"

原来如此。可张陶的话很快又让我有了另一种担心——能办起这样大的一家超市，也算得上是成功人士了，他还会花钱帮一个素不相识的人吗？毕竟，帮助我解决的不是生活上的困难，而是在很多人看来完全是锦上添花的事。张陶听后，又说："你的这本诗集和其他人的诗集不一样，不仅内容上有很多对人生的思考，而且你的人生经历本身就很励志，可以鼓舞更多人，说不定张老板真会帮你。"

真会是这样吗？一个周末的下午，张陶开车把我带到成都高新区的一栋写字楼前，他说张虹宇的超市总部就在这栋写字楼上。

坐电梯上去，走进办公室，办公室并不像我想象中成功企业家的办公室那样富丽堂皇。这位看上去也只有三十多岁的男人说："办公室嘛，能办公就行，搞得那么富丽堂皇干什么？"随后，我们便闲聊起来。也就是在这样的闲聊中，我才知道和张陶一样，张虹宇的家也在农村，过去也很穷，他白手起家，通过一步步打拼，积攒下如今让人羡慕的财富。然而，

这样的财富,并没有让张虹宇自我膨胀;相反,他始终认为正因为小时候家境贫寒,没有读过多少书,人生有很大的缺憾。所以,翻看了我带去的诗集,张虹宇说:"和你相比,我真是差得太远,我要有你这样的精神和毅力该多好呀。"

张虹宇的这番话,倒让我汗颜——是的,在学习上,我也许值得张虹宇这样赞美,可在财富的创造上,我远远比不上他。谁知道听见我这样说,张虹宇竟答道:"一个人不管挣多少钱,如果不能用在回报社会上,也就只是他个人的事。但你就不一样,在这样的身体条件下写出一本书,能激励多少身处困境中的人奋发图强呀。仅从这点上,就是我们创造多少物质上的财富也比不上的。"说完,他又对张陶说:"正兴不是有所小学吗?我想购买五百册《彼岸花》送给孩子们,让他们从杨叔叔身上学到坚忍不拔、顽强奋斗的精神。"

张虹宇的话,让我很吃惊,我完全没想到他会一下子买五百册《彼岸花》,而且要把这些书全都赠送给一所小学!就在那天,张虹宇还提出建议,让我去捐书仪式上和孩子们做做交流,用这样的方式鼓励孩子们热爱学习,刻苦学习……

赠书仪式是2017年10月9日在正兴小学举行的。

按说作为五百册《彼岸花》的捐赠人,张虹宇理所当然应该出现在捐赠仪式上,但他却拒绝了,并让张陶转告我,他参加这个仪式无非就是让孩子们看看这些书是谁买来送给他们的,这会有多大意义?而真正应该让孩子们知道和记住的,实际上是《彼岸花》诗集所蕴含和传递出的积极向上、百折不挠的拼搏精神……果然,张虹宇没有来到捐书现场。

虽然如此,我走进正兴小学那一刻,特别是当我站在教室的讲台上,我还是不由自主想到了张虹宇,想到了这位和我只有一面之缘的年轻企业家。原因很简单，要不是有幸遇上了这样一位拥有大爱情怀的企业家，要不是他慷慨解囊购买五百册《彼岸花》赠送给正兴小学的孩子们，我也不会有机会走进这所小学。四十年前走进小学校门的梦想，是不是也只能继续深藏在我心里呢？

穿越茫茫人海来相识
——致周尧

二十四岁时，我的第一本诗集《青春雨季》获得了成都市政府设立的"金芙蓉文学奖"，我也成为这项文学奖设立以来最年轻的获奖者，算得上轰动一时。正因为这样，四川电视台的女导演赖小平才会通过蜀报联系上我，希望给我拍个专题片。

往常，都是我采访别人，没想到有一天自己也会被别人采访，心里很紧张。

事实上，我对上电视是有抵触情绪的。原因不言而喻，还是在于我的身体。那时候我很年轻，好面子，不希望自己的模样在电视上曝光。可我毕竟也做新闻，知道像我这样的情况，对于记者们自然有很大的吸引力——从小残疾，没上过一天学，竟写出了诗集，还获得了文学大奖，这样的反差怎么会不让这些媒体人心动呢？所以，尽管对上电视有抵触，我还是没有办法拒绝赖小平的采访。

赖小平拍的专题片，这年夏天便在四川电视台播出了，影响很大。那些日子，我走在街上会被很多人一眼认出，说："瞧，这个人是位诗人，电视上都报道他了。"

20世纪90年代，中国人的娱乐方式不多，晚上看电视就成了老百姓主要的娱乐生活。而周尧也就是那次从电视上认识我的。他后来多次说，他那时候刚参加完高考，成绩不是很理想，心里也很郁闷，没想到有一天晚上突然从电视上看见我，他的母亲便说："看看人家，一天书没读过还出版了诗集，你遇上这点挫折又算什么呢？"

那个年代，年轻人的思想很单纯。周尧听母亲这样一说，大概也认为不无道理，于是便想要是能认识我该多好……周尧的家庭条件不错，住在成都的一个部队大院里，父亲转业后在市级机关任职，可谓是名副其实的"官二代"。可他这个"官二代"，当时却过得并不很好，原因也出在他的身体上。

周尧患有小儿麻痹后遗症，虽然不很严重，但走路还是有一些颠簸，小时候更明显。这样，上小学和初中时，他常被同学欺负，直到上了高中处境才有所改变。而这样的改变，就是他开始叛逆，纠结了一帮兄弟在学校横冲直撞，谁敢招惹他他就把人家揍一顿。可如此一来，虽然没人敢再欺负他，但周尧在学习上也一落千丈，老师再三找他苦口婆心地谈话也无济于事。

高考后，成绩公布，周尧傻眼了，他连最一般的本科学校也没考上！

这样的高考分数对周尧的打击有多大也就可想而知。正在这时，他从电视上看见了我，用他后来的话说确实是让他感到了一种震撼。他很想搞明白，我在这样的身体和处境下是如何一步步走过来的。

周尧想要认识我，却没办法联系上我。那时候不要说手机，就连座机电话也只有单位上才有，但有一天，我和周尧还真在茫茫人海中遇上了！

成都,一座并不算小的城市,大小街道少说也有几百条,人口也不少,二十多年前至少也该有三四百万人。在这样一座拥有几百万人口的城市,想偶遇一位认识的人,算不算是一件很有点传奇色彩的事呢?二十多年来,我和周尧每次聊起当时在磨子桥四川大学校门口相识时的情形,也依然会有这样的感慨。

而当时,那个地方,实际上是成都科技大学,周尧刚考上这所大学的大专班。

认识周尧也是一个很特殊的日子——9月18日。所以,这么多年过去也还一直记得。

我那天应该是去报社送了稿子,之后便到了这所大学。刚进校园便见一荷花池,很安静,四周有石凳、石椅,可以安静地看书。那几年,我每次去报社送了稿子,只要时间还早,便会到这个荷花池旁看书。

手不方便,我没有戴手表的习惯,想知道时间就问路人。那天也这样,午后进入校园,就一直坐在荷花池边看书。也不清楚过去了多久,只感觉光线有些暗了,荷花池周围的大学生也多起来,我想可能时间不早了,要不大学生们怎么全都下课了呢?我起身,准备离开。

走到校门口,我看见一个个子不高、清清瘦瘦的小伙子像是在等人,我便走上前询问他几点钟了。

二十多年前,在成都坐公交车也远远不像如今这样方便,上下班高峰期光等车就常常需要半个多小时,所以必须计算好坐车的时间。我没想到,小伙子竟看着我一脸兴奋地说:"我认识你,你姓杨!"

我有些丈二和尚摸不着头脑,因为我的头脑不管如何飞快转动，也始终想不出这个人是谁。就在我纳闷不已时，小伙子才又说："我在电视上见过你。"我恍然大悟——这样的事，几个月来已发生多次了。

这个小伙子便是周尧。

按理说，周尧告诉了我时间，我也赶着要去坐公交车回家，我和他之间也就像我和其他很多在电视上看见了我的人一样，不过是萍水相逢，哪会想到后来竟成为朋友？有这样的缘分，实际上还是在于周尧接着又说了一句话："可以和你交个朋友吗？我就在这所大学上学，你往后可以随时来找我。"说完，他便写下两个电话号码交给我。

周尧把他在学校的电话号码留给我，我还不太意外，但我没想到他把家里的电话号码也写给了我，自然让我很感动。几天后，我又去报社送稿，便给他打了电话，约他见面。周尧说："你过来吃中午饭吧，我在学校等你。"那口气，完全像是交往了多年的老朋友。

就这样，我和周尧的交往多起来，并知道了他的很多秘密。比如他当时很喜欢一个女孩，碰巧这个女孩便是我大姐几年前在彭州白水河铜矿上技校时一位老师的女儿！这或许也算得上是又一种巧合吧？不过，最让我意想不到的是，我们后来聊天时，听说我和姜明很熟悉，他竟说姜明是他很崇拜的一位作家，叫我有机会一定要帮他引见引见。凭我和姜明的关系，这事自然不成问题。可这样举手之劳的事，我竟过了二十多年也没办成，想起来很是惭愧。

去年9月，我在成都言几又书店开了一次诗歌分享会，周尧和姜明都来了，我却完全忘记了周尧二十多年前就托付我办的事，还是没专门介绍他和姜明认识。但我也一直很纳闷，姜明

到底是哪部作品会让周尧对他如此崇拜呢？这个问题，周尧始终没给我一个明确答案。这样看来，让周尧崇拜的，实际上很有可能并不是姜明的某部作品，而是姜明的很多作品！

二十多年前，姜明也才二十多岁，写了很多优秀的小说和散文，在刚刚创刊的《华西都市报》算得上是名副其实的才子，拥有众多粉丝很正常。只是，姜明至今不知道，他那时候的粉丝中，竟会有我很好的朋友。我不知道，这样的状况算不算是周尧和姜明的缘分未到呢？

这样说，我倒有些推卸责任的嫌疑了。好在来日方长，能让周尧和姜明聚在一起的机会应该很多，他们的相识也是迟早的事。到那时，他们如果有一见如故的感觉，又何尝不是一件好事？

也是去年，网络上有一首很流行的诗《一切都是最好的安排》，用在我和周尧的相识以及他与姜明往后终究会有相识的一天上，倒是恰如其分。因为，人生就是这样，每一刻、每一天都会有它需要发生和需要去完成的事；认识一个人，或者暂时还不能认识一个人，相信一切都是生命中最好的安排。

用义唱诠释人间大爱
——致官华见

生命中,有太多记忆会随着时光的流逝而被抹去;但也有一些人和一些事会沉淀下来,不管岁月过去多久,只要生命还在,便永远不会消失。

官华见便是这样一个人。

认识官华见,是在一次采访中。尽管在我近二十年的特稿写作中,这个叫官华见的街头歌手,曾经只是我众多采访对象之一,我根本没想到他带给我的感动会如此深刻而持久,我早已经把他看成我至亲的兄长。

官华见是重庆人。五年多前,我和我的小伙伴曾专程去重庆采访这位街头歌手,缘于他做的一件事深深打动了我。当地媒体报道,官华见在过去几个月,硬是靠街头卖唱,为一个不幸患白血病的农村女孩筹来了四十多万元治疗款!

四十多万元,对于任何普通人来说都不是一个小数目,可官华见硬是凭一己之力做到了!

媒体说,官华见的家在重庆开县山区,很贫穷,初中没上完就辍学了,之后到重庆闯荡。拾过破烂,做过乞丐,后来幸运地遇上了一位很会唱歌的老师。这位老师发现这个瘦瘦小小的男孩嗓音不错,便对他说:"跟我学唱歌吧。"从那以后,

官华见学会了唱歌和弹吉他,多年后就靠唱歌挣钱,在重庆娶妻生子,还做起了小本生意。按说他的生活也会像很多小老板一样,虽然算不上大富大贵,却也过得顺风顺水,悠然自得。然而,官华见忙完生意后,每天还是会风雨无阻地上街唱歌,而且把唱歌挣来的钱全都捐出去,救助那些身患重病的人!

2012年国庆节,我之所以会专门赶赴重庆采访官华见,正是读到了当时重庆媒体对官华见救助一个叫余美玲的女孩的事迹。

要知道余美玲患上的可是白血病呀,官华见竟然连续几个月卖唱,最终筹款四十多万元,还把余美玲和父母接到重庆住进自己的家中,给予这个挣扎在生死边缘的花季女孩无微不至的关怀。

老实说,我所采写的特稿人物,像这样无私帮助他人的也有不少,但能够凭借一己之力筹来几十万元救助他人的还从没有过。更重要的是,余美玲并不是官华见用这种方式救助的第一个人,过去十多年他就一直用街头卖唱的方式,先后救助了好几个像余美玲这样身患重病的年轻人,帮助他们从疾病的泥潭中走出来。我可以想象,在这样一种大爱情怀的背后,这样一位草根歌手一定会遭遇周围很多人,甚至有可能会是朋友和亲人的不理解;而这个温暖的故事和故事背后人性的冲突,不正是一篇好特稿重要的元素吗?

果然,与官华见的采访证实了我的判断。但我没想到,随着采访的深入,听官华见说正因对他所做的事从不理解到无法容忍,十多年前妻子就和他离婚了,还把当时年幼的儿子扔给了他……尽管对这些往事官华见提起来云淡风轻,可他的话语却像沉重的石头压在我的心上:"要是不用这些钱去帮助别人,你现在不仅会更富有,也会有一个很温馨、很幸福的家庭啊。"官华见听后依然很平静地说"也许是吧"。他接着又说:"我经历过生活的苦难,也得到过很多好心人的帮助。要是我有能力却不去帮助那些更需要帮助的人,我的良心会很不安,也会愧对那些曾经帮助过我的人。"

毛泽东曾说:"一个人做点好事不难,难的是一辈子做好事。"而官华见,在我多年的采访中,算得上是唯一一位始终初心不改,坚持用自己的微薄之力无私帮助他人的人……正因如此,五年多过去了,我依然和官华见保持着联系;每当有机会去重庆采访,我也总会去他的小店坐坐。因为我觉得我和官华见早已不再是采访者和被采访者的关系,我真心把他看作是我人生路上的一位大哥,他的每次善举都会给我带来心灵上的冲击和震撼。

我常想,很多时候当看见那些身处困境、需要帮助的人,我是不是也可以像官华见那样,用自己微薄的力量,全力以赴地帮助他们呢?或者只是抱怨自己的力量太小,力不从心?

是的,在生活中,我们很多时候都会有力不从心之感。这也常成为我们逃避做某些事情的借口;可在这些借口的背后,却分明是我们的懒惰,或者是冷漠——当官华见一次次站在街头义唱,为一个个素不相识的陌生人筹集十几万甚至几十万的救命钱时,他可曾抱怨自己的力量太小、力不从心?

记得2017年有一天,重庆卫视播放"感动重庆十大人物"颁奖典礼,我再次看见官华见,泪水又一次蒙住了我的双眼。也是在2017年,因为他坚持把唱歌所挣的钱用于救助别人,官华见的第二次婚姻又亮起了红灯,女方暗中转移财产,让官华见几乎在一夜之间变得一无所有,还背上了几

十万元债务！我曾在微信上问官华见："大哥，你何必要这样苦呢？"他简单地回复我说："放心吧，大哥是个男人，压不垮的。"

前些日子，我出版了一本诗集，也给官华见寄去了一本，他很快在微信上给我转来两百元红包，向我表示祝贺，并对我说："兄弟，今年你出书，大哥因为要还债也没能在经济上给予你多大帮助，实在很抱歉。不过，大哥有信心今年就把所有的债全都还上，很快就会好起来，到时候大哥一定会多多支持你。"

不知道为什么，看了官华见发来的这些话，我的心里又是一阵酸涩——不是说好人就会有好报吗？可我不理解，这样一位做了许多善事的人，为什么竟然会在尘世间一次次被爱情和亲情伤害？难道这便是官华见所获得的"好报"？但我坚信："卑鄙是卑鄙者的通行证，高尚是高尚者的墓志铭。"

9月28日，我如今供职的报社要为我举办一场诗集分享会，我原本是不打算邀请官华见来参加的，因为我不想让他为我的事奔波劳累。可分享会举行的前一天傍晚，他却风尘仆仆赶到了成都。让我惶恐和不安的是，那天晚上我要去四川省广播电台做一个访谈节目，而且还需要提前去电台做准备，根本抽不出时间陪他。官华见并不见怪，对我说："去电台做节目是好事呀，我正好可以听听你的节目。"我们便约好第二天好好聊聊。谁知道第二天见面，官华见竟说晚上有演出，他必须在下午赶回重庆。

我很失落，说："大哥，你都到成都了，怎么能不参加我的诗歌分享会就走呢？"官华见用手轻轻拍了拍我的肩头："今天对于你是个很重要的日子，大哥当然要来向你祝贺。不能参加你的分享会，我也很遗憾，但能够在这个重要的日子见到你，我就很高兴了。晚上的演出是很早以前就答应了人家，大哥不能食言啊。"

  午餐后，由于要赶到分享会现场，我不能送官华见去火车站。看见他匆匆登上去火车站的地铁，站在车厢里使劲向我挥手，我突然有几分怅然若失——尽管做了多年新闻采访，但能够从采访对象而成为朋友，成为兄弟，官华见虽然不是第一个，却是为数不多的几个人之一，可他偏偏不能在这天分享我人生中这一美好的时刻……

留在这座城市的温暖
——致肖燕飞

肖燕飞是一位湖南女孩。尽管很多年没有她的消息，可我始终还记得这个名字，也还记得她高高瘦瘦、眉清目秀的模样。

认识肖燕飞，还是因为写特稿。

我写字困难，字迹也潦草，难以辨认，因此我过去很少写长稿。可后来，我却写了上千字的特稿，原因是我有了写作上的搭档。

我和这个搭档合作两年多，感情很不错，完全有可能一直合作下去，谁知道半路上杀出了程咬金。这个半路杀出的"程咬金"，便是他的女朋友。他在女朋友的怂恿下竟然瞒着我把采写的稿子四处投，却告诉我发稿越来越困难。我最初是一点没有怀疑，毕竟收到的稿费也越来越少。

2003年3月，我搬新家后，学会了简单的电脑操作。一天，我在搜索引擎上输入我的名字，意外发现一年多来，我和我的这个搭档采写的多篇稿件，被他投给外地的报纸和杂志发表后却根本没告诉我！

那时候，他和女朋友正谈婚论嫁，还按揭买了一套房子，手头上正缺钱。然而，就算这样，他也不该背着我这样做，我果断地终止了和他的合作。

记得是在西南民族大学校园内的一家茶馆里,听到我说往后不再和他搭档采写特稿,他便冷笑道:"我不就是有几篇稿子发表了没给你稿费,你至于这样小心眼斤斤计较吗?行,不做搭档就不做吧,离开我看你往后还能不能写特稿,恐怕连一分钱稿费也挣不到了。"

这样的话,并非没有道理。毕竟,我用笔写字困难,用电脑打字更加困难,要打出一篇几千字的稿件几乎不可能。那么,我难道真会像这个人说的那样,离开他我就不能再写特稿了吗?我大声回答他:"走着瞧,没有你我也一样可以采写特稿。"

我一个人采写特稿,最大的难处还是在写字上。我只能用钢笔把稿子写好后,再找人录入电脑。我不仅写不好字,说话也很难让人听清楚,就算用钢笔把稿子写好后,再去找文印店打印出来,也不是件容易的事。

这时候,我遇上了肖燕飞。

肖燕飞是一家文印店的打字员,那家文印店开在一环路跳伞塔路口。

事实上,找到这家打字店前,我已经去找过很多家了。他们一看我写的字,又听到我说话,便摇头说:"对不起,你的稿子我们打不了,你还是去找其他人试试吧。"找到这家店,我也没抱多大希望。老板翻看了一下我的稿子,马上摇头:"你写的字根本看不清楚,怎么帮你打呢?"说完,他便要把稿子退给我。

这时一位小姑娘从电脑前站起身走过来,从老板手里接过稿子说:"让我看看。"她就是肖燕飞。她接过我的稿件,很快看了一遍。"我试着打打吧。"听见这句话,我像抓住了一根救命稻草。

文印店老板一脸惊愕的表情："你能看清上面的字？"肖燕飞回答："是有些看不清，但不要紧，我慢慢看吧。"她随后又对我说："这篇稿子，录入的时间可能要长点，你能等吗？"我急忙点头，肖燕飞便很快在电脑上认真打起字来。

和录入别人的东西不一样，肖燕飞录我的这篇稿子，几乎每敲一个字都要花上几十秒钟，她需要一个字一个字地辨认，这样的速度显然是文印店老板也从没遇见过的。于是老板说："要是实在看不清就算了吧。"肖燕飞依然答道："没事，我慢慢打吧，还是能认清。"随后，她对我说："你明天来拿行吗？我晚上帮你录。"

那时候，家用电脑还不普及，很多单位也还没有电脑，文印店的生意大多很好，我还担心这个文静的女孩会不耐烦，不愿意录我的稿子。所以，听她这样说，我感激万分，连忙说："行，我明天来拿吧。"

第二天上午，我又来到了文印店，肖燕飞果然把我那篇七八千字的手写稿录好了，而且还打印出来了！她对我说："我帮你打印出来的。我看你的眼睛不太好，在电脑上修改很不方便，就在纸上校吧，校好了我再帮你在电脑上修改。"肖燕飞能帮我已经是很感谢了，万万想不到她还这样细心，我一时间竟不知道说什么好。这时候又听文印店老板说了一句话："小肖昨晚上弄这个稿子花了三四个小时，十一点多钟才休息。"

可对于这点，肖燕飞倒一点不在意。她对我说："杨大哥，你写的这个故事真的很感人，我都哭了。往后写了稿子就拿来，我能认清楚你写的字。"

我原本以为肖燕飞弄我的稿子花了那么多时间，自然应该多收点钱。谁知道她却对老板说："那怎么行？该收多少钱就收多少钱，我们收费都是按一页多少钱计算的。"就这样，肖燕飞弄我的这篇稿子，虽然花了比其他稿子多好几倍的时间，但她只收了我三十多元，不肯多收。

除和报社的女编辑、女记者有所接触外，我的女性朋友一直不多，也很少和年轻女孩打交道。肖燕飞算得上是我那几年在新闻圈外接触到的第一个女孩。接下来的一两年，我常去请肖燕飞打印稿件，和她渐渐熟悉起来，知道了她的一些故事。

肖燕飞从小很爱学习，成绩不错，但由于家在农村，再加上母亲的身体不太好，上完初中就辍学了。从湖南到了成都，在老乡开的文印店做了打字员。当时，成都的不少文印店都是湖南人开的。肖燕飞说湖南人在全国各地开了很多文印店，几乎占据这个行业的半壁江山，她想今后也开一家文印店。我说："开文印店要花很多钱，租房、买电脑和打印设备，也不是一个小数目呀。"肖燕飞回答，没钱可以去借，也可以贷款，大不了往后慢慢挣钱还人家，总不能一辈子靠打工生活。

老实说，不是有了这样一番谈话，谁又能看出这个文静的女孩心里竟会有那么多美好的想法，以及实现这些美好想法的勇气呢？自那次开始，我每次去文印店请肖燕飞帮我录入稿子，都会和她交谈一番，她那种积极向上的人生态度和对未来的美好憧憬，也时刻影响和激励着我。

十多年过去了，我依然很感激这个早已回到了湖南的女孩。这样的感激，并不只是由于她曾经帮我录了好几年的稿子，而是在她的帮助下我才在特稿写作这条路上一直坚持下来。如果不是遇上这位善良的小姑娘，如果不是她克服了很多难以想象的困难，一次次帮我把几千字的稿子吃力地敲打在电

脑上,那么我也许真会像我曾经的那个搭档说的一样,离开他我就不能再写特稿了!

不过,对于这位善良的小姑娘,我至今最不能忘记的,却是她离开这座城市前发生的一件事。

那年,这家文印店在新都西南石油大学外开了一家分店,她被安排到分店工作。而我采访的残疾大学生熊仁汀又正好就读于这所学校,我常去找他,有一天竟又遇上了肖燕飞!

记得那次遇上肖燕飞,她说的第一句话便是,调到这家店工作,她往后就不能再帮我录入稿子了,毕竟路途太远,我去一次很不方便。我说:"不要紧,张陶已经买了电脑,往后就由他来录入稿子。"肖燕飞知道张陶是我的新搭档后,才放下心来:"那就好,要不我还真担心往后没人帮你弄稿子。"

这年冬天,春节前大学快放寒假了,我又去找熊仁汀,接到了肖燕飞打来的电话:"你们能来文印店一趟吗?"我和熊仁汀刚进店门,她竟然拿出两条围巾给我们,并说:"天很冷,我这几天刚织好,你们一人一条吧。"

寒假前大学考试,学生们有很多复习资料需要打印和复印,正是文印店生意繁忙的时候,想不到肖燕飞还抽出时间为我和熊仁汀各织了一条围巾!肖燕飞又接着说:"过几天,我就要回湖南了,春节后可能就不会再来成都了。"我终于明白,肖燕飞是用她亲手织好的围巾向我和我的朋友告别!

肖燕飞和熊仁汀的接触并不多,也就见过几次面。可当肖燕飞了解到这个没有双手的男孩硬是用顽强的毅力考上大学时,她善良的心又一次被触动,那就是希望在自己离开这座城市前,用自己微薄的力量让又一个行走在生命冬天里的人,感受到春天的温暖!

追梦路上用真诚拥抱生命

——致陈天星

前几天媒体上有一条新闻,标题叫"陈天星问鼎国际影帝"。

陈天星,多么熟悉的名字,尽管转眼又是很多年不见,可这个名字映入眼帘的那一刻,多年前采访他以及后来和他交往的一幕幕,仍像电影镜头般浮现在眼前。

认识陈天星,应该是在2006年吧?那时候,我和张陶完全靠采写特稿为生。除写稿外,寻找采访线索,奔波在采访路上,就是我们生活的常态。

记不清是那年的几月,反正是一天上午,我正在家里写东西,突然接到张陶打来的电话,说他刚看到了一个很好的题材,有个叫陈天星的四川小伙子自筹资金拍了一部叫《李小龙外传》的电影,很快就要在中央电视台电影频道上播出,问我可不可以做特稿。我立马回答:"当然可以!"

事实上,我虽然对"李小龙"这个名字并不陌生,知道他是功夫巨星,但对这个人的经历却了解不多。可一个四川小伙子自筹资金拍一部和李小龙有关的电影,还能在中央电视台播出,无论如何都是一件能吸引读者的题材,我便叫张陶尽快想办法和陈天星联系上。张陶也真有办法,这天下午就找到了陈

天星的手机号码，和陈天星联系上了。

那时候，我和张陶采写特稿，多数以普通人为主，采访的影视演员不多。原因是这些拍电视、演电影的人大多很傲气，采访他们反倒像巴结他们一样，让我和张陶感觉很不舒服。联系上陈天星前，我也有这样的顾虑，害怕又会遇上一个傲慢的人，但这个题材很适合写特稿，我还是决定试一试。没想到，张陶给陈天星打了电话后，他对我说："陈天星同意接受采访了，还说你的身体不好，他过几天来趟成都。"

我一头雾水，一时间好像没明白是什么意思。张陶才又解释说，他对陈天星说了我的身体情况，陈天星便主动提出他到成都来接受我们的采访……

原来如此。陈天星的这个举动，让我很意外。"听陈天星说话一点没架子，说不定他真能很好地配合我们。"要真能这样，倒是一件好事。可我很快有了另一种担心：陈天星说过几天到成都接受采访，会不会是他的托词呢？毕竟我和张陶不是什么大报记者，只是自由撰稿人，说白了，稿子写好后到底能不能在媒体上发表也还是一个问题，陈天星有什么理由专门来成都接受我们的采访？

我说出了这个顾虑，张陶听后也有些担心了："是呀……可陈天星的声音听上去很真诚，不像说假话。"我没有和陈天星通电话，不好做出判断，只好说："我们就等几天吧，说不定他真会来。"

大概过了两三天，也是在一个上午，张陶骑着自行车来找我："陈天星到成都了，说中午请我们吃饭，下午接受我们的采访！"

十多年前，泸州到成都还没修高速路，又不通火车，坐大巴车至少需要十多个小时。陈天星上午就赶到成都，看来他坐的是头天晚上的夜班车。我由此看出，陈天星的人品不错，要不他绝不会这样做……

采访陈天星时，网络上有关他的报道还很少。我在去见陈天星的公交车上还对张陶说："能自筹资金拍电影，看来陈天星很有钱，说不定还是个'富二代'。"然而，见到陈天星，在采访过程中才听他说自己是农民的儿子，后来考上中专才走出农村，又因为结识了李小龙的同门师弟梁挺学习咏春拳，对这位功夫巨星有了更多了解，才渐渐萌生要拍一部关于李小龙的电影弘扬中华武术的念头……

做了多年的人物采访，却没有一次像采访陈天星这样让我记忆深刻。在讲金钱和背景的娱乐圈，一个农家小子要一步步打拼成功夫演员，经历的艰辛和磨难，就算陈天星不说我也想象得到；而他那丰富的人生经历和栩栩如生的讲述，让我和张陶在写作时格外顺利，富有激情。

这篇稿子，我原本以为可以十拿九稳地发表在《华西都市报》上，张陶把写好的稿件传给陈天星看时，也是这样对他说的。谁知道这篇稿件最终没能在《华西都市报》上发表，我和张陶只好在电话里对陈天星表达了歉意。

陈天星却并不介意，连声说："你们写的稿子，我看了，很不错。能不能发表并不重要，你们有这份心就足够了。"

这篇采访陈天星的稿件，后来虽然还是在成都的多家报纸和外地的好几家杂志上刊发了，但没能在当时更有影响力的《华西都市报》上发表，始终让我和张陶感到有些愧对陈天星。不久后，陈天星举行婚礼，邀请我和张陶去泸州，我俩婉言拒绝了……

按说稿子没能在大报上刊发,陈天星的婚礼也没有去参加,我们和他的联系也就会渐渐减少,甚至不联系了。可陈天星每次到成都,还是会给我和张陶打电话,约我们见面,我们之间的友情反而越来越深。

2008年深秋,陈天星有一次到成都办事,又约我和张陶晚上吃饭。闲聊时,听我说有一个没有双手的朋友上完大学后正准备考研究生,陈天星很感动,提出想要认识这个叫熊仁汀的小伙子。当时已经是晚上八点多钟,天色全黑,熊仁汀又住在新都,有几十公里的路程,我和张陶便说第二天陪他去,或者请熊仁汀到成都来。

陈天星摇着头说:"这个朋友要考研,学习很紧张,我很想现在去看看他,不要再占用他明天的学习时间了。"

陈天星说完便站起身。我和张陶不好再阻拦,和他一起坐出租车连夜赶到新都,在西南石油大学的校门口见到了熊仁汀!

这件事,转眼已经过去了整整十年,可我每次想起,仍然会有一股暖流在心里涌动——要知道陈天星那天是从北京坐飞机到成都,几个小时后又赶到新都,之后又回到成都市区下榻的酒店,第二天一早又参加在成都的活动!这样奔波,只是为了与这个不相识的无臂学子见上一面!我想,作为一名当时已经在影坛上小有名气的功夫演员,陈天星能这样做,足以表现出他的真诚和热情——那天晚上,在大学门口看见熊仁汀时,陈天星快步上前,紧紧拥抱这个同样是在人生路上艰难跋涉的年轻人。我的双眼潮湿了,我看见的分明是两个久别重逢的兄弟的拥抱,谁会相信他们只是初次相见呢?

这几年,陈天星更忙了,媒体上时常会有他的报道,我也从这些报道中不断获得他的一些消息。他拍摄的电影越来越多，还陆续拿到了多个大奖，如第五届科隆国际电影节"组委会大奖"、好莱坞国际电影节"最佳动作设计奖"和韩国光州国际电影节"动作艺术成就奖"等。

我还知道，陈天星如今不仅主演功夫片，还主演了多部文艺片。在第71届法国戛纳国际电影节上，他领衔主演的《德皮》获得"金蝶兰"最佳男演员奖。

每次从媒体上看见陈天星的新闻，我便会暗暗为他感到高兴。尽管这几年，他把事业的重心放在了北京，回四川的次数更少了，我和他也已很久不见。可我相信，陈天星之所以能在他的演艺事业上不断高歌猛进，创造出一个个在我看来简直算得上是奇迹中的奇迹，除他辛勤付出的汗水和努力外，更加重要的是他的真诚和热情。

真诚地面对人生，热情地拥抱生活，我相信不管是谁，也不管还处在什么样的境遇，都将能够像陈天星那样，在追赶梦想的道路上留下一个个坚实的脚印，走出一段段美好的未来！

醉眼看世界
——致程伟

成都媒体圈中流传着这样一句话:"不认识'伟哥'就算不上是真正的媒体人!"这个"伟哥",便是程伟。程伟的神通可见一斑。然而,我和程伟到底是如何认识的,如今却有两个完全不同的版本。

按照程伟的说法,他第一次见到我是在20世纪90年代。那时候,他是成都一家青年报的记者,我去投稿,便有了一面之缘。而且,他还帮我复印过稿件,讨要过稿费。可这些事,我竟然一点印象都没有。

在我的印象中,认识程伟是和姜锋大哥有很大关系。2005年八九月间,我和张陶有一天去华西都市报特稿部找姜明谈完稿子刚走出报社大门,便遇上了姜锋大哥。我和姜锋大哥接触不多,所以这天在报社门口偶遇,闲聊几句后,完全没想到他竟然要请我们吃饭。我很意外,本想拒绝,可姜锋大哥说:"你和姜明是好兄弟,自然也是我的好兄弟,当大哥的请你们吃顿饭又是多大的事呢?"随后,他便把我们带到报社旁边的一家餐厅里,我这才注意到和姜锋大哥同行的还有一位中年男人。

落座后,姜锋大哥才介绍说他叫程伟。小眼睛,卷头发,便是程伟给我留下的第一印象。不过，究竟我的记忆有误还是他的说法有错，已经无关紧要了。认识他也算是我人生中的一件幸事。程伟的古道热肠在成都媒体圈早已是人人皆知——不管谁遇上了什么难事，只要找他帮忙，他准会竭尽全力。

程伟的这个性格，我体会尤深。

记得是认识程伟后不久，有一天在大街上遇见他，他二话不说把我拉进了路边的餐馆坐下，说："我可不像锋哥那样阔绰，我只能请你吃苍蝇馆子。"然后便嘘寒问暖。

老实说，上次见面，虽说认识了，但并没有太多交谈，我对他也还不很了解，突然见他像相交多年的老朋友那样关心我，我既感动，又有几分诧异，不知道应该如何回答他，便随口说："还行吧，写特稿也能挣一些钱。""那残联会不会给你点补贴呢？"见我摇头，程伟有些气恼："怎么会呢？你这样的身体，残联应该有补贴呀！"

"可能是因为我还能挣几个钱吧。"谁知道程伟听后更加生气："能不能挣到钱是你的事，但国家的福利还是应该享受的。"程伟马上打了一通电话，然后说："我记得你住武侯区吧？我刚才给武侯区新闻中心的朋友说了你的情况，他会帮你。"

几天后，我果然接到武侯区新闻中心彭文春打来的电话，说他已经敦促区残联尽快为我落实"残疾人专项补贴"。尽管那时候这项补贴每月只有50元，但程伟雷厉风行，想办法帮我争取到，足以看出他的热心肠。

从此以后，我和程伟的接触日渐增多。

程伟是"60后"，比我大两岁，今年正好五十。按说，他身体健康，品行又好，朋友也多，正是干出一番事业的黄金年

龄。然而,这几年,每次看见他,我越来越担心。

程伟好酒,这一点在成都的媒体圈也同样有名——如果有一天发现这个家伙竟然没有喝酒,或者说没把自己灌得醉醺醺的,一定会是媒体圈内的头号新闻!尽管在我看来,程伟完全可以少喝点酒,但他却常常是"烹羊宰牛且为乐,会须一饮三百杯"。

我不喜欢程伟成天喝酒,更不喜欢他一天到晚把自己灌得醉醺醺的。不是害怕他酒后乱来,惹出祸事,而是因为他年现在的身体不能和年轻人相比。可他还是成天被酒精控制,我自然很担心他的健康被酒精毁掉。周围的朋友也纷纷劝程伟少喝点酒,劝他就算不为身体考虑也该为孩子着想。

程伟的儿子今年高考,未来的人生路上不仅需要父亲的陪伴,更需要有父亲的榜样……这样的道理,程伟应该是明白的。可我不知道,他为什么就是如此喜欢喝酒,如此喜欢把自己灌醉,难道真是所谓"醉眼看世界,世界更美丽"吗?这个问题,我始终没想通。所以,最近一年多,只要见到程伟,我便会说上他几句,有时候还会忍不住骂他一顿。好在这个家伙脾气好,一点不生气,说过骂过,他还是会每天悠然自得地沉醉在"与尔同销万古愁"的世界……

春节前,我到成都商报社看望杨力老师,刚上公交车就接到程伟打来的电话,问我在干什么。得知我正在去商报的路上,他便说他也正好在红星路,问我要不要见个面。听程伟的声音,口齿清楚,完全不像往日喝醉酒后那样含含糊糊,我便答应了。于是,上午十点多钟,我和程伟在成都商报社底楼大厅见面了。杨力老师还没到,我们便坐在一楼大厅一边等一边聊天。

刚聊了一会儿,有位白发老者走进大厅,我和程伟最初也没在意。可几分钟后,老者竟走过来问我和程伟:"农村报是在这里吗?"老者嘴里所说的"农村报",显然就是指如今姜明做总编辑的《四川农村日报》,我急忙用手指着大厅外马路对面的一栋大楼回答:"'农村报'在四川日报报业大厦里面。"可老者听后连连摇头:"我才去过,他们叫我到这里问问。"

我一下子糊涂了。据我所知,成都商报社所在的这栋大楼里,并没有什么"农村报"呀。看见我一脸困惑,程伟又问老者:"你是找农村报社还是要找农村报的哪个人?"老者听后用手拍拍头回答:"我是要找过去在农村报工作的一位老师。"接着,他又说他要找的这个人是20世纪六七十年代农村报的一位编辑,因为这位编辑发过他的很多稿件,所以老者一直很感激,这次是专程从外地赶来希望能见上一面。按照这样的说法,老者所要找的人在年龄上少说也应该有八十多岁,早已经退休,我和程伟便建议他再去川报集团的退休处打听打听。但老者还是一个劲摇头:"我去了,人家说没有这个人,才叫我到这里问问。"

原来如此,怪不得老者一走进大厅就询问农村报。可既然这样,我也不知道应该如何帮他了。而这时候,程伟又问老者他要找的人叫什么名字,然后便低下头在手机上一阵摆弄。我也不知道程伟到底在做什么,便只好对老者说:"几十年了,您要找到这个人,可能会很难。"就在我和老者有一句没一句说着话时,程伟突然抬起头来:"找到了!我找到老伯要找的人了!"

程伟激动的声音把我吓了一跳,不明白他怎么在手机上摆弄了一阵便找到了老者要寻找的那个人。我正纳闷,程伟用手

指着手机屏幕上出现的一张照片问老者:"您看看,要找的人是不是他?"老者看后,立即激动起来:"是他,就是他……真没想到过了这么多年,他的模样还是没有多大变化!"这时候,程伟才告诉老者,他要找的这个人早已经从当年的农村报调到了一家杂志社工作,退休前还是杂志社的副总编。

老者走后,我便对程伟竖起了大拇指:"可以呀,怪不得大家都叫你是新闻114,这样也能帮人家把人找到。"

事实上,见证程伟在找人上的奇事还不止这一件。

去年秋天,我出版了一本诗集,突然想起多年前在蜀报做特约记者时的同事杨晓康和薛志忠,就去找了程伟。听我说很想找到这两个同事,程伟一拍胸脯回答:"小事情,伟哥分分秒秒就能帮你把他们找出来。"尽管程伟后来把杨晓康和薛志忠的名片从微信上推送给我时,已经是十多天后的事情了,找人的过程看上去并不像他所说的那样简单和容易,但我还是大吃了一惊。毕竟这么多年过去,杨晓康早已不再从事新闻工作,去了云南定居;薛志忠也去了北京一家杂志驻西藏记者站任职,算起来我和他们都快二十年不见了……由此可见,程伟在成都新闻圈里的神通广大并非浪得虚名,他在找人上还真有两把刷子。

古时候,李白"斗酒诗百篇",成了美谈。程伟虽然没有李白那样的才气,但他能够醉酒而不改善良的品性,难道也就是郑板桥所说的"酒能乱性,佛家戒之;酒能养性,仙家饮之"吗?

程伟是一个好人,好人程伟却又偏偏嗜酒如命,难保不会成为巴蜀野史上又一个有趣的人物。

把日子过得像春天一样
——致史小娟

"把日子过得像春天一样/不管日子是从冬天的大雪开始/还是从秋天的果香走来/就算脚下满是泥泞,艰难地/走过生命的四季……"这是我曾经写下的一首诗——《把日子过得像春天一样》。每次读这首诗,我都会不由自主地想到多年前采访过的一个女孩。

做新闻二十多年,我采访了很多人,有成功的企业家、大老板,也有演艺界的明星大腕,但更多的还是生活在社会底层的普通人,我常会从这些普通人的命运中去获取生活的力量,从他们身上汲取前行的勇气。十多年前,我和搭档张陶在新都一家医院采访史小娟,这个当时不满十八岁的女孩,带给我的心灵震撼远远超过了我所采访过的很多所谓成功人士。

什么样的人生才算得上成功呢?在我看来,那就是把日子过得像春天一样的人生。毫无疑问,只是一名普通小学教师的史小娟便是拥有成功人生的人。

史小娟才出生几天便被亲生父母遗弃,养母在她几岁时因病去世,她和养父相依为命。身为民办教师的养父,在史小娟不满十岁时患上了骨结核瘫痪在床,后来不得不拄着板凳去镇上捡废品来供养这个没有血缘关系的女儿。养父的病情加重,

身上的褥疮让他一度生命垂危。史小娟四处借钱把养父送进医院，一次次用手帮养父抠出大便，六个月寸步不离地守候在医院里！

当时，周围很多人不理解史小娟的做法，认为既然医生都说没什么希望了，她又何必再花这样大的代价去救养父呢？可史小娟说："有爸爸，我才会有一个温暖的家。"

那时候，史小娟才十多岁，周围很多同龄人还在父母怀里撒娇，她却要用柔弱的双肩为奄奄一息的养父挡住病魔袭来的风霜雪雨！

那年夏天，她被评为新都县（今成都市新都区）"十大孝星"。我和张陶赶去采访，在医院简陋的病房里，见证了这个年轻女孩和养父之间浓浓的亲情。

老实说，自己做采访多年，很难再被采访对象的故事打动。但采访史小娟时，看见她在病房里悉心照顾养父，听着病友和护士们讲述她对养父所做的一切，我被震撼了。这篇稿子很快就在《华西都市报》上刊发了。

在我的众多特稿作品中，这算得上是较为成功的一篇。知音杂志社有一位编辑后来对我和张陶说，这样的稿子投给《知音》也一定能发，说不定还能拿个大奖，惋惜之情溢于言表。然而，我和张陶却没有因此而遗憾，在采访完史小娟后，我们便商量好，稿子发表后只要能够帮上史小娟和她的父亲就是最好的结果。

那时候，史小娟父亲的病情仍在恶化，医生把所有的药物和治疗方案都用上了，还是没有效果，史小娟为此心急如焚。我和张陶很希望写出来的稿子能快一些发表，说不定真有读者能够献出良方，挽救史小娟父亲的生命。

华西都市报在全国拥有几十家网络单位，读者面广，影响力大，发表速度比杂志快，我和张陶便决定把写好的稿件投给《华西都市报》。

果然没几天我们的稿子就在《华西都市报》上刊发了！广州的一位药品销售商看到后，给史小娟寄来了治疗褥疮的特效药，还写信说如果这种药对老人的病情有帮助，他会长期免费提供。史小娟的父亲用了这种药，身上的褥疮果真奇迹般好转，一个月后就康复出院！

秋高气爽的一天，我们去了史小娟的家。

史小娟的家在新都县军屯镇。她和父亲居住在几十年前修建的土坯房里，光线黯淡，简陋潮湿，史小娟常常把父亲抱到院子里晒太阳。如果不是亲眼所见，我怎么也不相信这个瘦小的女孩竟能把父亲抱起来。

史小娟说："没办法呀……家里没有其他人，我不做谁做呢？我总不能每次都去请邻居来帮我把爸爸抱出门吧。"

从史小娟的这句话中，我更明白了——当人生处于困境时，是奋力前行还是就此沉沦，常常在一念之间。

史小娟的脸上时刻挂满了笑容，一点不因家境的贫寒而自卑，这让我又想起了在医院采访时她说的话："有爸爸，我才会有一个温暖的家。"她和父亲有说有笑的样子，竟让我常常忘记他们是一对没有血缘关系的父女……

去年，我出版了诗集《彼岸花》，史小娟便在微信上祝贺我，还邀请我去她工作的学校为孩子们做演讲，我接受了。

尽管生活在同一座城市，我和史小娟见面的次数却并不多。只知道她已结婚，丈夫也是一名小学教师，而且还有了一个聪明、乖巧的女儿……人生，也就几十年，可在这样的几十

年里，有些人会把美好的生活越过越坏，有些人却能把并不太好的日子过得像春天一样。史小娟，就是后者。这个刚出生便被父母遗弃的女孩，走过了二十多年的风霜雪雨，她迎来像春天一样阳光灿烂的生活，作为当年第一个用特稿方式报道她的记者，我又何尝不为她感到欣慰和高兴呢？

这天演讲后，史小娟邀请我和同行的几个朋友去她家里做客，我于是在十多年后又一次来到她的家中。

和我记忆里完全不同，宽敞的农家小院里栽种着许多果树和花草，进门处还修建了鱼池和假山。一栋三层楼的房子，装饰得很温馨。作为这样一个家庭的女主人，谁会想到她曾经的命运是那样坎坷。然而，史小娟说，如今的生活虽然越来越好，可她依然有深深的遗憾，因为养父终究还是在几年前去世了。史小娟说，这么多年过去了，她始终不能忘记养父当年挂着板凳去镇上捡废品的身影，那个身影像一尊雕塑矗立在她的生命中。不管岁月如何流逝，时光还将过去多久，这个身影将永远陪伴她，温暖她……

史小娟说，她如今可以告慰九泉之下的父亲，她不仅把自己的日子过得越来越像春天，她还和亲生父母以及姐姐们有了联系，知道当年之所以会被家人抛弃是因为家里太穷，亲生父母也是为了让她能有一条生路。

事实上，史小娟每次谈及养父，眼中都会噙满泪水。我明白，对于这个女孩来说，养父不只是用残疾的身体为她支撑起了一片生命的晴天，也不只是教会了她如何做人，懂得感恩，更重要的是让她学会了宽容和原谅，知道了要珍惜人世间的亲情！不管这样的亲情有没有血缘，也不管是否遭遇了背叛和伤害……

十年相交,善心依然
——致刘燕

刘燕是一名小学女教师,多年前我们因史小娟而相识。

那时候,她俩是师范学校的同学,关系很好,情同姐妹。我们和史小娟熟悉后,便知道有刘燕这个人。史小娟说,刘燕很善良,常去家里帮她照顾瘫痪卧床的父亲。可真正让我认识刘燕,却是后来得知刘燕外婆的事。老人家八十多岁,还要照顾两个身有残疾的儿子。

作为残疾人,我明白家里有身体不好的儿女,父母肩上的担子会有多重,更何况是一位八十多岁的农村老人。于是,我和张陶商量后,决定去采访刘燕的外婆,希望写出来的报道能让更多的人关注老人的生活。

将这样的想法告诉史小娟后,我又害怕刘燕并不愿意让我们去她家里。毕竟两个舅舅都有残疾,外婆又年老体弱,这样的家境是不愿意让外人见到的。史小娟听了我的担心后说:"刘燕可不是那样的人。"虽然如此,我还是让史小娟先征求一下刘燕的意见。

很快,史小娟便捎来刘燕的回话,她一点不介意我们去她外婆家,还说到时候会陪我们一起去,并约我们先见见面。

周末,我们第一次见到了刘燕。

刘燕和史小娟一样，衣着朴素，特别爱笑，说话时的声音也很大，风风火火的样子，泼辣又干练。只是谈及外婆时，她的声音有些哽咽，她说："这辈子，外婆完全没过上什么好日子，到了这个年龄还要照顾两个舅舅，连一顿安稳的饭也没吃上。"

"刘燕的家也在农村，没条件把两个舅舅接去一起生活。"这时候，史小娟的话让我更加明白了这个家庭的难处，也更加懂得了这个年龄不大的女孩为什么一说到外婆便会眼圈泛红，她因自己没有能力照顾外婆而难受！

从刘燕身上，我看到了她和史小娟一样善良的品质，让我更加愿意用我的笔去帮助她和她的家人。

我和张陶原本打算下一个周末去刘燕的外婆家采访。可还没有等到那一天，华西都市报的编辑田海燕老师知道了这个选题后，让我和张陶抓紧时间去采访。这样，我们便决定提前去刘燕的外婆家。

刘燕很高兴，但她在电话上说："我这几天有课，可能不能陪你们去了。"我说："没关系，你只要把外婆家的地址发给我们就行。"第二天上午，我们坐车到了新繁镇，刘燕已经让她的母亲在车站等我们了。

刘燕外婆家的处境，用"一贫如洗"来形容一点不过分。然而，和贫穷的生活相比，让我们更为震撼的是，八十多岁的老人依然要用她年迈的身躯为残疾儿子支撑起这个风雨飘摇的家！采访中，老人说的最多的一句话是："往后，我要是死了，我的两个儿子怎么办？谁来管他们，照顾他们呀？"尽管刘燕的母亲说："妈，你放心，我们不会不管哥哥的。"可在刘燕的外婆看来，手足之情，又怎能比得上母爱呢？

在采访过程中，我们了解到，当地政府连低保也没有给他们办理。

刘燕的外婆对此倒没多少抱怨，她始终担心两个儿子的未来。

离开刘燕外婆家后，她的母亲才小声说："要是你们有办法去帮我的两个哥哥申请到低保就好了。"可我们不是报社的正式记者，也没办法去政府机关采访。这种苦衷，我们不便对刘燕的母亲讲。晚上，张陶给刘燕打了电话，把我们的苦衷告诉了她。

刘燕说母亲已给她打了电话，知道我们去外婆家采访的事，她再三表示感谢后，说道："舅舅的低保问题，我们都跑了好多次，人家说他们不符合条件……哎，这件事，你们不用太为难，有些情况我妈妈根本不懂。"

刘燕的话，更让我感到她是通情达理的人。不过，如果能通过一篇报道，帮助刘燕的舅舅把低保问题解决了，又何尝不是我们希望的结果呢？这篇特稿刊发后不久，刘燕打来电话说，两个舅舅的低保问题解决了！

后来一两年，我和刘燕一直保持着联系，春节时还会收到她温暖的祝福……然而，人生就是这样，有人会把生活过得像春天一样，也有人会从春天走向寒冬。就在和刘燕相识两年多后，我的母亲双目失明了，父亲也突然离世，接二连三的打击让我窒息。

在这样的日子里，我渐渐疏远了许多朋友，包括刘燕。

很多年来，在周围朋友们眼中，我还算得上是一个坚强的人了。可这种所谓的坚强背后，又会有谁知道我的茫然和无助？特别是2008年10月的一天，父亲在那个充满阳光的早上突

然撒手人寰，我对未来一片茫然，不知所措。父亲去世后的第二天，我在张陶的陪伴下去了殡仪馆，看见与我阴阳相隔的父亲一动不动躺在冰棺里，我哭了，那种撕心裂肺的恸哭，让张陶也瞬间泪流满面！

张陶说要通知更多朋友来参加我父亲的葬礼，被我拒绝了，我不希望让更多人看见我的脆弱和迷惘……

后来的许多年，我虽然还是会去采访和写稿，却和很多朋友失去了联系。毕竟，父亲去世后家里的经济支柱垮了，我不希望朋友们看见我的窘迫。2016年深秋的一天下午，张陶打来电话说，有一个朋友想来看我，我问是谁，张陶说是刘燕。

张陶在电话上告诉我，这么多年，刘燕其实一直在关注我，她也知道我父亲去世和母亲双目失明的事情，只是为了尊重我的想法，她才一直没来打扰我。而这一年，我用上了智能手机，看见我时常在微信朋友圈里发写的诗，她觉得我又从生活的泥潭里走了出来，这才让张陶给我打电话，希望来看看我……张陶的话，让我心生感激——认识刘燕的时间并不长，我原本以为她早已经把我忘记，怎么会想到她竟然一直还惦记着我，而且还不时通过张陶了解我的情况！

我想，作为朋友，能做到这样，也算是值了。

自那天在簇桥见面，又是一年多过去，我和刘燕的联系又渐渐多起来。只是，让我遗憾的是，她的外婆已去世了。对此，刘燕也很遗憾。她说外婆活了一辈子，也苦了一辈子，要是她能再多活上几年，自己一定会更好地孝敬她，可这个心愿终究是没有办法再实现了。

这一年多，刘燕曾一次次对我说："大哥，我们活着就应该努力让生活过得更好，也才是对那些离开了的亲人最好的安慰……"我明白,刘燕之所以这样说,完全是为了鼓励我。她知道,我的未来也许仍将面对风霜雪雨,所有的困境仍然需要我有足够的勇气去面对,去突破……

失联已久的兄弟
——致刘明

我和刘明转眼已有十多年不见了,一直记得这个曾经把我叫作"哥哥"的男孩。我相信,就算过去了这么多年,他定然也会记得我的。那几年他在成都求学、工作,我每次去看他,他像小弟弟一样向我敞开心扉,不管在学习、工作还是生活上有了什么困惑都会向我倾诉。

后来我的手机丢了,他的联系方式也随手机一并丢了,他又没到过我家,自然也就没办法再找到我。更糟糕的是,那时候他工作的公司搬迁到新都,我也没去过。

刘明曾多次对我说:"哥,我虽然在成都生活了好几年,但还是不习惯。和这里的人打交道真的很累。"2018年年初,干儿子周远明从西昌到成都打工,有一天也突然对我说了同样的话,竟让我又想起了十多年不见的刘明。

认识刘明,应该是2000年的秋天。那年的10月,我去达州采访一对蹬三轮车的夫妇。他们收养了一名弃婴,因不符合法定收养条件,一直没办法为孩子上户口。孩子已有五岁多,眼看上学将成为问题,他们便向媒体求助。夫妇俩文化不高,很多事说不清楚,便让我去问他们的儿子。

夫妇俩的儿子叫何天宾(印象中好像是这个名字),刚到成都上大学不久，我决定回成都找何天宾了解情况。

何天宾就读的学校是成都电子机械高等专科学校，简称电子高专，在西门汽车站附近，据说是陈毅元帅的母校。我在学校的图书馆采访了他。

采访的稿件很快在《成都商报》上刊发，我打算把报纸送一份给何天宾。

一个周末，我又去了电子高专。

何天宾没在寝室。寝室里只有一个男生，他个子不高，人很瘦，头发长，有些凌乱。他说他叫刘明，让我坐下来等何天宾。

在等待何天宾回来的时间里，我和刘明聊了起来。知道他是回族，老家在贵州山区，有个正上师范学校的弟弟。等了半个多小时也没见何天宾回来，我便从挎包里拿出刊登有何家报道的报纸，说："要不我不等他了，他回来你把这张报纸交给他就行了。"刘明爽快地答应了，并要送我下楼，我没有拒绝。下楼时，他用手搀扶我，我有些意外和不习惯，急忙说："不用，我能走。"可刘明还是执意要搀扶……那天我和刘明在电子高专的校园里转了很久，让我对这所学校有了更多的了解。

刘明有很浓的贵州口音，我说话又含糊不清，可第一次接触，我便能完全听懂他的话，他也能听懂我说的话，我们在交流上竟没有一点问题，想想也是很神奇。刘明在成都除了大学里的同学，几乎就没有朋友了，我便把当时使用的传呼机号告诉了他："往后有什么事就给我打传呼吧。"

刘明很激动，连连点头。后来他果然隔三岔五就给我打传呼，问我在做什么，也告诉我他在学校里的生活……

接下来两年多,我每次进城采访,或者去报社送完稿子,便会去找刘明和他一起吃顿饭,聊聊天,他也渐渐改口叫我"哥哥"。我去学校找他的次数多了,发现他在寝室里的处境似乎不太好。

一天中午,我刚走到寝室门口就听见他的叫声。我不明白发生了什么事,往门里一看,他的一个同学正在欺负他……寝室里的其他几个人则站在一旁看着,却没有一个人上前帮帮刘明。

这一幕,我想刘明是绝对不希望被我看到的,我便没有贸然进去。几分钟后,听动静刘明好像挣扎着摆脱了那个同学的控制,我才敲了敲寝室门,推开门,寝室里其他几个人把目光转向了门口。看见我,刘明的脸很红,他急忙用手理了理被人搞乱的头发,问我:"哥,你什么时候来的?"我说我刚到,装作什么也没看见。可这件事,却让我的心里不好受。

我猜想,这样的事在刘明身上也不大可能是头一次发生。这种猜想,不久后就被证实了。我有一次又去找刘明,他不在,何天宾便陪我到校园里走走。聊天时,我问何天宾:"你们寝室里的人是不是经常捉弄刘明?"何天宾这才说,刘明很老实,寝室里有几个人就喜欢有事没事拿他寻开心……何天宾的话让我对刘明的处境更多了几分担心。

好在刘明的心态不错,他一直没把同学的捉弄放在心上,并对我说:"哥,你放心吧,他们对我没什么恶意,就是喜欢拿我开开心。"

我曾一度认为,只要刘明能保持这种豁达的心态,那么在未来的人生道路上,不管遇上多少艰难困苦,他也可以用一颗平常心去面对,生活得从容不迫。然而,事情的发展却不像我想象中那样乐观。

大学毕业后，刘明应聘去了成都双流蛟龙港的一家公司，到这家公司工作的还有他的几个大学同学。

起初，我认为，那几个喜欢捉弄刘明的同学，同窗几年还是会有一些感情的。到了公司上班，如果有其他人欺负刘明，大学同学也一定会挺身而出帮助他。但我没想到，我在几个月后第一次去那家公司找刘明，有个大学同学竟满脸坏笑着说："刘明，你怎么没对你大哥说这几个月是怎么被人虐的呢？"

我不知道这个人所说的"虐"是什么含义，却看见刘明的神色一下子不自然起来，小声嘀咕了一句："哥，别听他瞎说，哪会有那样的事？"

我明白，男人都有自尊。

蛟龙港很远，去一次很不方便，我见到刘明的次数远远不如他在城里上大学时那样多。这样，又过了一年多，他打来电话对我说，他结婚了，妻子是老家的人，结婚后就跟着他到成都生活。

再后来，刘明有了一个女儿。

刘明的女儿，我一直没见过。满月时，他叫我去家里吃饭，我却因要到外地采访，没能前往。完全没想到就在刘明的女儿满月后不久，他工作的公司从蛟龙港搬迁到了新都大丰镇，我和他也就只见了一面。

那天，他进城办事，我也正好在城里，便约好在梁家巷见面。

他的头发更长，脸色也更憔悴了。我便想，大概是带孩子，事情多，更耗精力，这样的精神状况也正常。没想到，过去从不喝酒的刘明，这天中午却猛灌了两瓶啤酒，然后说：

"哥,我真没用呀,在外面被别人瞧不起,回到家……"

大学毕业几年了,我不知道他到底经历了什么,为什么会突然说出这样的话。我便打算找时间去一次大丰,和他好好聊一聊。然而,几天后,我的手机丢了,储存在手机里的电话号码也全都丢失了,刘明再也打不通我的手机。就这样,这个曾经叫我哥哥的贵州小伙子,从此在我的生活中消失了……

如今,十多年过去了,我不知道刘明还在不在成都。但不管怎么样,我心里始终牵挂着他。我知道,人们彼此相识,都有一段前生累世结下的缘分,不管这样的一段缘分,是深、是浅,又或是长、是短……

春天里的白衣天使
——致张玲

有句话说:"牙疼不是病,疼起来要人命。"可和结石的疼痛相比,也就是小巫见大巫了,那种撕心裂肺般的剧痛,真让我感到生不如死。毫不夸张地说,在去医院的路上,我甚至连死的念头都有了,尽管我自诩刚强。

对结石病,我并不陌生。多年前,和报社一位同事外出采访,这位老兄就患有尿结石,我还亲眼看见他排尿时排出过小石头,也没看出他有多痛苦。后来,张陶又因肾结石住进医院,我去看他时,他竟然一脸轻松地躺在病床上玩手机。只是,这次在医院,正好遇上有个小伙子被人送来,听见他的哀嚎声,我突然对这种病有了恐惧,便问张陶:"长了结石难道真会这样可怕吗?"张陶听后一脸苦笑说:"你是迟来了一步,要不是医生及时给我做了处理,还不知道我会被痛成什么样子呢。"

于是,我便在心里暗暗祷告,但愿这辈子不要患上这个病。人吃五谷生百病,谁又能预料呢?几天前,因小腹疼痛,我去一家大医院就诊,发现输尿管内有一小块结晶体,医生没做任何处理,只告诉我回家后多喝水多运动,说不定结石会排出来。

听医生这样说，我自然很高兴，谁不巴望着这样轻松就能把问题解决了呢？回到家，我拼命喝水，也尽可能多做运动，谁知道才过两天又发作了，痛得我面无血色，浑身大汗，家人急忙将我往医院送，并联系医院急诊科。

半个小时后，我被送到医院，急诊科的值班医生用最快速度为我办好入院手续，送入急诊室，有位年轻女医生随即对我的病情做了诊断。

我患有脑瘫，身体不受控制，平时就常会不由自主抖动，在这种剧烈疼痛下，身体的抖动就更厉害了。这几年年龄大了，去医院的次数也多起来。可每次去医院，我都有几分恐惧，不是担心会被查出患上什么大病，而是害怕做各种检查时身体抖动会引起医生的不耐烦。

这样的事，我并非没遇上过。有些医生见我是残疾人，敷衍几句就算了。所以，这天深夜去结石病医院，我也担心医生不会认真为我做诊断，可这样的担心很快就消除了。这位我后来才知道叫张玲的女医生一点没有因我身体的抖动而不耐烦。相反，详细询问了我的症状后，她还特意叮嘱护士，等一会儿给我打针和输液时要耐心点。张医生说："脑瘫病人小脑神经受了损伤，身体的抖动不受控制，所以要有充分的耐心帮助病人顺利接受治疗。"

躺在病床上，听见张医生这样说，我原本紧张的心竟一下子放松了，身体的抖动也没刚开始时那样厉害，护士给我打针和输液竟没一点感觉。可测量血压时又出现了状况，我的手臂抖动得没办法控制，护士用电子血压仪根本测不出我的血压，试了好几次也不行。张医生知道后，又赶来对护士说："要不就把老式血压仪拿来试试吧。"她扶住我的手说："不要紧张,很快就测好了。"

我很庆幸遇上这样一位善解人意的医生。在她的帮助下,护士果然用老式血压仪测出了我的血压,最终顺利完成了入院前的检查。

入院后,我很快接受了输液治疗,在输液的过程中不知不觉睡着了。一觉醒来,病房外天色已亮,张医生又安排我去做超声波检查,检查结果发现输尿管内的结石竟不见了!这种情况,连做检查的医生也感到奇怪,急忙取来几天前我在另一家医院所做的检查报告,反复比对后问我:"你输尿管里的结石是不是已经在排尿时排出去了?"我说不可能,头天晚上的疼痛哪像是排出了结石。"会不会是移动了位置?"我问道。医生回答说这样的可能性有,可问题是从检查的情况来看,我体内的肾积水很少,输尿管也没有自然扩张的迹象,并不符合存在结石的症状……这位医生的话让我一喜:难道结石真的排出去了?

我还是很忐忑。毕竟住院后,除输了几袋液体和打了一剂镇痛针外,张医生也没对我做其他治疗呀,石头怎么就会排出去了呢?拿着超声波的检查报告,我再去找张医生,她对这样的结果却一点不意外。张医生说,她在我输入的液体中就配有扩张输尿管的药物,我疼痛的部位很接近膀胱,表明石头移动后很接近排出的地方,扩张输尿管后也就很容易让它随尿液排出体外……

原来如此!听了张医生的解释,我如释重负,不用再受手术之苦了。

如今很多医院都是采用激光碎石,可这个方法对我却不适合,我的身体会抖动。如果石头还在体内,张医生说唯一的办

法还是做取石手术，虽然只是小手术，可对身体仍然会有一定损伤。张医生妙手回春，竟然只给我输了几袋液体就把体内的石头排出了！

不过，看见我激动起来，张医生又说："石头虽然有可能排出了，但你还是需要在医院住上几天，输点消炎液。"就这样，我住院三天，张医生几乎每天都会到病房询问我的情况，并在出院前一天又安排我做了CT检查。她对我说："你的身体不像其他人，要是石头没排出来再疼就会更恼火，做下CT会放心些，如果石头还在就尽快把它取出来，以绝后患。"

这次住院，张玲医生和众多护士让我看到了一群对工作负责、对病人热心的白衣天使，她们不仅在最短的时间里帮我解除了病痛，更让我在大自然的春天里，感受到了心灵的春天……

小圆桌传承的父爱
——致韩军

前几天和韩军聊天,他突然说:"老大,你的那张小圆桌我还一直放在家里。"我一愣,竟半天没回过神,心里却有了一种很温暖的感觉。

这张离开我差不多快三年的小圆桌,我以为早已不复存在,哪会想到还会被韩军保留下来?事实上,要不是妈妈的眼睛不好,这张小圆桌我原本是打算要一直留下,陪我一生的。

这张小圆桌,说起来它的年龄比我还要大,是爸爸和妈妈结婚时用捡来的木材做成的,也是我家的第一张饭桌。爸爸做小圆桌时,他断然不会想到的一件事是,十多年后小圆桌竟会成为儿子的写字桌,而且此后三十多年,它就一直陪伴着我,见证了我在写作上一步步艰难的跋涉。我所写下的每篇作品甚至每个字都是在小圆桌上完成的,我对小圆桌的感情非同一般。

然而,经历几十年的岁月后,小圆桌终究变得摇摇晃晃、破旧不堪了。再加上我写字时,需要把整个身体全都压在上面,方能够控制住身体的抖动。这样,这张几乎快要散架的小圆桌,更是不堪重负,妈妈便多次叫我换一张写字桌。

换张桌子很简单,可我写字时对桌子的高度是有要求的,

不能高也不能矮，要不我写字就会更加吃力。

记得20世纪90年代在蜀报时，有一天我去送稿子，有个记者让我在他的采访本上写几个字，结果我写得很艰难，写出来的字也很难辨认，他很吃惊地问我："你在家里写字，是不是有特殊的桌椅呢？"那时候，我的稿件还是用钢笔书写在稿笺纸上，字迹虽然算不上工整，可至少还看得清楚。那天我写的几个字却连看也看不清。这个记者因此才会有了这样的判断。

如今想起来，爸爸结婚时就做了一张后来适合我写字用的小圆桌，是否也是天意呢？

可这张桌子在爸爸去世几年后，也快垮掉了。买张新桌子并不难，如果不适合我写字，白花几个钱不要紧，我往后写作又该怎么办？

我家附近的街道上，有很多卖家具的小店，我也去问过，但老板们全都不愿意定做。有一天去张陶家，突然看见小区门口有个家居店，我便问张陶，可不可以请家居店老板帮我做张桌子。话刚一出口，我又后悔了。张陶家在天府新区，离我家有二三十公里，谁愿意接这样一桩小生意？但张陶听后却回答："对呀，有个叫韩军的老板不错，我怎么没想到找他帮你做桌子呢？"

说着，张陶便停下车，从车窗里探出头大喊道："韩军，有个生意愿意做不？"我急忙纠正他："什么生意呀，就是请韩老板帮个忙。"韩军倒很爽快，满口答应，说找个时间去我家里量量桌子的高度。我说："我家没住这里，在簇桥，很远。"谁知道韩军竟回答："我知道簇桥，我外婆就住那里。"

做一张值不了多少钱的桌子让人家跑那么远，我有些过意不去:"这样吧,张陶经常去我家,下次去时把尺寸量量就行,我反正也不急着要。"听张陶也说"可以",韩军才同意了。几天后,张陶便到我家里量了小圆桌的高度。又是几天后,他就打电话说韩军已经帮我把桌子做好了!韩军能这样快做好桌子,我很意外;可更让我意外的是,张陶还说他第二天便把桌子送到家里!

张陶原本说,等韩军把桌子做好,他找个时间给我送来,哪知道韩军说张陶的车根本放不下新桌子,不如他用电动三轮车运过来更方便……我和韩军不熟,自然不愿意再麻烦他。韩军却说第二天正好要到篌桥的家具城进货,帮我送送桌子完全是举手之劳。就这样,第二天上午,韩军果然用一辆电动货运三轮车,把桌子送到了我家。

有了新桌子,小圆桌自然也就完成了它的历史使命。可三十多年相伴,上千万字的写作,让我对小圆桌有了很深的感情。甚至在我心里,小圆桌已成了父亲的化身——我在圆桌上写作时常会感到父亲还时刻站在一旁用他饱含父爱的目光看着我!正因为这样,对于已完成了历史使命的小圆桌,我仍然希望可以把它留下。但这个想法,我却不能说出来。妈妈几乎双目失明,留下小圆桌会很不安全。所以,韩军把新桌子送到家后,听妈妈说要让他帮忙把小圆桌处理掉,我没有阻拦。

看见韩军把那张陪伴了我几十年的小圆桌搬出家门,又搬上他的电动三轮车,我以为小圆桌会像所有废旧家具一样被处理掉,可根本没想到他会保留下来!

因为买桌子,我和韩军有了更多的接触,知道他初中没上完就外出打工,学过木匠,到上海的家具厂干过活。韩军的个子不高,也不是那种能说会道的人,在外面闯荡的那几年应该

也吃过不少苦、受过不少罪。可他却能在命运的旋涡中把握住人生的方向，生活一天比一天好，不仅有了贤惠的妻子和可爱的女儿，也有了一份属于自己的事业。韩军虽然不善高谈阔论，却对很多问题有自己的思考，而这样的思考，实际上也就是一个男人思想成熟的表现，和所谓的年龄、学识等毫无关系。

和韩军接触多了，我还发现他实际上很爱读书。

韩军在女儿几岁时就开始教她背诵唐诗宋词。我虽然对于这种过早让孩子背诵古诗词的做法并不赞同，但韩军教女儿背古诗词，常常让我很感动。毕竟当同龄人把美好时光用于学习知识时，韩军正在为生计奔波。如今，当多数同龄人又在用知识创造人生时，韩军却选择了用陪伴女儿成长的方式学习知识。韩军明白一个道理，父亲教女儿背诵古诗词，如果自己不能背诵、不能理解，那么女儿提出的问题他又将如何回答呢？

看见韩军教女儿背诵古诗词，我相信他对这些诗词也一定会有自己的理解和认识，尽管有可能算不上深刻，可至少在用这样一种方式陪伴女儿成长的同时，自己也在不断地提高和进步。

人们常说父爱如山，但什么样的父爱才称得上是如山的父爱呢？我想，在这个世界上，所有愿意为了孩子而去改变和奋斗的父亲，他们的父爱都是一座座屹立的大山。原因就是，这样的改变和奋斗，也会成为孩子们在成长路上的一种动力、一个榜样。我想，等到韩军的女儿长大后，她一定会因拥有这样的父亲、这样的父爱而庆幸和自豪！

无论怎样，我还是没想到他会把我的小圆桌保留下来。韩军说，他从张陶的讲述中知道我的经历后，便明白小圆桌在我生命中的特殊位置，因此就把它放在了家里。特别是发现小圆桌上有很多我写字时留下的痕迹，他更加明白我对这张桌子肯定有无法割舍的感情。这样的感情，随着时光的流逝，只会更深、更浓，于是决定留下小圆桌。

这件事已过去快三年，韩军从没向我提起，我多次去他家里也没发现。要不是前几天聊天，知道我要在他住的小区办一场读书分享会，讲到了我曾经在小圆桌上写字和写作的往事，韩军也许还不会说出这件事。韩军说，他原本打算等女儿长大上了中学，明白一些事理后，再让女儿看看小圆桌，告诉她曾经在这张桌子上发生的故事，以此激励女儿勇敢面对人生中的各种艰难际遇……

三年前，韩军的女儿还在上幼儿园，他便能够有这样一种意识，难道不是一种如山的父爱吗？而韩军保留下的小圆桌，也是一座如山父爱的化身，维系着我和父亲的血脉，更寄托着我对父亲的深深思念……

古庙里结下尘世缘
——致李庆

和李庆认识好几年了,但交往一直不多。他是一位单身父亲,既要忙工作,又要照顾年幼的儿子,自然不会有太多时间应酬,我和他见面的次数很少。

每月农历的初一和十五,我在离家不远的一座寺庙保准能见到李庆。

这座寺庙,过去叫"铁佛庵",如今叫"铁佛寺",是"川藏路上第一镇"簇桥的唯一一座寺庙。它始建于南宋时期,至今差不多有八九百年历史,过去叫"永兴庵"。后来几经战乱,虽然渐渐衰败,却依然保存了下来,足以证明这座寺庙顽强的生命力。

母亲是一位虔诚的香客,特别是退休后,每个月的农历初一和十五,她一定会和人结伴去铁佛庵烧香拜佛。我就是从母亲烧香回来一点一滴的讲述中知道这是一座香火很旺的寺庙。

成都有好几处在全国很有影响的佛教寺庙,如宝光寺、文殊院、昭觉寺等。我虽然不是佛教徒,但作为成都人,自然也去游览过多次。那些气势恢宏、庄严肃穆的庙堂,不仅让我印象深刻,更让我肃然起敬。那时候,每次听母亲说起簇桥镇上的这座铁佛庵是如何香客众多、香火旺盛,我也就把它想象得金碧辉煌。可当我第一次去铁佛庵时，它的破败和简陋顿时让我大失所望。后来的许多年，我就很少再去。

我真正去铁佛庵的次数多起来，应该是始于2008年。

那年秋天，农历九月十九是传说中观世音菩萨的生日，母亲虽然几近双目失明，却对这个日子记得格外清楚。一大早，她便叫父亲替她去寺庙上香。父亲原本是要搀扶母亲一起去的，母亲说什么也不肯，害怕眼睛不好到了寺庙里磕磕碰碰的，还会影响其他香客……后来，母亲曾多次对我说，父亲那天上午果然替她去了铁佛庵上香，住持释如松法师还拿了几个供果托父亲带回家让母亲吃。

如此，母亲认为，她的眼睛虽然不好，可往后有父亲代她去寺庙上香，大抵也不会有多大问题。但母亲哪里会想到，仅两天后，也就是那年农历九月二十一的早上，父亲陪母亲吃了早饭，仅一个多小时，他就在帮助母亲晾被子时突然倒地，竟从母亲的身边永远地离开了！

父亲的离世对母亲的打击很大。料理完父亲的后事，生活依然继续。可是，对于母亲，我知道她心里有了一个很难迈过去的坎，就是父亲走了往后谁替她去寺庙上香呢？我明白，母亲一生信佛，如果不能帮她迈过心理的这个坎，母亲也许就更没办法从失去父亲的悲伤中走出来。于是，那些日子，我多次安慰母亲说："爸爸不在了，还有我，往后就由我替你去庙里上香吧。"

从那时候开始，我去铁佛庵的次数渐渐多了。

上香的人，大多讲究"烧头香"，初一和十五的铁佛庵，常常一大早就挤满了人。我的身体不好，母亲怕我被人挤着，便叫我下午才去敬香。这样，我每次去铁佛庵都是下午一点多

钟。那时候，寺庙里的香客不多了，一些居士留下来帮着打扫卫生。我每次去都会看见一个小伙子，不是在扫地、擦拭香炉，就是在搬抬桌椅，冬天也会累得浑身大汗。

最初的一两年，我和小伙子没有任何交流，见面时仅仅点头微笑。有一天，又是去寺庙上香的日子，我还是照例替母亲去了铁佛庵。那天下午庵里人不多，很清静，我便打算找释如松法师聊上一聊，说不定会听到更多关于这座古寺的故事。

我在寺庙里转了一圈，没见到法师，却看见那个往常忙个不停的小伙子此时正坐在正殿上的一张木桌前摆弄他的手提电脑，我便上前询问他有没有看见法师。小伙子回答："法师今天很累，可能正在休息。"我道了谢转身要走，没想到小伙子却又叫住我："你来看看，这是我拍摄的寺庙照片。"说着，他把手提电脑的显示屏移了一移，让我看得更清楚。

小伙子的电脑上果然有很多寺庙照片，不全是铁佛庵，还有很多其他寺庙。我看得眼花缭乱，便和他摆谈起来，才知道他叫李庆，是一家商贸公司的老板。

李庆的这个身份，让我有些意外。

一两年来我多次在铁佛庵见到他，根本没看出这个年轻的小伙子竟然是老板！不过，知道了李庆的身份，倒让我心里的一个疑问有了答案——难怪他会有那么多时间可以自由支配，就算不是星期天和节假日，他也能在初一和十五到寺庙里帮忙。

由此，我感慨说："看来就算是烧香拜佛也需要像你这样有实力才行呀。"李庆听后也笑了，说："像你一样也行呀，做个自由撰稿人，不受管束。"

我大吃一惊，完全没想到他会知道我的事。每次去寺庙，我只会和释如松法师打打招呼，聊上几句，法师也不一定知道我在做什么。那么，李庆又是如何知道的呢？看见我满脸狐疑，他又开口说："我还知道你从没上过一天学，这么多年就靠自学写文章……"大概是看见我露出了更加惊讶的表情，李庆又解释道："我住的地方离你家原来住的地方不远。"我忙问："你住哪里？"他回答："太平园。"

原来如此。二十多年前，我每次去坐公交车，便要从所住的小区步行到太平园，而那个地方也住着很多我父母单位上的同事，难怪李庆会对我的情况如此熟悉。不过，我的头脑中很快又有了一个问题：李庆的年龄不大，二十多年前他说不定还没出生呀，又怎么知道我呢？这个问题我刚一说出，李庆便大笑起来："你看我才二十多岁呀？"见我点头，他笑得更加开心："我要真那么年轻就好了……杨哥，不瞒你说，我三十多岁，儿子都上小学了。"

从此以后，我每次去铁佛庵，只要见到李庆，便会和他聊上几句，知道他其实也过得并不容易。

李庆是单身父亲，离婚后独自抚养儿子，还要在外面打拼事业，这样的艰辛和忙碌，不是人人都理解的。李庆说，他常常在很累很烦的时候来寺庙里坐坐，或者默念一阵佛号，背上几段经文，让自己的心情平静下来……

对于佛教，因为父亲去世后我常去寺庙，也就有了更多的认识。和李庆聊天，谈及佛教，我也能说上几句。比如，我一直认为，天天仅仅是烧香拜佛并不能得到菩萨的保佑。因为释迦牟尼对世人的开示，便是为尘世间的众生指出了一条可以让生命从平凡步入崇高的道路，而从没说过只要天天拜他、敬他，就可以获得佛法的庇佑。这个看法，李庆很赞同。他说："我每月初一和十五来寺庙，并不是祈求得到菩萨的保佑，

而是初一和十五上香的人很多，需要有人来帮着师父们做做事。"

李庆还对我说起他的一段经历——

几年前，李庆刚离婚，儿子又还小，便想多挣几个钱，听朋友的建议去西藏做生意，结果赔了不少钱。对此，李庆的总结是："如果菩萨真能保佑敬他、拜他的人，那么我信仰佛教这么久，为什么不保佑我在生意上顺顺当当、马到成功呢？"由此，李庆有了开悟，信仰也许可以帮助我们找到一条让生命走出泥潭的路，但这条路始终是需要我们自己一步步去走……

我始终相信，人在创造美好生活的同时，更应该让生命的价值得到提升；如果不是这样，人生不管创造出多少财富也毫无意义！

相识几年，我和李庆的交流更多是在QQ和微信上。

能够相识，就是一种缘分，更何况和李庆的相识是在一座拥有几百年历史的古庙，自然更加弥足珍贵。而这份弥足珍贵的缘分，却是因父亲去世、母亲失明而结下的，算不算是冥冥之中自有天意呢？

地震后站起来的北川男人
——致王永胜

2011年，汶川地震三周年祭时，我和张陶、李强去北川采访，认识了有腿部残疾的王永胜，也开始了一段我在企业任职的经历。

那时王永胜三十多岁，地震前在北川已是小有名气的企业家。2008年5月12日，北川县召开青年创业者表彰大会，王永胜名列其中。谁知道在县城礼堂，王永胜刚走上颁奖台，地动山摇的大地震发生了，好在礼堂没被完全震垮，他逃过一劫。

王永胜的腿从小有残疾，吃过不少苦，受过不少累。后来考上绵阳一所医科学校，毕业后就做药品销售，硬是一步一个脚印挣下了上千万元的资产。那天下午，突如其来的大地震，竟在王永胜人生最风光的时刻又把他多年的奋斗成果全部毁于一旦——当这个瘸腿男人赶回公司，看见整栋大楼全垮了，多名员工不知下落……

我和张陶、李强之所以会去北川采访王永胜，是他在地震后又成立了一家新公司，带领公司员工二次创业，在家乡种植金银花。地震三年后，王永胜的新公司在新北川再次崛起……

在北川，地震后创业的人不少，包括很多残疾人。然而，

像王永胜这样地震前就是企业家,地震后又从头再来的创业者却不多,这从新闻报道的角度来看,自然可吸引媒体的关注。相比其他记者的采访,我的采访让王永胜印象深刻。不管前去采访他的记者有多少,他又什么时候见过与他同样身体有残疾的记者呢?那天的采访进行得格外顺利,王永胜说他把很多从没对记者说过的事都对我们说了……

王永胜的这篇报道很快被刊发在了《华西都市报·纪念汶川地震三周年特别报道》的特稿版上,成为关于王永胜的众多报道中最全面、最有深度的一篇。

从成都到北川,差不多有两百公里,是不大可能专门又跑上一趟把刊登有这篇报道的报纸给王永胜送去的。但那一次,我和张陶、李强专程把那份报纸给王永胜送去了!张陶说:"北川是地震的重灾区,把报纸给他送去也算是对他的支持吧。"

那是一个周末,太阳很大,天气很热,我们中午赶到了北川,王永胜见到我们既意外又感动,拿着报纸连声说:"真没想到你们会专程给我送来报纸……"王永胜说,采访他的记者几年来有很多,但从没有记者专程为他送去样报。甚至有记者采访时说好要把刊发了稿件的报纸寄给他,可走后便再也联系不上了,后来他还是上网才查到了这些报道。

正因如此,我们冒着酷暑赶到北川为他送去一份报纸,令王永胜非常感动,挽留我们在新北川玩上一天。那天下午,在王永胜的陪伴下,我们游览了这座地震后才建成的新县城……晚上吃饭时,聊到短短三年创办新公司的过程,王永胜感慨地说:"如今做公司太难了,竞争的压力太大,我又不善于宣传……"

王永胜的神情有些落寞。没想到，张陶听后竟说了一句让我很意外的话："杨老师做了十多年新闻，在宣传上很有办法，不如请杨老师帮你做企业宣传吧。"我急忙摇头："不行不行，我就会写写稿子，哪里懂得做企业宣传？"可张陶的话让王永胜眼睛一亮："对呀，杨老师，你来帮帮我吧，我成立一个企划部，你来做企划部主任。"

我还是一个劲摇头："不行呀……我在成都，又不可能到北川上班，怎么可能做你的企划部主任呢？"但王永胜说，我不用到公司上班，只要在公司有活动时做做企划方案就行。

"对呀，现在的网络很发达，很多工作在家里就能完成。"李强也很赞同这个建议，我没好气地说："张陶出了个馊主意，你怎么也跟着起哄，不是叫我骑虎难下吗？"李强笑着回答："骑虎难下就不下，我不觉得这个建议是馊主意。"

汶川地震发生在我所生活的这片土地上，地震发生后，全国乃至全世界的新闻记者纷纷赶往灾区，我的好朋友姜明还写下了很多新闻体的地震诗歌，可我却一次也没到过真正的灾区。尽管那些日子里，我和张陶、李强也奔波在成都的各大医院，采访了很多地震伤员，还目睹了温家宝总理风尘仆仆赶到华西医院看望和慰问地震伤员的一幕，可没能去灾区采访却始终是我心里的遗憾。这样的遗憾，我也多次对李强和张陶说过。张陶之所以会向王永胜提出这个建议，是不是也有这个原因呢？我也就没再拒绝。如果真能为这家公司做点事，也算是弥补了我心里的遗憾。

接下来的一年多，我帮助王永胜实现了公司的现代化管理，建立起了合理的人才竞争机制，张陶和李强还帮助公司的产品成功进入主流销售市场……这年秋天，成都举行西部博览

会，我又在四川经济日报社以最优惠的价格，帮公司拿到一个整版的广告版面，并和李强一起策划、撰写广告文案。其中的一篇短文《前世今生金银花》至今在百度上仍会时常被人搜索、引用，成为介绍羌缘红公司的经典之作……

2011年年底，公司成立三周年之际，我策划了"我与羌缘红"征文活动，香港和澳门等地区也有作者寄来稿件，极大地提升了公司的知名度。对此，王永胜赞不绝口。

原本做得有声有色的征文活动，最后却差一点"阴沟里翻船"，闹出笑话。

按照公司原来的安排，2012年1月公司成立三周年庆典活动上就要公布征文的获奖名单。可我头一天赶到北川，却发现公司还没有组织相关人士对应征文稿进行评审，所有来稿还堆在王永胜的办公桌上！

看见我一脸愕然，王永胜解释说他原本打算邀请北川县的有关领导和文学艺术工作者组成评委会，但后来由于筹备庆典活动的事情太多，就把这件事全忘了！话虽如此，可庆典活动上要是不能按时公布征文的获奖名单，不仅会显得很不负责，还会引来人们的猜疑，把一件好事办成了坏事。而这种后果，王永胜听我说后急得像热锅上的蚂蚁。无奈之下，我只好对他说："评审稿件的事就交给我做吧……"当天下午和晚上，我、张陶和李强三个人硬是把所有稿件认真看了一遍，投票评出了一、二、三等奖！

张陶是成都市作家协会会员，李强当时是四川经济日报社实习记者，再加上我这个省作协会员，用这样的身份评审征文稿件也算是合格吧？获奖名单公布后，获得了各方人士的一致认可。

而这件事算得上是我在羌缘红公司做得最出彩的一件事。公司副总、全国抗震模范李自学多次对人说："别看杨嘉利身体有残疾，可他做事很有魄力，我很看得上。"

这次庆典活动后不久，我便辞去了羌缘红公司的一切工作。

今年是汶川地震十周年，屈指算来我和王永胜也相识七年多了，近几年联系甚少。真想知道这位和我一样身有残疾的创业者，他的生活和他创办的公司都还好吗？

只因儿子而改变
——致罗朝山

　　罗朝山是一个小老板，在成都做装饰工程，认识他是因我的诗集《彼岸花》。

　　罗朝山的家在天府新区，我的搭档张陶便在他居住的小区做管理工作，和这个热心公益的小老板有过交道——罗朝山的公司虽然不大，但每逢过年过节他都会自掏腰包买上一些米和油去慰问小区里的贫困户，我也因此理解了为什么他看到张陶发在微信圈上那些有关《彼岸花》的活动后，会主动找到张陶提出想要参加这样的活动。

　　第一次见到罗朝山，是2017年11月的一个周末。

　　那天，我去新都一所大学做演讲，张陶头天晚上打来电话说，小区有个居民也想去听我的演讲。这样，第二天上午，他开车来接我时，车上果然就坐着一个个头不高、留着平头的中年男人。张陶介绍说，他叫罗朝山。

　　一路上，我和罗朝山的交流不多，毕竟下午就要演讲，我还需要在头脑中对演讲的内容进行梳理，打算等演讲完后再和这个刚认识的朋友交谈。

　　突然在微信上看见罗朝山转给我五千元钱，我一下子懵了，不明白他这样做是什么意思，便立即问他："罗总，你这是做什么，为什么要给我转这么多钱？"罗朝山回答："杨老师，转给你这笔钱，是我想购买两百册《彼岸花》。"

原来是这样。但我听张陶说过，罗朝山的公司不大，也就只有十多个员工，他买两百册诗集干什么？我正要询问，罗朝山又开口了："两百册书，你不用叫张书记送给我，我是买来赠送给史小娟和刘燕教书的那所小学的。"

史小娟和刘燕任教的学校在新都镇上，是乡村小学，很多学生在父母外出打工后就成了留守儿童，他们最大的问题是家庭教育的缺失。罗朝山在农村长大，对于这点深有体会，这或许也正是他要买这些书送给孩子们的原因。我很感动："这样吧，送孩子们的书，也算上我一份。"说完，我便打算退还他一半的书款。

罗朝山拦住我说："你退我我也不会收的。杨老师，你这样的身体，能写出这么好的书鼓励孩子们已经很不错了，怎么还能增加你在经济上的负担呢？听张书记说，你出版这本书花了不少钱呀！"我明白，我的演讲不仅要传递出什么叫坚强，更应该传递出什么叫人性的善良和美好……

演讲结束后，我和罗朝山进一步交流，知道了这个中年男人身上更多不为人知的往事。罗朝山说，他小时候家里很穷，常被人欺负，所以他从小便立下誓言，长大后要努力改变命运……上学后，老师和长辈们对他说，只有多读书往后才会有出息，他就拼命学习，幻想着有一天能考上大学走出农村。然而，初中才上了半年，父母便再也拿不出钱供他上学，他不得不外出打工。

"那时候年龄小，个子也小，不管做什么都会被人欺负，挨打挨骂是常有的事情，有时候连脑袋也会被人像皮球一样拍

来拍去……"说到这样的往事,罗朝山的声音低下去了,眼圈一红。好在如今,罗朝山在事业上也算小有成就,他接着说:"不管处境多难,也不管如何被别人欺负,我那时候就一次次在心里对自己说,这样的日子一定不会长久,我也一定不会一辈子被人踩在脚下!"

罗朝山经过多年打拼,终于走出了人生低谷,但他心里始终还是无法弥补当年失学太早的遗憾。张陶说:"不对呀,你简历上的学历不是大专吗?"罗朝山一脸苦笑:"那是我后来通过自考拿到的文凭……""初中才上半年,就能通过自考拿到大专文凭,更了不起呀。"罗朝山的话让我对他肃然起敬,可他还是一阵叹息:"杨大哥,你不知道初中没上完,始终是我一生很大的遗憾呀。"

罗朝山的感受,我能理解。就像我,尽管年近半百,但小时候没能走进学校大门的遗憾,不也一直纠结于心吗?

十多天后,史小娟任教的学校要举行赠书仪式,我自然邀请他一起参加,并希望他上台给孩子们讲讲他的故事。毕竟,罗朝山曾经在求学路上的遗憾,或许比我的经历更能触动这些孩子——他也在农村长大,和史小娟的这些学生自然有更多相似的地方。那么,用他的故事来告诉孩子们一些道理,或许会比我的讲述更容易让孩子们接受。

然而,罗朝山很坚决地拒绝了我的建议:"我这个人笨嘴笨舌,从没有在这样的场合讲过话,你叫我上台不是让我在孩子们面前出丑吗?"

罗朝山坚决不肯参加赠书仪式,我一时束手无策。还是张陶灵机一动:"捐书活动是在星期四,我要上班,不能开车送杨老师过去,你就代劳帮我送送杨老师吧。"

张陶的话果然让罗朝山不好推辞，他终于答应参加捐书仪式。

那天，罗朝山一早便开车来接我，我们在路上有了更多交谈。听罗朝山说，他的儿子上小学四年级了，他很少去参加儿子的家长会，他害怕在家长会上万一被老师叫到名字，不知道说什么。我听后不失时机地说："可儿子往后还要上初中、高中，你不能就一直不去参加他的家长会嘛。你是个老板，需要上台讲话的时候一定不少，更需要你在这方面有胆量和勇气。"

罗朝山挠挠头："这个问题，我也很清楚，可我就是不知道上了台怎么张嘴……""没事……你看我，说话不清楚，还是要上台演讲，相比之下你应该比我强多了。"就这样，在我的鼓励下，罗朝山有些跃跃欲试了。我又继续为他打气说："这样吧，你今天就上台讲几句，就算是给我做个伴儿。再说，儿子长大了，你也应该给他做榜样，让他看看爸爸这样的年龄一样要挑战自我……"

我不知道是不是因为这句话让罗朝山有了勇气，他在那天的捐书仪式上，果然和我一起走上演讲台，向孩子们讲起他多年的奋斗经历……

我说过："在这个世界上，所有愿意为了孩子而去改变和奋斗的父亲，就是一座屹立的大山。"这句话在罗朝山身上再次得到了证实。我不相信，我仅仅用了几句鼓励的话，便让罗朝山走上了演讲台，他的勇气很大程度上还是源于要给孩子做一个榜样，告诉儿子——人生中不管遇上多大的困难，都要有勇气去面对和克服！

这大概就是"言传不如身教"吧！

再过若干年，等儿子长大，当他知道不善言辞的父亲曾经为他第一次走上演讲台，也许在他心里便不只是收获感动这样简单了，而是拥有了支撑他在人生路上阔步向前的勇气和力量……

修鞋女和她的"汤姆叔叔"
——致张兰

少年时代,我读过美国小说《汤姆叔叔的小屋》,作者是斯托夫人,那时便对"汤姆叔叔"这个名字有了印象。没想到,十多年前在成都街头突然冒出了一家叫"汤姆叔叔"的修鞋店,同行的伙伴便打趣说:"看来成都真正快成为国际大都会了,连外国人都跑来修鞋了。"

修鞋这个行业在成都并不新鲜。

小时候,院子周围便有好几位修鞋师傅。这个算不上高大上的职业,从业者通常会被人叫作修鞋匠,多数为中年男人,挣不了多少钱,还成天坐在街边日晒雨淋,自然不会成为年轻人所向往的职业。所以,第一次在成都街头看见这样一家洋味十足的修鞋店,免不了会对装潢也很时尚的门店和摆放于门店外的那个外国老头雕塑多看几眼,并暗想:"这家修鞋店的收费一定不低吧?"

那时候我收入不高,自然不敢奢望什么高消费,完全没料到不久后的一天,我竟然也会去汤姆叔叔修鞋店修鞋。

记得那是一个下雨天,我和朋友外出办事,鞋子突然张开了嘴,很快就浸水了。那时正是数九寒天,顿时我的脚趾被冻僵了。朋友建议去买一双新鞋换上,看来也只好如此,可我却

舍不得扔掉那双旧鞋，打算拿回家找人修修。巧的是，商场鞋柜的对面就是"汤姆叔叔"修鞋店，朋友便说要不就去那家店修吧。我听后急忙摇头，说："外国人修鞋一定很贵，说不定修鞋的钱比买一双新鞋还多。"朋友在报社工作，他听后一愣，然后大笑说："谁告诉你这家修鞋店是外国人开的？"我用手一指招牌，振振有词："那不是外国人的名字吗？"

朋友笑得更厉害了："你真是个老土呀，难道中国人开店就不能取一个带洋味的名字？"

我一时语塞，愣了半天，随后才听朋友解释道，"汤姆叔叔"虽然看起来是一个国外品牌，修鞋店却是新津人引进开办的，几年来已经在成都开了好几家连锁店。

朋友之所以会对"汤姆叔叔"如此了解，原因是他曾采访过这家修鞋店的老板。有了这样的渊源，我不好再拒绝他的建议，便跟随他走进去。店里有三个年轻人正在忙碌，其中有个小伙子竟和我一样是脑瘫患者，我一下子对这家店有了几分亲近感。在我看来，能招聘残疾人的老板，一定是好心肠的老板，自然也值得我尊敬。就在我对店里的脑瘫小伙上下打量时，听见朋友询问另一个员工："张老板在不在？"员工回答说张老板有事刚走，但很快就会回来，请我们等等。

果然，不一会儿，有个个子不高却很干练的年轻女子走进店来，刚一进门就大声招呼朋友。朋友和她寒暄几句后，介绍我说："这是位残疾作家，今天上街鞋子坏了，张总你看能不能修修？"

我惊得目瞪口呆。

在我看来，朋友嘴里的张老板，应该是一个在街头摆摊多年，拥有丰富修鞋经验的中年男人，只因看准了市场变化，才会到城里开起了像咖啡馆一样的时尚修鞋店，根本没想到会是一位年轻女子。

尽管能在城市里寸土寸金的大商店开店，这个女子作为老板应该早已经不用再亲自动手为客人修鞋了，但我相信既然能够把这个不起眼的行当也做得风生水起，这个女子的修鞋手艺也一定不错，要不她怎么为企业掌舵呢？接下来的交谈便印证了我的判断。女老板叫张兰，家在新津农村，多年前曾看见有位老人靠修鞋挣钱养家糊口。后来，张兰考上大学，成为那个时代让人羡慕的天之骄子。大学毕业后，张兰原本可以找一份稳定的工作，但多年目睹这位老人在街头摆摊修鞋，她发现自己竟有了一种对这个职业割舍不下的感情，毅然提出要跟着老人学修鞋。

一个女大学生，放着端铁饭碗的机会不要，却要学修鞋，在周围人们看来简直匪夷所思。可张兰硬是坚持自己的选择，她在这一行一干十多年，还把不起眼的修鞋匠做成了时尚的"皮鞋美容师"……

修鞋店不是福利企业，享受不了相关的政策优惠。将残疾人安排到店里上班，难道不怕会影响企业的形象吗？针对我提出的问题，张兰回答说，残疾人也需要生存，只要不影响工作，又怎么会影响企业的形象呢？要知道和张兰的这次谈话，是发生在十多年前，那时候很多企业对残疾人还抱有或多或少的歧视，能像张兰这样平等地为残疾人提供就业岗位的企业家，在我周围还太少太少。

这次谈话让我对张兰有了更多认识。

张兰不仅在修鞋店安排了很多岗位给残疾人，还为残疾顾客推出了定制鞋子的服务。

　　前几年,有位上了财富榜的人士,因车祸双腿长短不一,四处定制鞋子,竟然没一家制鞋厂愿意接下他的订单。

　　一次,他到成都开会,在认识张兰后仅几天就实现了定制鞋子的愿望,此后他每年都要向"汤姆叔叔"定制七八双价格不菲的鞋子。

　　张兰说,到"汤姆叔叔"定制鞋子的残疾人,多数还是普通人,只能消费得起几百上千元一双的鞋子,企业难道能为了多获利润就将这样的特殊顾客拒之门外吗?张兰说,为赚钱而失去了社会担当的企业是可耻的。

　　在这样一种经营理念支撑下,张兰和她的"汤姆叔叔"在市场的风雨路上坚持走过了二十多年!

　　二十多年来,张兰曾目睹了太多企业的兴衰,可她和她的"汤姆叔叔"却依然屹立不倒——在财富上,张兰可能远远比不上很多人,但这点已不重要。重要的是,在张兰身上,始终有着对社会的担当和责任。

　　张兰的公司,我很多年没去过了。

　　2017年春节前,我因修鞋又去了"汤姆叔叔"修鞋店,依然看见有残疾员工在接待顾客,这么多年张兰依然没有改变她对社会的担当——也许,十多年的岁月已让张兰在容颜上改变了许多,然而只要这样一份对社会有所担当的精神还在,她和她的"汤姆叔叔"就一定充满了蓬勃向上的生命力!

"娱乐王子"的大爱情怀
——致王子豪

前几年,《中国达人秀》很火的时候,绵阳小伙安澜模仿美国黑人歌手迈克尔·杰克逊登上了这个舞台。当时,坐镇《中国达人秀》的评委是伊能静,她看完安澜的表演后,称赞他是翻唱MJ歌曲的中国第一人。

在绵阳的一家咖啡馆里,我和李强采访了安澜。

记得那是冬天的一个下午,他和他的未婚妻一起前来。他们的爱情经历了太多苦难,成为我和李强这次采访的主题。

安澜患有白癜风,他最初登台模仿迈克尔·杰克逊,除女友外,周围没有一个人看好;甚至连他和女友的爱情也得不到人们的祝福,女孩的父母更是竭力阻拦。他们的爱情从一开始就困难重重,前途未卜。

女友的坚持虽让安澜有了无穷动力,可一名皮肤病患者不管跳得多好,要想登上舞台一展才华绝对不是一件容易的事。不少演艺场所的老板,一看他的模样便将他拒之门外,根本不给他登台表演的机会。然而,安澜说,就在他在舞者这条路上快坚持不下去时,他遇上了王子豪,绵阳一家大型酒吧的老板。王子豪力排众议,邀请他前去表演,并在演出后将两百元钱塞到他的手中说:"脸上的缺陷并不能掩盖你的才华……兄

弟,柱哥的舞台永远有你的位置。"

说到王子豪,安澜的眼睛湿润了。他说,要不是遇上王子豪,他在这条路上也许真的坚持不下来,他和未婚妻的爱情也会面临更多的考验……

安澜并不知道,他一说出"王子豪"这个名字,我和李强便会心一笑。

几年前我们曾采访过这个艺名叫"小柱"的娱乐王子,当时我们还雄心勃勃地想和他一起办一本娱乐杂志!尽管这个美好的计划最终胎死腹中,但从另一个采访对象的口中听到这个名字,而且是充满感激,我和李强既意外又高兴。毕竟,安澜的话印证了王子豪助人为乐的品质,难怪他在绵阳的娱乐圈一直口碑不错。

采访王子豪其实很偶然。2010年夏天,绵阳中学有个学生高考考出了全省第一名的好成绩,我和李强专程赶去采访,打算写一篇高考状元的稿件。没想到那天下午到达绵阳中学找了很多人,见了很多老师,就是没见到那个学生。直到四点多钟才听说那个学生已回家了,而且他的家在四川的另一座城市,有一两百公里路程,我和李强只好放弃那次采访。

可从成都专程到绵阳,要是空手而回,我和李强又无论如何不甘心,我们便商量重新找一个采访题材。

那时候,特稿作家同拥军是绵阳一家媒体的社会新闻部主任,我和他常在网络上交流,算是很熟了,我便想找同大哥提供一些采访线索,李强也认为可以一试。我于是给同拥军打了电话。不巧的是,他那天正好去外地出差,不过他把原本要做的一个采访题材给了我们:

"嘉利,绵阳有个娱乐王子很不错,这几年开酒吧赚了很多钱，也帮助了很多家境贫穷上不起学的孩子，是一个很有写头的人物。"

　　同拥军还说，他之所以打算这个时候去写王子豪，是王子豪资助了好几年的一个农村孩子今年刚考上大学……听得出，同拥军对这个题材已关注很久，我和李强自然不能夺人所爱，便回答说："同大哥，还是你去做吧，你比我们更了解这个人。"

　　但同拥军却执意要让我和李强去做采访："我在绵阳可以做的题材还有很多……你来一次不容易，怎么能空手而回呢？"在同拥军的再三坚持下，我和李强便去了王子豪的酒吧。

　　王子豪的酒吧叫"佛罗伦萨"，在去酒吧的出租车上，出租车司机就对我们说："你们是去佛罗伦萨看表演吧？这家酒吧的表演真不错，没有什么乱七八糟的东西……"看来酒吧在老百姓中口碑不错，这对于酒吧这样的场所来说太不容易了。还未见到采访对象，我们对他的好感又多了几分。

　　对王子豪的采访，是在第二天上午进行的。

　　那天到达王子豪的酒吧时已是傍晚。他不在酒吧，工作人员便给了我们他的手机号。李强打过去，刚说几句话，连来意还没说清楚，对方就挂了电话。再打时，关机了。我有一丝不快，看来他不愿意接受采访。我便对李强说："他不愿意接受采访就算了，又不是非写他不可。"

　　李强说再等等，说不定是手机没电了呢。后来发生的事证明李强的判断是正确的，王子豪十多分钟后主动打来电话，向我们解释说他的手机刚才果然是没电了。

　　第二天的采访很顺利。王子豪讲了他是如何从农村的穷小

子一步步打拼成绵阳的"娱乐王子"的故事。有了一定经济基础后,他又资助了不少家境贫寒的孩子上学,原来他是一个有大爱情怀的男人!尽管采访王子豪之前,我还固执地认为娱乐圈是一个大染缸……然而,采访王子豪之后我的这种偏见彻底消除了。

那时候,娱乐报道很热,今天吹捧这个明星,明天又炒作那个演员。圈里圈外都很浮躁,很多年轻人盲目崇拜,以为进了演艺圈就名利双收。这样的风气实在令人担忧。

有一次,王子豪突发奇想,对我和李强、张陶说:"要不我们办一本杂志吧?嘉利做主编,小李和小张做助手,娱乐圈需要一本传递正能量的行业刊物。"

王子豪的话让我一下子激动起来,我热情地回应了他的这个想法。

那年夏天,我和李强、张陶很快忙碌起来,采稿、写稿、编排,仅用一个多月便做出了娱乐杂志的雏形。上面不仅有最新、最潮的娱乐资讯,还有文化阅读和文学作品,希望打造出一本具有文化品位的娱乐刊物。

王子豪也没闲着,开始积极运作,在他的办公室专门为我们准备了办公桌和电脑,准备要大干一场。万事俱备,只欠东风。杂志的刊号没申请到,连内部准印证也迟迟没拿到。

这年年底,王子豪才得知,他的酒吧没资格创办杂志,奔波数月的刊号申请被驳回了!

拿不到刊号,办杂志的想法自然没法实现,这成为我们深深的遗憾。然而,王子豪的大爱情怀却一直温暖着我们,温暖着他帮助过的每一个人……

"醉椒"演绎的人生
——致周朝刚

醉椒,顾名思义,是像酒一样让人吃了就醉的辣椒吗?作为活了大半辈子的地道四川人,我竟从没听说过有这样一种辣椒,而且产地就在离成都不远的金堂。

于是,那天晚上,我特意上网搜索了一下,还真有"醉椒"这种东西。点开后一看,原来并不是什么天然能让人吃了就醉的辣椒,而是指用酒浸泡之后的辣椒。可辣椒本身就具燥性,酒也是如此,两种燥性很大的食物在一起,燥性岂不是更大?我无论如何是不敢轻易去品尝的。

巧的是,金堂作协的李刚明先生发来微信,说发明醉椒的老板知道我的情况后,很想约我一聚,并品尝一下他用醉椒熬制的火锅。我一听,脑壳顿时大了:在我看来,"醉椒"本来就是很可怕的食物,熬制成火锅,别说去品尝,我就是听一听也被吓住了。

李刚明先生说,这个周姓老板在年龄上大抵和我差不多,也是一个很有故事的人,让我不妨去认识认识,交个朋友,说不定还能找到一些创作灵感。

我不好再拒绝,只好答应去见见这位叫周朝刚的老板。

周朝刚个子不高,留着平头,清瘦干练,看上去也就四十

出头。他的火锅店并没开在金堂县城,而是开在郊区农村,一家火锅农家乐!

老实说,农家乐去了不少,火锅农家乐我还是第一次去。周朝刚能把"火锅"移植进农家乐,也算一次创新吧。在接下来的交谈中得知,来他的农家乐吃上环保、健康的火锅还只是一个方面,客人还可以亲自参与醉椒的生产和加工,加深对醉椒的了解和认识。

原来如此!怪不得刚走进这家"快活林",便看见了"醉椒体验馆"几个大字,原来这才是他主打的一张牌。但我仍然不解,用酒泡制而成的醉椒,就算口感独特,可人们食用后上火难道不是大问题?

对我这个疑问,在参观一千多平方米的醉椒窖时,周朝刚回答道:"杨老师只知道辣椒和酒都容易上火,却不知道辣椒用酒泡制后燥性反而会大大降低,口感也更好。"真的吗?我半信半疑。周朝刚看出了我的疑问,便又介绍说,他用来泡制醉椒的并不是普通白酒,而是专门酿制的米酒和高粱酒,口感温和,也没有白酒那样大的燥性。辣椒浸泡至少一年半后,燥性也会大大降低,人们食用后不会上火,还可以开胃……

事实上,周朝刚从事餐饮行业近二十年,也挣下了不少钱,按理说能过上很好的生活,偏偏几年前做上醉椒后,他便像着了魔一样,仿佛这才找到了自己在人生中奋斗的方向和目标,就算后来妻子因此和他离婚,他也丝毫没有动摇……我不解:"你开餐馆挣了那么多钱,妻子为什么要和你离婚呢?"周朝刚苦笑一下:"她怕我把挣来的钱又全砸在醉椒的研制上。"

周朝刚说,醉椒还是他几岁的时候听爷爷讲故事听来的。

周朝刚的爷爷年轻时在船上工作，每次去打鱼时都会带上很多酒和蔬菜。为了不让带上船的蔬菜坏掉，船工们便把蔬菜放进酒坛保鲜。有一次，他们把辣椒放入酒坛后竟然忘记了，过了很长时间才发现酒坛里还有辣椒，捞起来后不仅一点没坏，味道还特别好。从此以后，爷爷说他们每次去打鱼时，便会用酒泡上很多新鲜的辣椒，醉椒这种美食由此而来……

前几年，周朝刚开餐饮店，看见厨师们做鱼时既要用酒又要用辣椒，他才突然想起多年前爷爷讲的醉椒的故事。他想：可不可以先把辣椒用酒浸泡一段时间后再用来做菜呢？

周朝刚立即着手醉椒的实验。

然而，这样的实验，不仅耗时，还要投入不少资金。妻子对此不满，认为他完全是用钱打水漂，后来就闹起了离婚。

周朝刚没有动摇，认定醉椒问世后一定会赢得市场……就这样，几年后，周朝刚的醉椒技术越来越成熟，味道越来越好。他又转向火锅，研制出了辣而不燥、回味悠长的全生态醉椒火锅，用农家乐的方式推出，让人们既能品尝到火锅的美味，又能亲自体验醉椒的制造和加工。短短一年多便食客如云，其中不乏从成都、绵阳专程而来的顾客。

在和周朝刚两个多小时的长聊中得知他过去是一个苦孩子，上完初中就在外打工，原本是学泥瓦工。十九岁时，金堂涨大水，家里的土坯房全都淹了，他就一个人用了三个月时间修建起了一栋三层楼的砖瓦房。从此后他就不想做这个行业，转而去卖水果，后来又开起了餐馆……听李刚明先生说，周朝刚是一个很有故事的人；而这样有故事的人生，让他在事业上更执着，更加义无反顾。经过几十年的打拼，周朝刚明白他这一生中最需要的是什么，应该去追求什么。

而在我看来，人活着只有明白了这样两个"什么"，才真正算得上是找到了奋斗的方向和目标。

李刚明先生说，如今在金堂，"周朝刚"这个名字也许没多少人知道，但说起"周醉椒"却无人不晓。周朝刚注册的"醉椒记"已成为金堂的驰名商标，他还立志用十年左右的时间让这个商标从金堂走向全国，让"金堂醉椒"成为又一个在全国叫得响的品牌。

当然，真正要做到这一步，周朝刚还有很长的一段路要走，还会遇上更多可知或不可知的困难。不过，对于这样一个有毅力、有担当，且目标清晰的人，这些困难又算得了什么？

"状元"奋斗路
——致熊运余

"只有奋斗的人生才称得上是幸福的人生。"我想,这一点,熊运余应该是深有体会吧?

2018年春节前,我去熊运余的公司参加年会。人不多,就六十多人,听他说还有像我这样的嘉宾和客户代表。这让我感慨万分,当年认识他的一幕又浮现在脑海中——

应该是1996年的9月吧,他刚考上四川大学,我也刚加入省作协,爱心杂志社的总编辑李胜俊叫我去做编辑,实际上更多时候是采写稿件。我去杂志社工作后不久,熊运余到了成都。

熊运余的家在广安农村,是个只有一条腿的男孩,参加高考时只有十七岁。可就是这样一个残疾男孩,竟然考出了全省残疾考生第一名的好成绩,如果放在今天,他被大学录取应该没有任何障碍。可是二十多年前残疾人上大学,难度之大是现在的人根本想象不到的。熊运余和父亲风尘仆仆赶到成都,在高校录取现场的望江宾馆门外守候了整整两天两夜。

那时候,省残联主管残疾人教育工作的负责人叫丁二中,也是一位残疾人,他多方协调,最终四川大学录取了熊运余。

我知道熊运余的名字时,他已去川大报到了。丁二中有一

天对我说,这个学生的情况很典型,做一篇人物通讯很不错,让我去采访他。

丁二中没有熊运余上大学后的联系方式,只知道他读的是计算机专业。我认为,能考上川大的残疾人不多,熊运余特殊的身体自然很容易让人记住。然而,到了川大校园,我才发现我的这个想法有多幼稚。我问了很多人,全都摇头说不认识,我在烈日下找了一个多小时,也没打听到熊运余的消息。我彻底泄气了,打算放弃,这时偏偏遇上了一名刚下课的大学生。

他反问了我一个问题:"这个人读的是什么专业呢?"听我说熊运余读的是计算机专业,他便回答说这个专业的大一男生好像全都住在同一栋楼,叫我去问问那栋楼的管理员。

要不怎么说"踏破铁鞋无觅处,得来全不费工夫"呢?我赶到那栋宿舍楼,向宿舍管理员说了熊运余的名字,可对方还是摇头说"不认识",并说要找人得知道这个人住哪间寝室,要不这么大一栋楼,那么多学生,去哪里找呢?我说熊运余是大一新生,她又回答:"那就更不好找了,大一学生全去军训了。"

我很沮丧。正要离开,转念又想:熊运余只有一条腿,怎么可能去军训?我便又对管理员大姐说:"他是一位残疾人,只有一条腿。"听了这句话,这位大姐立马说:"你原来是要找这个人呀。你等着,我去帮你叫。"

等了一会儿,我便看见熊运余从楼上下来。

熊运余很瘦,模样清秀,头发有些长,身上披了一件军训服,见到我后很热情。他说他其实是很想去参加军训的,可学校考虑到他的身体,不让他去。我说:"这才好呀,要不我今天可真要白跑了。"熊运余也笑了,说他这几天就一直窝在寝室里看小说……

熊运余很阳光，很健谈，采访过程自然很顺利，写的稿子很快在杂志上刊发了。

11月，成都已有几分寒意，我又去川大，打算把刚印出来的杂志带给熊运余。可还没走到宿舍楼，路过篮球场时，我便听见了他的声音。我一看，果然是熊运余正和同学在打篮球，他架着拐杖，竟一点不影响他奔跑和投篮，我看得目瞪口呆。看见我后，熊运余走过来说："杨哥，等我几分钟，这节比赛马上就完了。"后来，我才知道，熊运余上中学时就常打篮球。

那几年，我和熊运余见面的次数并不多，他忙于学习，我忙于工作。可每次见面，他给我的印象大多是"少年不识愁滋味"，好像从没有因为什么事而犯过愁。但事实上，我知道熊运余上高中时就曾遭受过很大的打击。

熊运余以前在广安一所重点中学上高中，成绩很好，他的梦想是要考上北大和清华这类全国一流大学。可刚上高三，班主任老师有一天找他谈话："以你的身体情况，高考时最好还是填报省内的学校，录取的希望更大。"老师虽是好意，但这样的建议让熊运余很受伤。毕竟，这个比别人少了一条腿的男孩才十六岁，他不明白自己能考出最好的成绩为什么就不能上最好的大学？后来几个月，熊运余便破罐子破摔，留长发，打游戏，完全成了叛逆少年模样。好在临近高考，熊运余猛然醒悟——就算不能上中国最好的大学，我也应该为自己的青春正名！于是在高考的最后时刻发起了冲刺……

熊运余曾多次说，正是高中时的那段经历，让他懂得了一个道理：只要不放弃，有什么挫折不可以战胜？上大学后，他

便一直保持这样的心态,乐观而积极地面对学习和生活。就算大学毕业时,熊运余在求职上又屡遭拒绝,可他依然用积极的方式思考着如何突破这些障碍,而不是怨天尤人。

熊运余读研究生后,很想安装义肢,这样至少能让他求职时在形象上和周围同学站在同样的起跑线上。可装义肢要花很多钱。这个家在农村的男孩,父母靠种田供他上大学已不容易了,哪还能拿出这么多钱给他安义肢?

于是,熊运余说,他打算借钱装义肢。

我当时认为熊运余勇气可嘉,便向李总编汇报了这件事,希望可以由杂志社出面和四川假肢厂沟通,看看能不能在价格上给予一些优惠。李总编爽快地同意了,最终帮熊运余用最少的钱安装上了义肢。我相信,不管高中时老师的话还是后来求职时的遭遇,都一定让他明白一个道理——人生,实际上就是一场奋斗;只有不断奋斗,很多美好的梦想才能成为现实,否则再美好的想法也只会是一句空谈。

熊运余如今已是川大讲师,家庭温馨,在周围很多人看来很不错了,又何必再劳心费力创业呢?但人生就是这样,不同的想法就会造就不同的格局,不同的人生格局也会拥有不一样的人生追求。尽管这几年我和他见面的次数少了,像过去那样交流的机会也更少了,但对于这个多年来一直在人生路上不断追求和拼搏的男人,我却始终怀有深深的敬意。

我们常说,人生很多时候就是逆水行舟,可"不进则退"的道理,却又不是每个人真正能懂的。

在公司的新春年会上,熊运余谈起往事仍然很感慨,对我说:"二十多年前来到成都,我也没想到能一步步走到今天。所以,杨哥呀,还是你说得对,只要努力就一定会赢来美好的未来。"这句话，是我曾经写在报道熊运余的那篇通讯上的，想不到他依然记得！

春节时，我从新闻上看到习近平主席的一句话："只有奋斗的人生才称得上幸福的人生。"我突然想到了熊运余。尽管二十多年转眼间就过去了，他也年近不惑。从相识时的青春少年，到如今的中年男人，好在匆匆逝去的时光带走了美好青春的同时，也留下了他奋斗的足迹。

至于未来，如果是一片美丽的天空，仍需要用强有力的翅膀去搏击；如果是一片辽阔的大地，更需要用踏实的脚步去丈量——或许，对于熊运余，这样的话语，与其说是对他未来人生的祝福，不如说是对他过去奋斗历程的真实记录。

用"状元"之名致敬青春
——致李强

十多年前,有个叫洪战辉的男孩带着妹妹上大学,曾感动了很多人,《中国男孩洪战辉》这本书更是销量达二百五十万册,成为当年图书市场上的奇迹。创造这个奇迹的人,便是知音杂志的编辑高汉武。

那时候,我也常给《知音》写稿,和高汉武很熟悉。

那年四五月,高汉武到成都组稿,约我和张陶见面,聊到洪战辉时他对我们说:"往后有这样的线索也可以做做,说不定能挖掘出又一个洪战辉来。"

高汉武的话让我和张陶热血沸腾。接下来我们就把采访重点放在了大学生身上。

这年高考后,成都媒体爆出一条新闻——成都十七中高考状元李强准备带着残疾的父母上大学!我看后顿时眼睛一亮:洪战辉带妹妹上大学都能感动中国,那么这个成都男孩即将带着残疾的父母上大学,说不定……这样想着,我便在QQ上和高汉武进行交流。高汉武也很看好这个题材,让我和张陶尽快安排采访。几经周折,我得到了李强家的住址,然后匆匆赶去。

这次采访很顺利,写稿也没费多大工夫。写好的稿件,高汉武看后也非常满意，认为很有希望把李强打造成第二个洪战辉式的新闻人物。可稿子最终却没能通过《知音》的老总那一关。

新闻特稿的时效性很强，过了人们关注的时间点，稿子再好也很难发表。采写李强的稿件就是这样——交给《知音》杂志后，按照高汉武的要求又修改了几次，再经过初审、复审，直到终审，来来回回耗费了二十多天，再投给其他刊物，竟然没有一家刊物采用。

当时，李强家的处境确实很困难。母亲从小双腿残疾不能行走，父亲又在他上初中时中风瘫痪，家里的大小事情几乎全要靠他支撑，一家人也只能靠低保金维持生活。对于这样一个家庭，最大的难处是李强上大学后生活不能自理的父母怎么办。正因为这样，李强才产生了带着父母上大学的念头。

张陶曾经也是贫困大学生，他知道贫困家庭学子的求学之路有多么艰难。采访李强后，张陶就提出要把挣到的稿费分一部分给李强。谁知道这篇原本不错的稿子，后来竟然没能发表，我们便不好再和李强联系了。

这是发生在2005年的事情。两年多过去，我以为我和这个瘦瘦高高的男孩不会再有任何接触和交集。可一件意想不到的事，又让我突然想起了曾经想带父母一起上大学的李强。

2007年夏天，没有双臂的熊仁汀大学毕业，有了创业的想法。而这时候，张陶大学毕业一年多，和我一起写特稿，但挣稿费不仅辛苦，也不稳定，他往后要想在城市里成家立业根本不可能，我因此也想帮他另谋生路。听了熊仁汀的想法，我便鼓动张陶和他一起创业。张陶并不积极，他说："我要是去做生意了，往后谁陪你做采访呢？"

是呀，几年来有张陶的陪伴，我在采访和写稿上更加得心应手。可这条路，毕竟不是张陶能走一辈子的路。"没事，我可以再找一个人做搭档。"张陶听后摇摇头，他担心再去找个人陪我采访，根本不可能很好地照顾我，他对我的了解甚至胜过了我的家人。我不仅行走困难，视力也越来越差，到晚上连看东西都会很吃力，经常需要他搀扶着我行走。那么，他不在身边，谁又能这样悉心地照顾我呢？

张陶不知道，他越这样说，我就越不能再留他在身边："不怕，慢慢熟悉后就会好起来。"我的坚持，让张陶终于同意和熊仁汀去华阳开面馆，但提出要先帮我把新的搭档物色好后再走。

为了让张陶安心去创业，我便对他说："要不再去找找李强，看看他愿不愿意和我一起做采访。"张陶听后眼睛一亮，认为是一个不错的建议："李强的父母都是残疾人，他要是愿意陪你做采访，不仅可以挣点钱，对你的照顾也会比其他人更细心。"然而，距上一次采访李强已过去了两年多，一直没有再联系，不知道他的处境如何，更不知道他对采访、写稿这样的事有什么想法。当初采访他的稿子又没发表，这时贸然去找他，他会不会不相信我了？

犹豫再三，我还是决定硬着头皮去试一试——如果李强同意和我一起做采访，张陶也就没有后顾之忧了。

这次去找李强，我特意叫上了熊仁汀。我的想法很简单，熊仁汀也有残疾，也是我曾经的采访对象，我写他的稿子是在很多家报刊上发表了的。李强要真对我的身份有什么怀疑，至少熊仁汀能证明我不是骗子吧？不过，见到李强后，他听了我的来意，很爽快地答应了，让我有些意外。但更让我意外的是，我这时候才知道李强最终上的是一所在成都并不算很好的大学！

要知道李强当年的高考成绩是566分，完全可以上一所很好的学校。后来交谈时，他才说这所学校的学费低，离家也近，坐公交车只有十多站。李强说，川大离他家虽然也很近，但学费高，大一新生又全都需要去双流校区上课，平时根本不可能回家。"虽然外公和外婆说他们可以帮我照顾爸爸妈妈，但外公和外婆毕竟是年近古稀的人，能帮助我照看家里，让我不用带着爸爸妈妈上大学就让我轻松了许多。要是平日里爸爸妈妈生病需要去医院，外公和外婆怎么有精力？我不能把照顾父母的责任全都推给他们。"

听了李强的话，再看看他瘫痪卧床的父母，我一下子明白，上一所不算很好的大学，并不是这个男孩的初衷，而是他无奈的选择……两年多不见，李强成熟了很多。

从这天开始，李强便在我的生活中扮演起了张陶曾经的角色，几乎每个周末都会和我一起奔波在采访路上，我和他也像当初和张陶一样渐渐成了兄弟，几天不见，便会打上一个电话，彼此牵挂……

从采访相识，到后来一起写特稿，很多往事还仿佛是发生在昨天，却转眼间十多年过去了，李强也从刚考上大学时留着一头长发的青涩男孩，变成了一岁多儿子的父亲。这种人生角色的转变，在我看来也会在他生命中沉淀下更多厚重的东西，比如对于未来的思考。这样的思考，是不是也将引领他的人生在未来十年、二十年，再次绽放出生命的光芒呢？

毕竟在父母双残、家境贫寒的过去，李强也能用"高考状元"的桂冠致敬他的青春和理想。如今做了父亲，李强为什么

就不可以再用更加优秀的人生来致敬"父亲"这个沉甸甸的称谓?

　　这在今天,或许还只是我对他美好的祝愿;但我相信,十多年兄弟般的交往,凭着这份深入骨髓的了解,这样的祝愿终究有一天会成为现实。因为,我相信,任何在逆境里成长起来的生命,未来定会拥有不可限量的空间和力量……

理想和现实之间
——致熊仁汀

十多年前,几个年轻人在华阳富民路上开了一家叫"营养彩面"的面馆,老板之一便是从小失去双臂的熊仁汀。

那年,熊仁汀大学毕业,在福利厂做业务员,他并不满足,很想干一番事业。熊仁汀的性格,我多少有些了解。他刚考上大学时,我曾去采访过他,后来有了很多接触,如同兄弟。

熊仁汀说,其实他上高中时就有了创业的想法,这么多年一直没有改变。尽管周围很多人并不支持,认为像他这样没有双手的人,能上大学,还有一份工作就很不错了,去创什么业,完全是瞎折腾。这样的看法,也不是没有道理,毕竟身体上的缺陷让我们从一开始就输在了人生的起跑线上。熊仁汀能奋力考上大学,有了工作,在人们眼中自然应该很满足了。

然而,人生就是这样,不同的思维方式决定了完全不同的人生。

对于熊仁汀,他在学习上超越了很多同龄人,这时,身体上的残疾在他眼里也就不再是一种障碍,反倒成了他前行的力量,也就更加渴望在事业上干出一番成绩。而我了解他,毫不犹豫地支持。再加上他的老班长、我的搭档张陶又有了相爱的

人,过不了多久就要谈婚论嫁,微薄的稿费收入又怎么支撑得起他婚后的生活?我决定拿出多年积攒下的稿费,和熊仁汀、张陶一起去华阳开面馆。

这次创业,不只是熊仁汀,对于我和张陶也都是第一次,虽然没有任何经验,但我们也做足了功课。比如项目选择上,决定开面馆就是因为投资不大,风险容易掌控;而且"彩面"的概念在当时很新,我们开的营养彩面馆在成都算得上是第一家,把蔬菜和水果打成汁后加以搅拌,天然的彩面在我们看来首先在观感上就能吸引很多食客。另外,店面选择在华阳的富民路上,则是因为距离华阳中学很近,而熊仁汀又是华阳中学的"名人",几乎每年新生入学时都会邀请他回母校做励志演讲,在学生中很有号召力。那么,用熊仁汀的号召力去打开这个拥有几千名学生的市场,是不是要容易些呢?

一番商议后,由熊仁汀挂帅的"营养彩面"馆便开张了。

面馆经营上,我完全插不上手。只是有时候,写完稿后,我会坐上公交车去华阳看看面馆的情况。而每次到面馆,熊仁汀都会让我很感动,他就像我写稿子一样,对工作上的每件事都很认真。彩面馆虽然请了厨师,很多事情还是需要我们做。熊仁汀每天不仅要负责收钱和记账,还要去采购原料。他常常忙至深夜,第二天清晨四五点钟就要起床去买菜。

记得第一次见他那么早去买菜,像其他人一样骑电动三轮车去,我怕路上出危险,便打算叫醒张陶陪他去。熊仁汀拦住我说:"让他多睡一会儿吧,张陶也累,从早忙到晚,站也够他站的。"

我知道熊仁汀从骨子里就从没有把自己看成残疾人,但我还从没见过他骑电动三轮车。那天早上,天还漆黑,我把他送出出租屋，看见他骑上电动三轮车，果然很顺畅地驶出了小区大门，我暗暗惊叹，还是为他捏了一把汗——万一在路上出了什么事怎么办？天亮后，熊仁汀还没回来，我便不安地问张陶："熊仁汀不会出什么事吧？"张陶倒一点不紧张："不会，他一定是先去店里了。"

果然，我和张陶到了彩面馆，熊仁汀已经在那里打扫卫生了。

这件事，让我对熊仁汀有了更多的认识。

在正常人眼中一个没有双手的人根本做不到的事，熊仁汀却都能做到，比如他能用筷子吃饭，还能帮我把菜夹到碗里……

即使这样，我还是没想到熊仁汀竟能骑电动三轮车！"这算什么，对他来说不过是小菜一碟，他还能骑自行车载人和穿针引线……"看见我对熊仁汀骑三轮车惊讶不已，张陶又补充道。但张陶并不知道，他越是说得轻描淡写，我就越感到震惊。

熊仁汀从不把自己看成残疾人，这样的性格曾经让他在学习上收获了成功，自然也能帮助他收获事业上的成功。虽然"营养彩面"馆在开业半年多以后由于多方面原因关门了，可我始终相信他并不会因这次失败而一蹶不振。

事实证明我的判断没有错。

熊仁汀去一家广告公司工作后，从最基层的库管员做起，几年后晋升为人力资源部主管，并成为公司的股东，进入监事会，在人生路上再一次奔跑向前……

转眼又是近十年过去，我和熊仁汀不能再像过去那样时常见面了。但只要有空，我们还是会聚聚，聊聊各自的生活，我

发现，他创业的梦想依然没变。

　　老实说，每次听熊仁汀这样说，我也会热血沸腾；但我更明白，他要去实现的这个理想，远远比他当年考大学要难上千万倍。有时候，我甚至想劝他，不要为了美好的理想而不顾现实，然而，这样的话，好几次到了嘴边，最终还是没说出来。

　　我很清楚，但凡能够在生活中自立自强的残疾人，都拥有美好而远大的理想。我又怎么忍心剥夺熊仁汀心里这种美好的理想呢？只是，前不久的一天，他突然找到我说，他打算从广告公司辞职，要自己去创业，我心里不由得一紧，为他的未来感到一丝担忧。

　　从我的角度看来，熊仁汀还是把创业看得太简单了。他眉飞色舞地说着对未来创业的美好憧憬，却对未来的风险一无所知，也不曾流露出任何防范风险的意识。由此，我心里的不安又多了几分。不过，想到多年前在华阳开面馆时他表现出的勤奋和踏实，我心里的不安又渐渐减少。因为我明白，只要有这样一股干劲，熊仁汀不管做什么，最终都能闯出一条路来，尽管这条路上布满荆棘……

携手前行兄弟情
——致张陶

张陶三十四岁了，有了两个可爱的儿子；我和他相识也刚好十四年，那时候他二十出头。前几天，我们聊天，他看着我突然说："老大，你的头发都快白完了，可我刚认识你时你还没几根白发呀。"

是呀，十四年，在人的生命中，这样的时光是一定会留下许多不能忘记的回忆的，就像我和张陶也在这样的十四年经历了许多难忘的事情。

认识张陶时，我正好是他如今的年龄，三十四岁。

那年6月，我应邀参加一个活动，便打算叫上熊仁汀。可晚上给他寝室打电话，他的同学说他回家了。熊仁汀没手机，连当时快被淘汰的传呼机也没有。好在他家住华阳，第二天我便坐车去华阳找他。刚到熊仁汀家附近的路口，下车后正要去打听他家住哪里，却接到了熊仁汀打来的电话。我哭笑不得，说："你要是早点给我打电话，我也不用跑这趟冤枉路了。"当知道我已到了他家附近，他却又说："我现在没在家呀，我在华阳街上卖报纸。"

我差点崩溃。好在熊仁汀接着说，华阳离他家不远，叫我在路口等着，他马上赶回来。二十分钟后，熊仁汀果然坐了一

辆"摩的"赶回来,同行的还有个高高瘦瘦、头发很长的小伙子,熊仁汀介绍说是他高中时的班长,叫张陶。

张陶的名字,我并不陌生。一年前熊仁汀考上大学,我去采访,他便多次提到张陶在学习和生活上对他的帮助,我对这个名字印象很深。说来也算是一种缘分,一年前采访熊仁汀的记者很多,不少记者也在报道中提到了他的这位班长,可名字全都误写成了"张涛",只有我正确地写出了"张陶"两个字。

那天,张陶没说多少话,他只是听我和熊仁汀摆谈。只是当我问熊仁汀"你怎么会去街上卖报纸",熊仁汀半天没回答时,张陶才对我道出实情:"他是去帮我挣学费。"

张陶的声音很平静,我却很震惊,我想象不出眼前这个阳光男孩到底遇上了什么事竟需要熊仁汀和他一起去街上卖报纸挣学费?看见我一脸困惑,张陶才解释说,他家很穷,大一学费还没缴清,老师便不让他参加期末考试……张陶上的是一所职业技术学院,在成都桂溪公交站附近,我此前根本没听说过这所学校,于是生气地说:"现在国家明确规定,不能让大学生因为贫困而失学,你们学校还这样做,真应该叫媒体曝曝光。"

熊仁汀听后连声说是个好主意。可张陶说,没缴清学费毕竟是事实,学校不让他参加考试也并非完全没道理。"只是我当时就对辅导员说,我就算卖血也要把学费挣出来。"高中三年,张陶一直照顾熊仁汀,他俩自然成了最铁的兄弟。发生了这样的事,张陶第一个想到可以倾诉的人就是熊仁汀了。而熊仁汀也非常看重他和张陶的友情,知道张陶遇上这种事后竟连课也不上就赶回华阳,决定和张陶一起卖报纸,希望能赶在9

月开学前挣够学费,好让张陶还有补考的机会……

听张陶讲述了事情的来龙去脉,我的心里很不平静。

几年前,我曾去重庆合川采访了两个高中生董镔和陈阳,他们的情况竟与熊仁汀和张陶相似,身体健康的陈阳一直照顾身有残疾的董镔。后来,陈阳患上白血病,董镔便坚持要把骨髓移植给他的这位好兄弟……当时做采访时,我便想这样真挚的同窗之情人世间还能有多少?想不到,几年后,我又一次遇上了!于是,我突然又想:往后可不可以叫张陶和我一起去做采访呢?他不仅能帮我做记录、拍照片,还能当我和采访对象之间的翻译,挣到稿费也一人一半,这样的收入总要比他去街上卖报纸挣得多呀……

很多年后,张陶常对周围的人说,我当时提出让他和我一起采写特稿,完全是为帮他挣钱上大学,可事实并不完全如此。因为,采写特稿,一是工作量很大,二是常常需要去外地,身体的残疾造成了我在行动上的诸多不便,采访时要是身边有个同伴,至少会让我的父母放心许多。而且,我说话含混不清,写字的速度也很慢,采访时不管与采访对象交谈还是做记录都很困难。有个搭档,我会轻松许多。正因为有这样的考虑,我当时才会毫不犹豫说出了这个想法。

张陶听后,还没回答,熊仁汀便抢先表示反对。理由是张陶正上大学,学好知识才是最重要的事,而采访要花很多时间和精力,万一影响了学习,很可能得不偿失。但在我看来,这个问题根本就不存在。首先,我会把采访时间尽可能安排在周末,完全不会影响张陶上课;其次,大学生,勤工俭学是很正常的事,为什么一定要把工作和学习对立起来呢?更何况就张陶的处境来看,挣钱也不是小事……张陶很赞成我的说法。这

年夏天，我们便搭档去采访了。

至今让我不能忘记的一件事是，那年中秋节的前几天，采访完后他送我回家，我母亲便拿出几个月饼让他带回学校吃。可一个星期后，我们再去采访时，我发现那几个月饼还放在他背包里！"你怎么没吃？月饼放久了会坏的。"听我这样说，张陶回答："你不是说这个星期采访完后要去我家里看看吗？我就想着把这几个月饼带回去让我爸爸妈妈尝一下，他们肯定舍不得买月饼的。"

不知道为什么，张陶的话让我一下子很难受；就在那一刻，我暗暗对自己说：一定要好好帮助张陶，帮他挣钱上完大学；因为只有上完了大学，张陶和他的爸爸妈妈才有可能过上更好的生活。

刚开始，张陶驾驭不了每篇几千甚至上万字的特稿写作，但他很努力，没多久便能写出一些短小的新闻稿，还担任了校报记者，多次被评为校报的"优秀记者"。

一次，我带他去见我写新闻的启蒙老师杨力，他走出杨老师的办公室后便对我说："我要是往后能有机会在杨老师的指导下学学新闻多好呀。"可我明白，张陶的这个心愿是很难实现的。毕竟那时候杨力老师已经是成都商报社的副总编，招聘的记者也几乎全都是人大、北大这样的名校毕业生，张陶可能连去实习的机会也没有。尽管如此，张陶采访的热情还是一点不减。

有一天，我们去华阳采访，采访对象不巧刚刚外出，家里人说他第二天才回来。因为是星期六，又在下雨，熊仁汀也正好回家了，我和张陶便决定去找熊仁汀，晚上也打算住在熊仁汀家。可天黑后，我们吃了饭正在聊天，采访对象却又打来电话说他回家了,而且第二天上午又要走,问我们可不可以立即去他家里。

我很犹豫,熊仁汀家到华阳有十多公里路程,晚上又不好坐车,再加上从熊家出来还有一条很长的田埂路,下雨后泥泞不堪,又湿又滑,我根本没办法行走。我担心要是摔上一跤,浑身是泥,就算能赶到华阳,又怎么去做采访呢?

张陶看出了我的心思,但他说:"找一个好题材不容易,不要错过。"说完,他便蹲下身,叫我趴到他的身上,他竟要背着我走!张陶虽然比我高很多,那时候却很瘦,而我又较胖,害怕会压着他。我连声拒绝:"不行不行,压伤了你的腰怎么办?"张陶说不会,他说他从小就做农活,农忙时背一两百斤谷子也没问题,怎会背不起我呢?"快上来吧,再拖延时间就更不好坐车了!"

终于,在张陶的坚持下,他硬是背着我走过了熊仁汀家外那条泥泞的田埂路……

这件事,如今已过去十多年了,我却时常想起。在过去几十年的人生中,我曾很踏实地趴过的背,除父母外也就是张陶的了。尽管相较于漫长的人生,张陶背着我走过的只是一段很短的路;然而我知道,当他蹲下身,让我趴在他的背上并用双手紧紧搂住我的腿时,人间最真挚的感情,穿越我们的身体,流淌在彼此心里。这份感情,不是血缘,不是亲情,却超越了血缘和亲情……

十多年过去,张陶如今已经很少再写特稿,也没能干上他曾经梦想和追求的记者职业,不过他在新的工作平台上依然和我保持着密切联系,我们也依然每天晚上都要打打电话,聊聊各自一天的工作和生活。让我颇感欣慰的是,如今张陶也到了

我当年和他初识的年龄,有了不错的事业。

对此,张陶却轻描淡写地说:"老大,你过去不是常对我说,我要有你十分之一的努力,我这辈子就会成功。"

原本只是一句打趣的话,想不到张陶竟然还一直记着!

只有在彼此前行的路上相互鼓励,共同进步,这样的兄弟情才会越来越深,最终酿成一坛人生的美酒,时间越长,味道越醇……

附录

奋斗，我的人生

◆杨嘉利

一

"只有奋斗的人生才称得上幸福的人生。"这是2018年新春团拜会上习近平主席献辞中的一句话。当听到这样一句掷地有声的话语，我不由感慨万千，心绪难平——刚刚走过的2017年，是我终生难忘的一年，距第一本诗集《青春雨季》二十四年，我出版了第二本个人诗集《彼岸花》！

这一年，我年近半百，头上也有了几许白发。在很多人看来，我从事写作三十多年，二十三岁出版了一本叫《青春雨季》的诗集，这么多年后才有了第二本作品问世，实在不值得炫耀。毕竟，这二十多年，正是中国改革开放、迅猛发展的时代，经济日新月异，文艺空前繁荣，我却在创作上长久地沉寂了，似乎完全没有跟上时代的步伐。作为一名身体上严重残疾的脑瘫患者，从小失去上学机会，完全靠自学走上文学创作这条路，还很幸运地成为当年成都市政府设立的最高文学奖——"金芙蓉文学奖"——最年轻的获奖者，我依然面临一个很严峻的问题——我将如何才能真正做到自食其力？要知道在那个年代，稿费普遍不多，诗歌的稿费更少，要想靠写诗挣钱养活

自己完全没有可能。

那么,面对这样的现实,我又将何去何从?

有一些钟声,敲响在所有的钟声之外
有一些花朵,开放在所有的阳光之外
有一些记忆,深藏在所有的生命之外
有一些泪水,流淌在所有的心灵之外
有一些脚步,跋涉在所有的道路之外
…………

这是我当时写下的一首短诗。迷茫与困惑,不甘与挣扎,应该是二十四岁的我面对生活的真实写照。因为,这个年龄的我,无论如何不再甘心还要靠家人养活。虽然父母多次说,我一分钱不挣他们也会养我一辈子。

父母的这种想法,也许在我还很小的时候就有了吧。毕竟,我不仅说话不清,走路一瘸一拐,双手也有很严重的残疾,这样的身体长大后要找一份工作谈何容易?特别是从我七岁开始,爸爸连续五年送我去工厂的子弟学校报名,结果每次老师们都会用同样一句话来打发我:"明年再来报名吧……"最终,我的同龄人上中学了,我还是被学校拒之门外,也最终失去了上学的机会。

这便是我人生的开始,更是我需要面对的命运——身体上有残疾,还不能上学读书,谁相信这样一个人长大后能挣钱养活自己呢?正因为这样,四十多年后,听见习近平主席用洪亮的声音说,"只有奋斗的人生才称得上幸福的人生",我才更加感激自己生活在一个可以用奋斗来改变人生和命运的时代,而这个时代也正是中国改革开放的四十年！

我常想，如果不是有幸赶上了国家的改革开放，如果不是有幸生活在这样一个伟大的时代，那么我的人生将会是什么模样？尽管，以我的性格，我还是会努力奋斗，但这样的奋斗，如果不是植根于一个伟大的时代，又能在多大程度上改变一个人的命运呢？

二

记得我是在二十四岁时获得了成都市政府设立的最高文学奖，但我的身体还是让我没有办法获得一份稳定的工作，拥有一份稳定的收入。

但也就是在那一年，成都新办的报纸如雨后春笋，我意外地找到了可以发挥才华的舞台，我由此从文学创作转向了新闻写作，开始了自己的媒体人生涯。而这样的转变，归根到底还是要感谢这个朝气蓬勃的美好时代。

我至今不能忘记，成都当时刚创办的报纸——《蜀报》，是新华社四川分社主办的。我常给副刊写稿，渐渐和杨力副总编熟悉起来。了解到我完全靠写作为生，文学作品的稿费又很微薄，他便鼓励我尝试写新闻稿。老实说，第一次听到要写新闻稿，我既意外又惶恐，我从没想到自己有一天能去采访别人，便怯生生地答道："我真能写新闻吗？"杨副总编大笑说："当然能……你的文笔不错，要是能发现好的新闻线索，你应该一样可以写出很好的新闻稿。"他还说，文学刊物上稿很难，报纸的副刊版面又有限，要靠写文学作品挣稿费养活自己会是一件很困难的事，所以建议我采写新闻，上稿的机会大，能挣到的稿费自然也会更多……终于，这些话让我蠢蠢欲

动了。

不久后,共青团四川省委青年创业办公室要搞一次全国性的金点子拍卖活动,我一听说立即意识到这是很好的新闻线索,便赶到团省委做了采访,写成一篇小稿送到蜀报社。杨副总编看后很满意,第二天就刊发在了经济新闻版上。

我采写的第一篇新闻稿,没想到竟能如此顺利地刊发出来,心里自然是美滋滋的,这件事对我的鼓励也很大。可我更没想到,几天后金点子拍卖活动要在乐山举行,杨副总编又安排我以"特约记者"的身份前去采访。

知道报社有这样的安排,我虽然兴奋,却也很犹豫。毕竟要离开成都去另一座城市采访,又是代表报社,我怕万一采访不好,不能很好地完成报道任务,不是会砸了《蜀报》的牌子吗?大概是看出了我的心思,杨副总编再次鼓励我说:"我对你很有信心,你对自己也要有信心。去吧,相信你一定会采写到好新闻。"

这次去乐山,所采写的稿件最终刊发在了经济版头条上!不过,正如杨副总编后来多次说过的一句话:"你能写新闻,是你的努力,更是遇上了一个好时代!"我明白,这是一句大实话——20世纪90年代,在成都之所以会创办那么多报纸,一个很重要的原因就是邓小平南方谈话如春风吹拂神州大地,也让这座地处祖国西南的古老城市再次焕发出青春和活力。

我,不过是很幸运地赶上了这样的一个时代,用自己的奋斗抓住了改变人生和命运的机遇!

应该说,做新闻采访,我最大的困难不是写稿,也不是有没有发现新闻线索的眼光,而是采访记录和与采访对象的交流——我说话不清楚,很难让采访对象一下子听懂;同时,双手残疾也让我无法做到像其他记者那样很流畅地记录，很多时候对方说了一大堆话，我在采访本上才写下了几个字。这样，交流和做记录就成了我做新闻采访最大的障碍。交流上的障碍，我还可以请对方放慢语速或者多说几遍等方式解决，可加快写字和做记录的速度我始终没能找到一个很好的解决办法。而这时候，幸运女神降临了。在一次采访中，我认识了当时在记者圈里已是"名记"的李银昭先生，他见我写字和记录艰难，便要把他自费购买的一台采访机送给我！

李银昭先生的这台采访机，看上去只有巴掌大小，那时候的价格却不便宜，大约也花了他几个月的工资，我说什么也不肯接受这么贵重的礼物。李银昭便说："这台采访机，对你更有用，拿着。"

后来几年，就是用这台采访机，我采写出了许许多多的新闻作品，其中就有获得1997年度四川新闻奖的长篇通讯《总得给下一代留下点什么》！

三

从二十四岁开始，我从一个文学青年转型为新闻工作者，并在这条路上坚持走了二十多年。其间，我担任过成都多家报社的特约记者，还做过四川有线电视台新闻栏目的通讯员。

1997年香港回归祖国的前夕，我参与策划、拍摄了反映成都老年人骑车去一代伟人邓小平故乡旅游的两集电视片《春日小平故乡行》，播出后好评如潮，被评为当年四川有线电视台的优秀节目。

尽管我以"通讯员""特约记者"这样的身份在新闻领域耕耘二十多年，也做出了在很多人看来以我这样的身体条件根本做不到的事情，我还是没办法以正式员工的身份入职一家媒体。如果媒体单位要聘用我，行动上的不便，也会给工作带来很多潜在的风险——要是我在上下班的路上，或是在外出采访时发生了意外怎么办？我明白，这样的风险，媒体单位不能不有所顾虑。

所以，这么多年来，我只想在自己的身体条件还允许的情况下继续用"通讯员"和"特约记者"的身份多采写一些新闻，为我生活的这个时代喝彩。

伟大的时代，必然不会辜负每个奋斗的人生——2016年年初，当年的"名记"李银昭担任四川经济日报社总编辑。当他得知这么多年过去了，我还在坚持写作，竟破例要安排我去报社做副刊编辑，并鼓励我继续文学创作！就在去报社签订工作合同的那天，李银昭总编对我说："好好干，报社需要一位有经验的副刊编辑……你虽然没从事过这方面工作，可写作这么多年，从诗歌、散文到新闻报道，你对报纸的运作应该很熟悉，你来编副刊完全有能力。"

就这样，在我四十六岁那年，在我以为我人生中的又一个梦想将要完全破灭之时，竟意外地被四川经济日报社聘用，成为一名正式员工！

四

当生命的钟

敲响的时候

> 我相信在每一个生命的港口
> 都有一艘运载风的红帆船
> 正等待起航
> …………

回首自己四十八年的人生，由于身体上的原因，我从小到大有很多梦想都没有办法实现，尽管这样的梦想在很多人看来是那么渺小。比如，小时候上学的梦想，长大后对爱情和家庭的梦想……然而，我知道，我真正难以实现的梦想，应该还是拥有一份工作吧：在某个单位的办公室里拥有一张属于我的办公桌，开会时被领导叫到我的名字，还被一些原本并不相识的人亲切地称作"同事"。只是，随着时间的流逝，我已不再年轻，我明白这个梦想是那么的遥不可及。

然而，因为生活在一个可以用奋斗改变命运的时代，因为这样的时代让所有懂得奋斗和努力的人都有可能收获他们所希望的幸福人生，我为之奋斗了二十多年的工作梦，终于在我四十六岁时成为现实！

记得第一天去报社上班，当我向报社领导表示感谢时，李银昭总编却像多年前杨力副总编一样对我说："你真正要感谢的是我们生活的这个伟大时代，你多年坚持不懈的努力和这个越来越包容、越来越美好的时代完美融合，才会最终帮助你实现人生中最难实现的一个梦想。"

是呀，在我八岁时，中国改革开放拉开序幕。那时候，我虽然还是一个懵懵懂懂的小孩，可身体上的残疾让我过早品尝到了人生的艰辛。后来的四十年，我便一直渴望用不懈的努力和奋斗来改变自己的命运。从这个意义上，可不可以说我在人

生路上四十年的奋斗,也就是这个国家日新月异、迅猛发展的四十年的缩影呢?因为,只有当一个人的努力和一个伟大时代很好地结合在一起,才能真正让人生走出困境,走向春暖花开的彼岸和未来。

由此,我想到,这大概正是杨力副总编和李银昭总编所说的,我真正应该感谢的是这个时代!

由此,我也更加明白,奋斗是没有止境的。我入职报社,有了一份正式工作,更应该创作出更多、更优秀的作品,方可回报我所生活的时代和众多给予我帮助的人。

2017年夏天,我的第二本诗集《彼岸花》终于问世!

这本薄薄的诗集中有很多诗句是我对人生、对生命的思考和叩问,更是我向这个时代的致敬。毕竟,如果不是生活在改革开放的时代,如果不是在这个时代遇上了新闻和媒体行业的空前发展、空前繁荣,我就算有对写作的爱好和热情,也根本不可能以残疾的身躯去从事新闻采访,更不可能通过二十多年的坚持让自己以媒体的通讯员、特约记者的身份正式进入一家报社工作。这让我在文学创作这条路上走得更坚定,此后我用一年多的时间完成了第二本诗集的创作,并顺利出版!

从这个意义上说,诗集《彼岸花》同样也是致敬我所生活的这个时代,是我在四十八年的人生中完成的一件最有意义的事——至少,我的奋斗,没有辜负我的人生,也没有辜负这个我为之奋斗的时代!

[本文选自《四十年·四十人》(浙江文艺出版社,2018),收入本书时略有修改]

后记

关于《重生门》

三年前,我有幸入职四川经济日报社,李银昭总编曾和我有一次促膝长谈。他对我说:"嘉利,我知道你这样的身体能够坚持写作这么多年真是很不容易,也知道很多报社、杂志社的编辑都帮助过你。多写写他们吧,写一写这些年来你的努力和人们的帮助,我相信一定会很有意义。"

我过去写散文不多,这样的人物散文更少。尽管,十多年来,我采写的特稿大部分以人物为主,但毕竟和散文不同。所以,刚开始写人物散文时,我心里完全没底,不知道能不能写好。还是要感谢李银昭总编和报社的沈群老师,他们给予我热情的鼓励,我试写的一两篇小稿,自己很不满意,他们却细心帮我修改和润色,最终刊发在了报纸上。

后来两年多,我便写出了上百篇人物散文。其中的主角有在写作上给予我指导的报刊编辑、老师,给予我关心的长辈、朋友。我渐渐发现,每个名字、每个故事又再次在我的笔下鲜活起来——

我小时候曾有许多梦想,只是长大了,意识到自己的身体有多糟糕,这样的梦想便一个个化为泡影,就算写作对于我来说也是一件无比艰难的事。我不能想象,三十多年来,如果不是遇上了那么多善良的人,如果没有他们给予的鼓励,我是不是还会有勇气和信心坚持写作到今天。那些日子,在写下一篇篇这样的散文时,这种

思绪就一直在我心里萦绕,仿佛又让我回到了那一个个困顿与挣扎的时刻。正是这些与我萍水相逢的人,他们用有温度、有力量的双手,帮我撕开命运的黑幕,撞开了重生之门!

生命,于人的意义,或许并不止是"活着",而更在于我们为什么活着。

于是,三年后,我选出其中六十六篇作品,辑成这本《重生门》。

事实上,四十八年的人生,我要感谢的又何止书中所写下的六十六个人?除了我的父母亲人,还有许许多多与我素昧平生的人,支撑着我——王慧、毛大付、何向宗、赵晓梦、裴蕾、朱晓剑、税清静、古春晓、潘文伟、邓康延、黎政明、黄基秉、焦虎三、程宝林、张先德、艺心、邓晓洪、刘建宏、金小燕、李建、张大成、张静瑶、杜均、赵泽波、张文道、陈伟、唐义福、王继朝、张瑞玲、万艳玲、李兵、章夫、赵泽华、欧玲、李鸿雁、朱建国、廖林、钟德洪、白海、王仁根、王辉、黄长贵、李永……尤其是四川省社会科学院党委书记李后强,当我委托李银昭总编把二十多万字的书稿转交给他,希望他在百忙之中写点什么时,这位年长我几岁的老大哥竟慨然应允,为《重生门》写下了序言,用这样的方式再次给予我极大支持!

《重生门》的编辑过程中,四川大学出版社编辑张晶、王玮和张伊伊,更是倾注了大量的心血和精力,每页书稿上都留下了她们一丝不苟修改的笔迹……

谢谢所有与我携手前行的人!

二〇一八年九月二十一日
于成都

特辑

他的翅膀飞向了彼岸——纪念诗人杨嘉利

感恩之旅
——写在《重生门》再版之际
◆张陶[1]

2020年7月9日晚上9点左右,我正在和一群朋友喝茶聊天,突然接到四川大学出版社张晶老师发来的微信,让我尽快打电话联系她。张老师是杨嘉利《重生门》一书的策划人和责任编辑,我预感到她要说的事情一定与这本书有关。我急忙回电,寒暄几句后,张老师告知我,杨嘉利的《重生门》入选"2020年四川省农家书屋重点出版物推荐书目"。听闻这个消息,我并没有那么激动,反而很平静,因为嘉利生前撰写的最后一本书《重生门》一出版就得到了成都文学界人士的高度评价和市场的认可。书中人物质朴、真实,其中很多人我都认识。我的名字经常出现在这些人物的故事中,可以说这本书中我的名字是出现次数最多的。我的故事排在最后一个,有朋友戏称我是这本书的"压轴戏",但实际上我的故事放在最后,是我和嘉利反复讨论过后的决定。我告诉他:书中人物都是你的亲人、朋友,把我放在最后,是为了尊重书中前面故事的主人公。

---

[1] 张陶,杨嘉利生前挚友之一,现任成都市天府新区正兴街道党工委委员、正兴街道钓鱼嘴社区党委书记兼主任。

可是当张老师问起嘉利母亲的身体状况时，泪水竟一下模糊了我的眼睛。嘉利的母亲因视神经萎缩已几近失明多年，她最疼爱的儿子也离开一年多了。想到这些，我隐藏在心里的痛苦、挣扎、无奈和思念交织缠绕，五味杂陈。我强忍住泪水，告知朋友有事离开，快步来到夜色笼罩的大街上。小吃摊一个接一个，一家久违的路边店"兄弟烧烤"格外醒目。我和嘉利是这里的常客，要是嘉利还在，我们也许正在这家店里吃东西、聊天……但是，自从嘉利离开我们，我再也没有进去过……猛然间，泪水夺眶而出，前方的一切变得模糊，可脑海里嘉利憨厚的笑脸却异常清晰。我在心里对他说："老大，你走了一年多了，但你的《重生门》依然被人传阅，天堂的你，还好吗？"我感觉胸口沉闷，不得不大口大口地喘气，仿佛跑进了时间隧道，又回到了一年前……

2019年4月9日凌晨两点，我突然接到儿子干爹韩军的电话，称嘉利突发疾病让我马上送他去医院。我跳下床，打开房门，下楼开车，一路狂奔，赶到嘉利的住处。万万没有想到，头晚10点多我离开他的住处时还好好的，几个小时以后就变成了这样。在韩军的搀扶下，嘉利看上去十分虚弱，我来不及多问，开车载着他直奔成都市第一人民医院。急诊，抢救……我急忙通知嘉利的二姐、大姐夫，我们的结拜兄弟李强、熊仁葛闻讯后也赶了过来。经过抢救，嘉利被转入ICU。医生告诉我们，杨嘉利的病情非常严重，随时有生命危险。我的脑子一片空白，感觉嘉利的生命也许就要走到尽头了。

天亮了，我们几个才想起，我们该如何面对嘉利年过八旬、双眼几乎失明的妈妈？她是否承受得起儿子突然病危的消息？她一旦得知必定要来医院守护自己的儿子，但她肯定经受不了这样的折腾和打击。多年来，嘉利一直保持每天与母亲通两三次电话的习惯，只要一天没有接到儿子的电话，老人就会担心。为了让老人慢慢接受这个现实，我和嘉利的二姐、大姐夫商量后决定由我出面，对老人说嘉利的嗓子出了问题，现在不能说话，需要做个小手术。上午10点左右，我和熊仁葛从医院匆匆来到嘉利家楼下，还没上楼，我就忍不住失声痛哭起来，足足哭了十多分钟才有勇气上楼。我们像往常一样敲门，屋里传来老人的声音："哪个？"我感到全身无力，说不出话来，旁边的熊仁葛连忙回答："孃孃，是我们。"我们听见老人拖拉着脚步来开门的声音。站在这位白发苍苍、面容消瘦的老人面前，虽然她看不清我，我却不敢直视她的眼睛，急忙冲进卫生间……只听见她问熊仁葛："老三呢？他怎么没有回来？"熊仁葛不知所措，不敢做声。老人嘴里的"老三"就是杨嘉利，嘉利上面有两个姐姐，他在家中排行第三。我努力平复自己的心情，鼓起勇气走到老人面前，用若无其事的语气说，嘉利的喉咙长了一个东西，医生检查后准备手术，但是医生让他不要说话，好好休息。老人带着哭腔说道："怎么会这样呀？他一个人在医院怎么照顾自己呀？"她只顾担心儿子，丝毫没有察觉到我的异样。我安慰她："医院安排好了，请了护理工，您老人家放心吧。"她这才平静下来。

　　下午4点至4点30分，是家属进入重症监护室探望病人的时间，每次限两人。我和熊仁葛快速穿上隔离服冲进病房，我拿出手机把视频点开，让他看他最喜欢的小朋友，我的儿子张恩培。张恩培在视频里说道："大伯，你要快点好起来，我想你回来陪我……"他默默地注视着小小屏幕里可爱的孩子，孩子稚嫩的呼唤触动了嘉利，一颗颗泪珠从眼角滑了下来，他可能

预感到这一次他再也回不去了。我拉着他的手,说:"培培等你回去和他一起玩,你要好好的。"

4月10日上午早晨7点,医院打来电话说杨嘉利处于重度昏迷状态,希望家属立刻来医院。我赶到医院时,二姐已先一步到了,她说嘉利快不行了。原本下午才能进ICU探望,医生见我们急切,就给我们开了绿色通道。嘉利好像睡熟了,我拉起他的手,在他耳边轻声说道:"老大,你听得见吗?我们希望你好起来一起回家……"

4月12日上午11点40分左右,二姐来电话说:"嘉利离开了,你快来见他一面吧……"噩耗终于还是来了!我立即赶往医院,天突然下起了小雨。雨丝纷纷扬扬,仿佛路上的车少了,嘈杂的声音也被挡在了车窗外……嘉利静静地躺在病床上,我"扑通"一声跪在他的面前,嘶吼着:"老大,你承诺要喝张恩培的喜酒,你食言了。天堂有路,你一路走好!"我抹去眼泪,强忍悲痛,飞奔到他家,跪在他妈妈面前,此时此刻我不得不告知老人事情的真相:"孃孃,对不起,杨嘉利走了……"我和她抱头痛哭,我哭得撕心裂肺,尽情地宣泄着……过了好久,反倒是嘉利妈妈安慰我道:"快起来吧,他走了我们都伤心,你不要跪着了,你这样我更难受……"

4月14日上午,杨嘉利遗体火化仪式在成都东郊殡仪馆举行,他的亲人、朋友纷纷前来道别。我记得嘉利不止一次对我说:"坐你开的车,我心里特别踏实……"于是,我开车载了他最后一程。

男儿有泪不轻弹,只因未到伤心处!2019年,杨嘉利的离世无疑给我带来重大的一击,如同我在读大学三年级时父亲去世一样,来得突然,来得猛烈,来得毫无防备!父亲去世后,我有半年都没缓过劲来。嘉利的去世，让我又一次陷入深深的悲痛中，年过三十的七尺男儿在几日内多次涕泗横流，流尽了积攒了十多年的泪水。

　　杨嘉利离世后，我立下誓言：嘉利你走了，母亲还在，你不能尽的孝，我替你尽。有位朋友劝我，不要给自己套上道德的枷锁。我知道这是他的好心，但是我认为这不是枷锁，是缘分。杨嘉利生前帮我渡过一个又一个难关，我才有了今天的一切。现在他突然撒手人寰，他的母亲是他最担心的人，我要让他在天堂安心，于是我每天至少给嘉利母亲打一次电话，每周或者半个月去探望一次。老人可以喝牛奶，每次去她家都会给她买一箱，叮嘱她晚上7点准时喝。坐在熟悉的客厅陪老人聊天，我感觉特别快乐。她会向我诉说心中的苦闷和对儿子的思念，这些话她虽已在电话里说过很多遍，但我不愿打断她，在一旁认真地听着，听她回忆嘉利生前的点点滴滴，听她讲自己年轻时候的故事，感受着这位八旬老人的心酸路程。2020年新冠疫情暴发后，我的工作更加忙碌了。虽然不能去看望她，但是每天的问候电话没有少。当疫情稍稍缓解，允许扫"健康码"进入其他小区时，我第一时间赶到她家，陪她坐坐，听她说说话。我对老人的声音已非常熟悉，能从她的声音中辨别她的身体状况，也会从声音中捕捉到她心情的好坏。

　　2019年6月11日，杨嘉利离开差不多两个月，我因肛周脓肿生病住院，有两个月没去看望嘉利的母亲。虽然我竭力隐瞒生病一事，但是手术后的第二天她还是知道了，她在电话里对我说："发生了什么事情？你两天没有给我来电话，电话里你的声音不太好。"我只有实话实说。后来她得知我已康复才放下心来。这是嘉利的突然离世带给她的心理阴影。病愈后，我

的心态发生了变化,我觉得生命里每一天都很珍贵,也更珍惜身边的亲人、朋友。对我这个年龄的人来说,生离死别,此时看得更清楚、更明白。一年来儿子张恩培仿佛长大了许多,见我翻阅嘉利的照片悄悄落泪,他便依偎在我身边轻轻对我说:"大伯走了,看到你伤心难过,流眼泪,我也难过……"

2019年11月的一天,我把身边的朋友、同事叫上一起开心地吃了一顿晚餐,大家意犹未尽,便来到KTV唱歌。大病初愈的我破天荒喝了酒,结果醉了。我唱完电视剧《三国演义》中的插曲《这一拜》后,躲到卫生间里号啕大哭。酒浓,思念更浓,我的悲伤像决堤的河水,此时此刻再也堵不上,我抱着朋友痛痛快快地大哭一场。第二天,凭借酒醒后脑子里残缺的记忆,我发现自己失态了,于是给朋友们发微信道歉,大家都安慰我:"人之常情,触景生情,我们理解你。"不过,从此以后,我戒酒了……

2020年的清明节,我和韩军捧着鲜花来到杨嘉利的墓前,泪水滴在我的衣襟上,我不敢大声哭,怕惊扰到他。嘉利虽然离开了,但我们兄弟几个不能散,我组建了"兄弟情义"微信群,时常邀约在一起喝茶、聊天,我们谈论的话题总少不了嘉利。有一天我突然梦到了他:嘉利容光焕发,身体健康,没有残疾,穿着中山服,我和他准备去见他最好的朋友姜明。在梦里我告诉他:"虽然你离开人世了,不过没事的,他看不见你,你陪我去,你在一旁坐着就是了……"他没有说话,只是点头,梦里我知道他已经离开人世,但这并不影响我们之间的沟通,那种感觉很特别……

杨嘉利离开我们已经一年多了,我的生活方式也改变了很多。他的手机号码是2004年我和他在营业厅选的,我俩的手机号码只有尾号不一样,他的尾号是"1",我的是"2"。嘉利离开后,他的手机不再使用,我也注销了我用了十多年的这个号码。和嘉利认识后的这十多年,我们每天至少打两个电话,晚上睡觉前都会通个电话。外人以为是我在帮助他,却不知反是身患残疾的嘉利,给我注入了强大的精神力量。常有人说我俩长得像,以为我们是亲兄弟,然而在我心里,嘉利和我的感情胜过亲兄弟。他离世后,我停止发布微信朋友圈信息整整一年。2020年4月12日再次开启朋友圈分享的第一条信息就是缅怀杨嘉利,追忆我们曾经的美好时光。

  我十分感激和关心嘉利的朋友,并和他们保持联系,比如姜明、陈海泉、李银昭、张宏宇、官华建、赵迎、刘艳、史小娟、许佳、郭刚、周饶、田海燕、孟召勇、程伟、李鸿雁、王仁根、姜峰、铁明、李兵、廖兴友等人。每逢节假日,我都会通过微信或电话问候他们,延续那份来之不易的情缘,沿着他的感恩之旅走下去……

    感恩之旅
    彼岸花开
    重生门外
    祭奠逝者
    珍惜现在
    笑对未来

2020年7月12日

杨嘉利,你走了,故事还在……

嘉利,你走了
在一张病床上,静悄悄地走了
然而
你的离开,在成都媒体界迅速传开
从成都,传向更广远的地方

今天
噩耗传来之初,你所在的四川经济日报
并没有第一时间发声
大悲无言

你的同事、你的兄弟、你的姐妹
用静默来陪伴和送你最后一程
惋惜,缅怀
你的声音、你的笑容

而你的故事
仍被你曾走过的城市
仍被你曾笑对的同事
仍被你曾珍惜的读者

>   仍被你曾挚爱的朋友
>   记忆
>   讲述
>   流传
>   ……

四川经济日报记者·黄晓庆

4月12日上午，杨老师走了，一个用生命歌唱的残疾诗人，永远地走了……

您终究飞向了彼岸，只是脚步太急了，我们都猝不及防。

第一次见您，是在单位二楼记者部的大办公室，我刚进单位不久，您是我采访的第一个人物。由于您说话不便，我们多是微信交流，我问，您答，且答得很快，出乎我的意料。您很客气，总是叫我黄老师。稿子出来后，获得了好评，让我获得了一些机会，感恩遇见。

采访您，是因为您的诗集《彼岸花》就要发行了，我受命参与您发布会的现场策划和报道。发布会当天，成都半个文坛的人都来了，您开心得全场合不拢嘴。为了支持您，那天我还请了读书会的朋友来给您捧场。在现场，我朋友被您的精神深深感动，当即买了一批《彼岸花》，还请您到他们读书会专门做了诗集分享，您可开心啦！

因为您也是我们"川经报"的一员，特殊的一员，此后偶尔会在去食堂的路上碰到您，您总会打招呼："黄老师好！"

最后一次见您，是今年1月，您的新书《重生门》问世，

您来给我们送书，您没带笔，我把我最喜欢的钢笔递给了您，您双手紧握钢笔，用力地在送给我们的书上，一笔一画写下了您的名字。没曾想，这竟然成了绝笔。

愿天堂没有病痛，您依然是潇洒的诗人！

遂宁沱牌镇柳树第二中心校教师·张萃勇

惊悉嘉利赴天堂，
一声叹息两泪汪。
两月生病致残疾，
三卷雄文响八方。
彼岸有花君来赏，
重生岁月恋故乡。
谁言无妻享孤独？
春蚕吐丝织锦裳！

四川经济日报记者·张瑞灵

初见杨嘉利老师，是2015年下半年，那时的我刚到单位工作不久，杨老师拖着摇摇晃晃的身体，左手扶着楼梯，一步一步艰难地走向办公室。

他是谁？投稿人员吗？身体都这样了还能供稿？我不信，可事实告诉我，我面前的这位连说话、走路都很困难的人，是为单位采写专题稿件的记者。

初次相遇，是因为好奇。再次相聚，心生敬畏。拍摄杨老师个人专题片用了整整一年时间，从最初听不太懂他说的话，到完全听懂他的故事，再到后来，杨嘉利老师接受成都电视台采访、参加津津乐道读书分享会、在社科院接受聘用时，我都成了他的"翻译"搭档。

与杨老师接触的这几年时间里，在我印象中他从未放弃过写作。杨嘉利老师就像是我的一面镜子，他用自己的言行向我展现了一种顽强的生命力。

如今，他的生命停在了49岁。

一路走好，杨嘉利老师！

四川经济日报记者·刘蓉

2019年4月12日13点50分，突然在工作群里看到杨嘉利老师逝世的消息，很难相信。

中午在整理资料时，还看了看我收藏的杨老师的诗歌《在成都，借用十二种花开的声音》，记得那是他去年11月23日用了一整个版面发表在我们报纸上的，看过后觉得文字细腻，有温度，情感流露得不浮不躁，恰到好处。

"在成都，每个月都有一条街道绽放花开的声音，聆听这样的声音，需要用十二种或美丽或忧伤的心情。"杨老师曾借十二种花开的声音来叙述成都的一年四季，其实也在表达自己内心世界的灿烂或忧伤。

当时的我，感动于他诗中敏锐的洞察力和他对一座城市的真挚的爱意。能把生活过得如此通透，对世事常怀感恩之心，是多么难得啊！

其实，早在去年12月，我就想请杨老师带着他的成长故事来德阳的学校分享，激励一下学生们，但又不知道该如何开

始,所以一拖再拖。

如今,这些都成了我心中未完成的梦,收藏在我的文件夹里,提醒着我:想做的事要尽快做,想见的人就去见。珍惜当下。

成都媒体人·赵彬

太突然,又有太多的不舍。和杨嘉利相识是在1998年秋天,他比我长两岁,后来我们以兄弟相称,我叫他"嘉利哥哥",每次听到我这样叫他,他总是会开心地答应着。

2001年,我们携手采访的第一个对象是夹江一个叫雷庆瑶的无臂女孩。

后来的几年,眉山、内江、重庆等地,都留下了我们采访的足迹。每次看到嘉利步履蹒跚的背影和憨厚纯真的笑脸,我都在想,这不是一个生命的弱者在乞求怜悯,而是一个生活的强者在向命运抗争!

彼岸花开,重生有门。

2018年11月27日,嘉利在寒风中向我蹒跚走来,笑容依旧,让人倍感温暖。那天,嘉利专程送来了他的《重生门》,那是继诗集《彼岸花》之后的又一本新书,书中人物事件看似平淡无奇,却被他的文字赋予了极强的可读性和感染力,细细品读,耐人寻味。让我在感知人间冷暖的同时,忍不住赞叹"真是一本好书"。中午,我准备请他好好吃一顿,但他说下午有事,我们就在路边随便吃了一碗他平时喜欢吃的排骨面,然后匆匆挥手道别。

2018年11月27日的这次见面,却成了我和"嘉利哥哥"的最后一面。

嘉利哥哥，愿天堂没有病痛！

四川经济日报记者·唐千惠

杨嘉利，是本报记者。

从小失学，却选择了与文学相伴；双手残疾，却选择了以写字为生；行走不便，却选择了新闻采访；说话不清，却选择了与人交谈——"世界以痛吻我，我却报之以歌"，这是杨嘉利真实、励志的人生写照。

即便人生艰难，杨嘉利从未放弃写作。直到今天，他在百余家报刊发表了诗歌、散文、小说、文学评论、新闻特稿等共计一千多万字。他的作品，也获得了越来越多的关注和赞叹。

2019年4月12日，杨嘉利的人生就此止步，但他的文字、他的故事，还在影响着人们。

命运对杨嘉利不公，但是他始终报答以爱；生活对杨嘉利残忍，但是他始终静待花开。杨嘉利，用纸笔写文章，用生命写奇迹。

四川经济日报社社长·李银昭

认识嘉利有二十多年了。在成都这块地盘上的报纸和杂志社里，不认识嘉利的编辑不多。嘉利每天的工作就是写稿子，然后用精神的力量，拖着他乏力且不便行走的身子，从这家报社的编辑部出来，再到另外一家报社的编辑部投稿子。

他没考虑过健康,没考虑过养老,也没考虑过社保这些今后的问题。他说他既没钱来考虑,也没时间来考虑。他说的没时间,是指他活不了多久了,他的身体在一天天地告诉他。这是嘉利第一次与我聊到有关他的生命和生命的逝去。

与所有人一样,嘉利也有很多梦想,比如爱情,比如婚姻,比如在哪个单位的办公室里有一个他的位置,有一张属于他的桌子,在哪一次会议上,有人念着他的名字。然而,就这么普通的一件事,对他来说,竟成了比登天还难的一个梦。

从发表第一首诗到现在,一晃二十多年过去了,继出版了诗集《青春雨季》和完稿一本散文集、一本自传体小说之后,他又出版了诗集《彼岸花》和散文集《重生门》。

嘉利,是行走在成都大街小巷一个悲情的励志故事,一首感人奋进的诗,一首市井中现代版的命运交响曲。他生命的存在,没有因为微弱、瘦小而被淹没。就个体生命而言,嘉利行走在成都,就如拉着二胡的瞎子阿炳,行走在风雨中的无锡街头;就如穿着旧旗袍的张爱玲,行走在美国洛杉矶凄凉的罗彻斯特大道。

今天,嘉利走了。从生的此岸出发,向死的彼岸而去。那里有鲜花盛开,有彼岸花等待,有他早去的父亲温暖的双手和宽厚的胸膛。

四川省社会科学院党委书记、教授·李后强

杨嘉利,是一位残疾作家。

杨嘉利顽强的生命力和他面对一次次不幸所表现出的顽强

精神，让我感叹我们生活的这个城市原来有那么多的好人。是他们的热心、他们的双手、他们的善良，一直在温暖和呵护着行走和语言表达都极不方便的杨嘉利。

正是这些点点滴滴的善意呵护着杨嘉利，滋养着杨嘉利的生命，他才由弱小逐渐变得强壮。人，活着，不是为了记住曾经的苦难，而是懂得感恩！

他用文字，表达了他的感恩之情。

嘉利，他静悄悄地来，今天，他也静悄悄地离开，走进了他理想中的"重生门"。

（原载四川经济日报公众号，2019-04-12）

四川大学出版社社长·王军

嘉利走了，我的内心无比悲痛。

嘉利是一位特殊的作者。我认识他缘于《重生门》的出版。捧读他的书稿，我一点点被感动，一点点被震撼。

嘉利用自己坚强不屈的奋斗故事感动着我们每一个人。榜样的力量是无穷的，我把他签名送我的书摆放在办公桌上，每每翻看，都会感受到一股神奇的力量。

嘉利的作品，文笔流畅，读起来是一种享受。最难能可贵的是，他虽有坎坷不平的经历，但从不自怨自艾，而是自强不息，用心灵和生命去写作。他书中记叙的别人为他做的事情，在常人眼里只是举手之劳，在他的眼里却满是感动。

嘉利用心收集生活中的点点滴滴，传达的是满满的正能量，让人感受到人间的温暖。我想，这就是文学作品的魅力。生活中处处都是美，关键是要有发现美的心灵和眼睛。我们特

别需要这样清新的作品。

　　弘扬正能量、传承优秀文化是出版者的重要使命,期待更多像《重生门》这样优秀感人的作品,留给人间永远美好的记忆!

他这一生——

杨嘉利，成都人，生于1970年，记者，诗人，自由撰稿人，婴儿时期生重病落下终身残疾，先后被学校拒绝6次最终无缘学校教育，13岁（1983年）时开始自学文字。

18岁（1988年）在《晨报》上发表了第一首诗。

23岁（1993年）在西南交通大学出版社出版了第一本诗集《青春雨季》。次年，《青春雨季》获得成都市当时最高文学奖——"金芙蓉文学奖"，成为当时"金芙蓉文学奖"有史以来最年轻的一位作者。

24岁（1994年）开始新闻采访。

25岁（1995年）成为蜀报特约记者，其后陆续为四川青年报、华西都市报、成都商报、成都晚报、四川日报、四川经济日报等新闻媒体供稿。

26岁（1996年）加入四川省作家协会。

26岁（1996年底）担任四川省残联《爱心》杂志编辑和记

者，1997年荣获四川省新闻奖。

46岁（2016年）入职四川经济日报社，成为正式员工。

47岁（2017年）出版第二本诗集《彼岸花》。

48岁（2018年）在四川大学出版社出版纪实散文集《重生门》。

49岁（2019年），辞世。

杨嘉利曾说，这一生注定有很多愿望没法实现，当灵魂去往彼岸的时候，希望自己能为世界交付一份答卷。

2018年9月28日，由四川经济日报主办的杨嘉利《彼岸花》诗集分享会感动了成都半个文坛。诗集中的文字是这些年来他对这个世界的领悟。

《彼岸花》之后，2018年10月杨嘉利出版纪实散文集《重生门》。四川省社会科学院党委书记、教授李后强为《重生门》写序，对此书盛赞不已。

同年12月16日，四川省社会科学院、四川省作家协会、四川省残疾人联合会、四川大学出版社与四川经济日报社携手主办杨嘉利作品研讨会。21位与会专家、学者对杨嘉利的文学水平和奋进精神给予了高度评价。